PETER MÄRKERT

SCHWEIGEN IST TOD

EIN JUSTIZKRIMI

Das Buch: Der Leser wird Zeuge, wie Bewährungs-helfer Windich nach der Sprechstunde in seinem Büro ermordet wird. Hauptkommissar Kramer erhofft sich Hinweise von Mitarbeitern und Klienten, während der Täter versucht, jede Spur zu verwischen, die ihn belasten könnte, dabei sogar vor weiteren Morden nicht zurück-schreckt. Die fieberhafte Suche nach dem Täter führt Kramer mit Bewährungshelferin Marie Marler in ihrem ersten Fall zusammen.

»Polizeiarbeit im Milieu der Bewährungshilfe – das ist äußerst realistisch geschildert und äußerst spannend erzählt.« WDR 5, Mordsberatung.

Der Autor: Peter Märkert ist in Bochum aufgewachsen und wohnt auch dort. Er stu-dierte Informatik und Sozial-wesen und arbeitete als Taxi-fahrer, als Sozialarbeiter im Vollzug und als Bewährungs-helfer. Die Erfahrungen aus dem Milieu verarbeitet er in seinen Kriminalromanen, die im Ruhrgebiet zwischen JVA, Drogen, Mord spielen, und in denen er den Hinter-gründen von Verbrechen und Schuld nachspürt.

PETER MÄRKERT

SCHWEIGEN IST TOD

EIN JUSTIZKRIMI

Die Deutsche Nationalbibliothek verzeichnet diese Publikation in der Nationalbibliothek; detaillierte bibliographische Daten sind im Internet abrufbar.

Die Handlungen in dem Justizkrimi sind inspiriert von wahren Geschehnissen. Sie wurden jedoch verändert, sodass eine Rückführbarkeit zu einer lebenden oder toten Person und einem tatsächlichen Geschehen nicht möglich ist. Auch das beschriebene Bürogebäude der Bewährungshilfe existiert in der Realität nicht.

© Peter Märkert
April 2019
Januar 2024
Januar 2025
– alle Rechte liegen beim Autor –
Adresse:
Peter Märkert
Dürerstr. 62
44795 Bochum
URL: http://petermaerkert.de
E-Mail: kontakt@petermaerkert.de
Coverfotografie: Aylin Reckermann
Covergestaltung: Jen Maerkert
Autorenfotografie: Ulf Peter Quooß
Verlag: BoD · Books on Demand GmbH,
Überseering 33, 22297 Hamburg, bod@bod.de
Druck: Libri Plureos GmbH, Friedensallee 273,
22763 Hamburg
ISBN: 978-3-7583-2704-9

Für Isa

»Das gibt dem Menschen seine ganze Jugend, dass er Fesseln zerreißt.«

Friedrich Hölderlin, Hyperion

Kapitel 1

Donnerstag. Ende der Sprechstunde. Engel schleicht von der Besuchertoilette ins leere Wartezimmer, schließt das Fenster und löscht das Licht. Die Bewährungshelfer strömen aus ihren Büros, wünschen sich einen schönen Abend und verlassen die Etage. Außer Windich, der wird auf den unbekannten Anrufer warten, der sich aus beruflichen Gründen verspätet.

Schritte nähern sich dem Wartezimmer. Er horcht auf das Klackern der Absätze und versteckt sich hinter der Tür. Was soll er sagen, wenn sie ihn entdeckt? Die Fenster auf den Toiletten werden geschlossen. Sie kommt auf das Wartezimmer zu, steht vor der Tür. Nicht atmen, nicht bewegen. Er zählt: zweiundzwanzig, dreiundzwanzig. Sandra, seine Freundin, hatte ihm geraten, in bedrohlichen Sekunden zu zählen, dabei immer daran zu denken, dass alles vorübergeht. *Morgen beginnt ein neuer Tag*, hatte sie gesagt. Ein Stein ist ihm geblieben auf dem Bochumer Hauptfriedhof.

Die Mitarbeiterin geht zurück. Das Klackern auf dem Steinboden wird leiser. Er atmet auf und erwartet das Knarren der Glastür. Nichts! Er traut sich einen Schritt vor, wagt einen Blick in den langen Flur. Hinter der Glastür liegen links und rechts jeweils fünf Büroräume. Er hat eine Skizze gefertigt, die Namen der Mitarbeiter von den Schildern an den Türen abgeschrieben. Er entfaltet sie. Es ist Marie Marler. Was sucht sie noch in ihrem Büro? Er sollte laut Feierabend rufen. Die Tür wird nach innen aufgerissen. Er weicht in sein Versteck zurück, hört das Schnurren eines Fahrrades. Das ist es! Sie hatte es mitgenommen in ihr Büro, damit es nicht gestohlen wird. Ihre Pumps hat sie gegen Turnschuhe getauscht, deshalb hört er ihre Schritte nicht. Erleichtert vernimmt er das Knarren der Glastür, bleibt in seinem Versteck, bis die Außentür ins Schloss fällt.

Windich hat noch einen Klienten in seinem Büro, er hätte sich den Anruf am Mittag sparen können. Was haben die so lange zu besprechen? Er sieht auf die Uhr. Schon zwanzig nach sieben. Oder haben sie die Dienststelle verlassen, als die Mitarbeiterin ihre Runde machte? Und er hat es vor Aufregung nicht bemerkt? Er schleicht über den Flur und lauscht an der Tür.

»Ein Kind kostet eine Menge Geld, Herr Kastas. Haben Sie sich darüber Gedanken gemacht?«

Bei den Worten steigt seine Wut hoch. Wie gerne würde er sich einmischen, stattdessen schleicht er ins Wartezimmer zurück. Nicht auszudenken, wenn Kastas in dem Moment die Bürotür geöffnet hätte oder Windich selbst. Er sollte seine Gefühle unter Kontrolle halten. Keine unbedachten Schritte, sonst ist alles sinnlos, und er kann nach Hause trotten, um weiterhin von seiner Rache zu träumen. Er schnallt den Gürtel mit dem Schlagstock um, berührt ihn andächtig.

Die Verkleidung! Worauf wartet er? Er nimmt die

Sachen aus dem Rucksack, legt den schwarzen Umhang um, streift die Handschuhe über. Noch die Maske und die Brille. Fast hätte er die Überschuhe vergessen. Nachher sind es die Schuhe, die ihn verraten. Er muss sich beeilen. Windich wird nicht länger auf den unbekannten Anrufer warten, sondern nach seinem Besucher die Dienststelle verlassen. Hoffentlich nicht mit ihm zusammen, dann war alles umsonst. Noch die Handschellen, um ihn an die Heizungsrohre zu fesseln. Er möchte die Angst in den Augen sehen, die Ohnmacht. Soll er ihn zwingen, sich auszuziehen? Es würde ihm gefallen, Windich nackt und hilflos zu sehen, ihm ausgeliefert.

Kontrollieren, ob alles sitzt. Er schleicht zur Toilette, sieht in den Spiegel über dem Waschbecken. Stellt befriedigt fest, dass er in der Verkleidung nicht zu erkennen ist. Die Stimme hatte er mit der Diktierfunktion seines Handys mit und ohne Maske aufgenommen und abgespielt, bis er mit dem Ergebnis zufrieden war. Sogar an das Parfüm hat er gedacht, obwohl er dem Bewährungshelfer keinen Geruchssinn zutraut.

Es schellt. Die Außentür wird aufgedrückt. Erwartet Windich noch einen Klienten? Oder eine Freundin, einen Freund, wollen sie ihn zum Essen oder zum Sport abholen? Er verschwindet im Wartezimmer, bevor der Besucher die Treppen hochgestiegen ist, und wagt einen Blick in den Flur. Ein Typ mit rotblonden, struwweligen Haaren steht vor der Glastür mit einer blauen Kappe in der linken Hand. Lukas Soundso, der Nachname ist ihm entfallen. Es ist einige Zeit her, doch es ist zweifellos Lukas, der Drogendealer vom Herner Berufskolleg. Immer gute Ware, aber teuer, umsonst lief da nichts.

Windich lässt ihn auf die Etage. Keine Vorwürfe, kein Abschieben an der Tür mit dem Hinweis auf die Uhrzeit. Wenn Lukas ins Wartezimmer kommt, bleibt nur, ihn zur Seite zu schubsen und zu fliehen. Auf keinen Fall darf er die Maske abnehmen. Er lauert hinter der Tür. Jeder Muskel ist angespannt. Er zählt: zweiundzwanzig, dreiundzwanzig. Lukas kommt nicht, er wird vor der Bürotür warten. Glück gehabt. Er setzt die Maske ab, um sich den Schweiß von der Stirn zu wischen, stößt dabei gegen die Tür. Nicht auszudenken, wenn ihm das zu einem früheren Zeitpunkt passiert wäre.

Die Glastür knarrt. Also hat Kastas die Etage verlassen und Lukas ist im Büro. Windich wird ihn für den verspäteten Anrufer halten. Er sieht sich im Wartezimmer um. Sechs Stühle um einen runden Holztisch, darauf verschiedene Zeitschriften, in der Ecke eine gepflegte Birkenfeige auf einem Hocker. Er nimmt die aktuelle Ausgabe vom *Stern,* starrt auf die Wörter, ohne den Zusammenhang zu verstehen. Zuckt zusammen, als die Bürotür erneut geöffnet wird, und wartet, bis Lukas die Dienststelle verlassen hat. Es ist so weit. Er ist mit Windich allein auf der Etage. Sein Puls beschleunigt sich. Auf den Moment hat er gewartet, ihn sich immer wieder vorgestellt. Warum zögert er? Der Schritt vom Planen zum Handeln. Tausendmal ist er alles in seinem Kopf durchgegangen. Es kann nichts schiefgehen. Windich wird vor Angst wie gelähmt sein. Oder? Der Schlagstock. Er muss ihn blitzschnell in die Halterung stecken und wieder hervorholen können. Er löst den Gürtel unter dem Umhang, schnallt ihn darüber. Das Loch passt nicht. Er sucht ein anderes. Seine Hände zittern. Warum hat er es vorher nicht in aller Ruhe gemacht? Er hatte so viel Zeit. Endlich. Er zieht den Stock heraus, steckt ihn zurück. Es funktioniert reibungslos. Er verlässt das Wartezimmer, schleicht über den Flur.

»Herr Briest? Sind Sie noch da?«

Er stockt. Hält den Atem an. Die Hand am Schlagstock. Er hört sein Herz klopfen, kann sich nicht entschließen, weiterzugehen. Die Tür erscheint ihm wie eine undurchdringliche Mauer. Soll es wirklich so sein? Die Sekunden vergehen. Gleich wird Windich herauskommen und die Dienststelle verlassen. Soweit darf er es nicht kommen lassen. Er zwingt sich, an seine verstorbene Freundin zu denken. Fühlt den Schmerz wie tausend Nadelstiche auf der Haut und gibt sich einen Ruck. Formuliert zum hundertsten Mal die Worte, die er auswendig gelernt hat: *Wenn Sie tun, was ich sage, passiert Ihnen nichts.* Er wird das Portemonnaie verlangen und einen Raub vortäuschen.

»Warum kommen Sie nicht herein? Was soll das Versteckspiel? Sie haben Glück, mich noch anzutreffen. Ich wollte längst fort sein.«

Es gibt kein Zurück mehr. Er stößt die Tür auf. Sieht Windich am Kleiderschrank, schreit:»Wenn Sie tun, was

11

ich sage, passiert Ihnen nichts!« Er weidet sich am Schrecken des Bewährungshelfers, gibt seinen Worten einen harten Unterton: »Ihr Portemonnaie! Schnell!« Verfolgt, wie Windich in die Jackentasche greift. »Die Hände auf den Rücken! Das Portemonnaie dazwischen. Schnell, schnell!« Er holt die Handschellen hervor, darf ihm keine Zeit zum Nachdenken lassen.

»Herr Degen? Wenn Sie es sind ... weil Sie den Anhörungstermin erhalten haben ... wir können mit dem Richter über alles sprechen. Noch ist nichts entschieden. Ich verspreche Ihnen, der Vorfall bleibt unter uns.«

»Die Hände auf den Rücken, habe ich gesagt! Langsam zum Schrank umdrehen!« Er verfolgt den Blick des Bewährungshelfers zum Schreibtisch, sieht ein Springmesser, und die Hand, die danach greift.

Das Dreckschwein will dich reinlegen. Er schlägt mit dem Schlagstock zu, verliert ihn aus der Hand, schnappt sich das Messer. Trifft den Druckknopf. Die Klinge schnellt heraus. Er nimmt die Bewegung von Windich wahr, der ihm das Messer entreißen will, dabei in die Klinge fasst. Das verzerrte Gesicht, die Platzwunde am Kopf. Er sticht zu. Erwischt ihn am Hals, sieht das Blut, die Panik in den Augen, die Hand, die versucht, die Wunde zuzudrücken. Sticht erneut zu, steigert sich in einen Rausch, bis Windich zwischen Schreibtisch und Schrank zu Boden gleitet. Er kann den Blick nicht abwenden, fühlt eine Macht, wie er sie noch nie im Leben empfunden hat.

Kapitel 2

Engel hält das Springmesser in der Hand. Was wollte Windich damit? Warum lag es auf dem Schreibtisch? Er lässt es auf den Toten fallen, betrachtet das Büro. Keine Bilder, keine Blumen. Tisch, Computer, Schrank, Stühle. Der Schlagstock. Er hebt ihn auf, wischt ihn mit den Handschuhen ab. Steckt ihn zurück in die Halterung am Gürtel. Das Portemonnaie von Windich. Er nimmt es in die Hand, zählt über dreihundert Euro. Auf dem Stuhl vor dem Schreibtisch entdeckt er ein weiteres Portemonnaie, das an den Rändern zerfleddert ist. Wer immer es vergessen hat, wird zurückkommen, das Licht im Büro sehen und schellen. Soll er die dreihundert Euro in das fremde Portemonnaie stecken? Um den Bullen und der Presse den Täter frei Haus zu liefern? Es soll so sein, an Zufälle glaubt er nicht. Er ahnt die Schlagzeile in der Presse voraus:

Raubmord in der Bewährungshilfe! Auf der Flucht verlor der Täter seine Beute.

Er klappt das Portemonnaie auf. Zwanzig Euro. Ein Foto von Lukas und einer Frau, bestimmt seiner Freundin. Sie strahlt in die Kamera. Noch ein Foto von den beiden. Arm in Arm. Sofort ist Engel an Sandra erinnert und fühlt die Leere seit ihrem Tod. Er nimmt den Personalausweis aus der Seitentasche: Lukas Briest. Er zögert.

Soll er das Geld abgeben? Dreihundert Euro könnte er brauchen, zumindest einen Teil davon. Woher sollen die Bullen wissen, wie viel Geld Windich bei sich hatte? Er stopft hundertfünfzig Euro in seine Hosentasche unter dem Umhang. Drei Fünfziger benetzt er mit Windichs Blut und steckt sie zu dem Zwanziger in das Portemonnaie, das er neben dem Toten auf den Fußboden wirft. Einem inneren Zwang folgend rennt er ins Wartezimmer, um die Grünpflanze aus der Ecke zu holen und sie neben Windich aufzubauen. Ein bisschen Leben in der Bude. *Verrückt.* Er beißt sich auf die Zunge, um den Schmerz zu fühlen. Nimmt den Notizblock des Bewährungshelfers an sich. Mit einem letzten Blick auf den Toten verlässt er das Büro. Streift die Verkleidung auf der Toilette ab, verstaut sie in dem mitgeführten Rucksack im Wartezimmer.

Wollte er es so? Ohne Worte? Ohne Verstehen? War das seine Rache? Nein, er wollte Windich mit der Maske und dem Schlagstock einschüchtern, ihn fesseln, aber nicht umbringen. Das Springmesser gab den Ausschlag. Sein Plan wurde von der Wirklichkeit übertroffen. Warum war er von dem Anblick des Toten nicht mehr erschrocken? Er hat ihn ermordet, einen Menschen erstochen. Er fühlt eine Eiseskälte in sich, die ihn erschreckt, zugleich mit Stolz erfüllt.

Von einem Fenster im Hausflur beobachtet er den Parkplatz vor dem Gebäude, den Bürgersteig, die Straße. Er wartet, bis zwei Fußgänger vorüber sind und alles leer wirkt. Mit dem Keil verhindert er das Zuschlagen der

Außentür, bevor er auf die andere Straßenseite wechselt. In der Garageneinfahrt erkennt er eine Gestalt. Er schlägt schnell die Kapuze seiner Regenjacke hoch, verdeckt das Gesicht und läuft zu den Ampeln an der Straßeneinmündung. Aus sicherer Entfernung wagt er einen Blick zurück. Licht in Windichs Büro, die Außentür einen Spalt geöffnet.

Er könnte wetten, dass Lukas zurückkommt, stellt sich den Schrecken beim Anblick des Toten vor. Wird Lukas das Portemonnaie aufheben und aus dem Gebäude stürmen? Oder die Bullen rufen? Er wird es nehmen, zur Platte fahren, um sich dichtzumachen, dabei das Blut an den Scheinen nicht mal bemerken. Die Bullen werden die Spur verfolgen und die drei blutigen Fünfziger bei ihm finden.

Der Regen setzt wieder ein. Engel findet eine Überdachung in einem Hauseingang. Es ist kalt, er friert, zittert, hat keine Lust zu warten. Warum kommt Lukas nicht? Hat er seine Freundin in der Stadt getroffen? Es ist schon acht Uhr. Die Sprechstunde endet um sieben, da wird er Windich nicht mehr in seinem Büro vermuten.

Engel macht sich auf den Weg zum Zentrum, hat sich zweihundert Meter entfernt, da nähert sich ein Jogger auf der anderen Straßenseite. Beim näheren Hinsehen erkennt er Lukas und freut sich wie ein Kind. Er folgt ihm bis zur Straßeneinmündung. Sieht, wie Lukas vor dem Eingang der Bewährungshilfe steht und zum ersten Stock sieht. Gut, dass er das Licht in Windichs Büro angelassen hat.

Wieso geht er nicht rein? Entdeckt er den Keil nicht? Los, geh rein, sieh dir die Schweinerei an. Wie auf Befehl drückt Lukas die Tür auf. Licht im Hausflur. Engel wartet. Nichts passiert. Es dauert ihm zu lang. Nachher ist alles voller Bullen. Er möchte nicht damit in Verbindung gebracht werden.

Kapitel 3

Für Alexander Windich will die Sprechstunde an dem Donnerstag nicht enden. Noch eine ganze Stunde bis neunzehn Uhr. Er betrachtet den Klienten, der ihm gegenüber am Schreibtisch sitzt und auf die nächste Frage wartet. Von sich aus erzählt der nichts, hat angeblich keine Probleme. Veränderungen in seiner Situation gibt es auch nicht. Windich ruft den letzten Vermerk in der elektronischen Akte auf, erinnert sich an die Arbeitsauflage im Gerichtsbeschluss. »Haben Sie die Sozialstunden aufgenommen? Sie sollten mir eine Bescheinigung vorlegen.«

Timo Bolt springt vom Stuhl. »Ich habe es nicht geschafft. Immer kommt mir was dazwischen.« Er stellt sich ans Fenster, sieht auf den Parkplatz.

»Setzen Sie sich!«, fährt Windich ihn an. »Niemand ist gezwungen, Sozialstunden zu leisten.« Er spielt mit der Überraschung des Klienten. Wartet, bis Bolt sich wieder gesetzt hat, um hinzuzufügen: »Ich hatte erwartet, dass Sie es zumindest versuchen. Warum haben Sie die Arbeitsauflage bei Gericht angenommen, wenn Sie es nicht mal schaffen, eine einzige Stunde zu leisten?«

»Was blieb mir für eine Wahl?« Bolt sieht zum Fenster.

»Sie hätten gegenüber dem Richter mit offenen Karten spielen können. Soll ich ihm berichten, dass sie lieber die Strafe verbüßen möchten. Sie brauchen es nur zu sagen.«

»Wollen Sie das? Mich in den Knast bringen?«

Windich versucht, ruhig zu bleiben. »Das liegt allein an Ihnen. Meine Aufgabe ist es, die Einsatzstelle zu vermitteln und das Gericht über Ihre Arbeitsaufnahme zu informieren. Sie haben keinen Grund, sich aufzuregen.«

»Ich rege mich nicht auf. Kann ich gehen?« Schon springt Bolt auf, ist an der Tür, zögert noch.

Windich hat das Gefühl, als wäre eine Mauer zwischen ihnen. Ihm fehlen die Worte, um sie zu überwinden. Vielleicht sollte er ihn an Marie abgeben, sie ist neu und hat kein volles Pensum. Er wird sich in der Dienstbesprechung dafür einsetzen, Klienten an Kollegen abgeben zu können, wenn der Funke nicht überspringt. Erst in der letzten Dienstbesprechung hatte sich sein Anleiter im Berufspraktikum dafür eingesetzt. Er hatte es verhindert, weil er fürchtete, Kollegen könnten es zum Anlass nehmen, ihre schwierigen Klienten loszuwerden. Außerdem mag er die Besserwisserei von Udo Fröbel nicht. Er blättert zu einer leeren Seite im Notizblock, um in Großbuchstaben deutlich lesbar zu schreiben:

Beim heutigen Termin wurde Herr Bolt an die Ableistung der gemeinnützigen Arbeit als Bedingung seiner Strafaussetzung zur Bewährung erinnert. Er erklärte, lieber die Haftstrafe verbüßen zu wollen.

Er schiebt den Notizblock über den Tisch.

»Kann ich es dem Richter so berichten? Oder wollen Sie erst eine Nacht darüber schlafen und mich morgen anrufen?«

Bolt kommt zum Schreibtisch zurück. Seine Finger berühren den Block, während er liest. Die fast weiße Gesichtshaut färbt sich ins Bläuliche, die Lippen wirken mit einem Mal blutleer.

»Ich habe nicht gesagt, dass ich die Strafe verbüßen möchte. Sie können sich nicht vorstellen, was Knast für mich bedeutet.«

»Es reicht, wenn *Sie* es sich vorstellen können«, unterbricht Windich mit lauter Stimme. »Und diese Vorstellung Ihnen hilft, die Arbeit am Montag pünktlich um sieben Uhr auf dem Friedhof aufzunehmen. Ansonsten werde ich den Widerruf der Strafaussetzung beantragen, da können Sie sich drauf verlassen. Hintertüren gibt es bei mir nicht. Am Ende der nächsten Woche werde ich beim Grünflächenamt nachfragen.«

Bolt rauscht aus dem Büro. Windich hört die Etagentür heftig zuschlagen, würde ihm am liebsten hinterherrufen, die Tür könne nichts dafür. Seit Mittag belasten ihn die Klienten mit ihren Problemen. Kein Geld. Ärger mit der Polizei, beim Jobcenter oder bei der Arbeit. Krach in der Familie, mit der Partnerin, den Eltern, alles multipliziert mit Alkohol und Drogen. Soll er in jedem Fall die Hintergründe erkunden? Sie bei der Hand nehmen und ihre Angst beruhigen, wie es sein Kollege Fröbel im Praktikum formuliert hatte. Er weiß bis heute nicht, ob es ernst gemeint war, nur, dass es nicht zu leisten ist. Die Zeit reicht nicht. Die Betreuungen werden komplizierter und der Verwaltungsaufwand hat mit der Einführung des Computerprogramms zugenommen, die Zahl der Mitarbeiterinnen in den Geschäftsstellen dagegen abgenommen. Wenn der Fortschritt darin gesehen wird, Menschen durch Automaten zu ersetzen, würde er gerne darauf verzichten.

Achtzehnuhrdreißig. In einer Stunde ist er mit Nina verabredet. Er hätte es sich nicht träumen lassen. Über vierzig und verliebt wie ein Teenager. Dabei hatte er gedacht, mit seiner Scheidung vor einem Jahr wäre das Thema Liebe für ihn erledigt. Nina, die Mitarbeiterin aus der Geschäftsstelle, zwölf Jahre jünger als er. Strahlend blaue Augen, ein blonder Wuschelkopf, zierlich gebaut. Ein runder Po, den sie mit engen Jeans betont. Er fand sie gleich bei der ersten Begegnung sympathisch, doch seit der Verabredung ist er nur noch aufgeregt. Er sollte den Computer runterfahren, seine Vertreterin informieren, dass er früher geht. Er kann sich nicht mehr auf die Klienten konzentrieren. Ein paar Schritte durch die Stadt laufen, den Nachmittag abschütteln, einen Strauß Blumen besorgen. Er überlegt, ob Nina eine Lieblingsblume erwähnt hat. In ihrem Büro hält sie nur Grünpflanzen, nichts Blühendes. Er könnte am Hauptbahnhof vorbeigehen, etwas Besonderes in dem Blumenladen aussuchen. Er sieht sich in seinem Büro um, auch hier könnte etwas Grün nicht schaden. Dazu sollte er ansprechende Bilder aufhängen. Nina liebt es, Räume zu

gestalten, hat oft darüber gesprochen. Im Geschäftszimmer spürt er die angenehme Atmosphäre durch die
vielen Dekorationen. Sein Büro vermittelt den Eindruck,
als wäre er auf der Durchreise. Nichts Persönliches, kein
Bild, kalt, sachlich. Ist er so? Räume sagen viel über
Menschen aus, die sie bewohnen.

In Recklinghausen wirkte sein Büro lebendiger. Er
hatte sich dort wohler gefühlt. In Bochum ist er nicht zur
Ruhe gekommen, es galt, neue Klienten kennenzulernen,
sich bei den Behörden und sozialen Einrichtungen vorzustellen. An allen Besprechungen teilzunehmen und die
neuen Standards in der Arbeit umzusetzen. Mehr als einmal hat er sich gefragt, wozu er das alles auf sich
genommen hat.

Kapitel 4

Es klopft an der Tür. Windich erinnert sich. Ein Klient hatte Nina während der Mittagspause mitgeteilt, dass er sich etwas verspäten würde. Sie hatte den Namen nicht verstanden oder vergessen, ihn aufzuschreiben. Er ruft: »Herein« und nimmt sich vor, das Gespräch so kurz wie möglich zu halten, um gleich danach zu verschwinden. Die hagere Gestalt von Jannis Kastas schiebt sich durch die Tür, reicht mit seinem Kopf bis an den oberen Rahmen. Trotz der Länge und des dunklen Anzugs wirkt der Klient kindlich auf ihn. Die weichen Gesichtszüge, der Blick, als könnte dahinter kein reifer Gedanke entstehen. Er gibt Kastas die Hand. Den wird er so schnell nicht los. Der muss bei jedem Gespräch seinen Hass auf Gott und die Welt offenbaren, die er für sein Schicksal verantwortlich macht. An erster Stelle die Justiz, die ihn im Maßregelvollzug untergebracht hatte. Er bittet den Klienten, sich auf einen Stuhl vor dem Schreibtisch zu setzen. »Wir haben nicht viel Zeit, Herr Kastas. Ich habe gleich einen wichtigen Außentermin. Hatten Sie am Mittag in der Geschäftsstelle angerufen?«

»Warum sollte ich anrufen? Sie hatten mich zur Sprechstunde bestellt. Schon vergessen?« Kastas schüttelt den Kopf. »Sonst wäre ich nicht gekommen. Ich habe Ihre Einladung dabei.« Er legt ihm das Schreiben auf den Tisch, zieht sich in aller Ruhe die Jacke aus und hängt sie über einen Stuhl vor dem Schreibtisch.

»Die Sprechstunde endet in ein paar Minuten.« Windich legt die Einladung beiseite und betrachtet mit Sorge, wie Kastas es sich auf dem Stuhl bequem macht. Einmal nimmt er sich nach der Sprechstunde etwas vor. Ein einziges Mal! Schon meinen alle, kurz vor Schluss vorbeischauen zu müssen. Es ist wie verhext. Er überfliegt den letzten Vermerk in der elektronischen Akte. »Haben Sie den Termin bei Dr. Kriem wahrgenommen?«

Kastas starrt ihn mit glänzenden Augen an und nickt mit dem Kopf. »Ja. Habe ich.«

Windich kennt diesen Blick, der Offenheit vorspielen soll, doch reine Schauspielerei ist. Er lehnt sich auf dem Stuhl zurück. »Wirklich? Ich werde es nachprüfen.«

»Prüfen Sie! Oder fragen Sie meine Verlobte. Sie hat mich hergefahren.« Kastas erhebt sich umständlich, beugt sich über den Schreibtisch. »Jasmin wartet im Auto. Ich kann sie holen.«

Bloß nicht, denkt Windich. Dann dauert es noch länger. »Dazu habe ich heute keine Zeit, Herr Kastas. Reichen Sie mir die Bescheinigung von Dr. Kriem in der kommenden Woche ein. Wenn ich nicht da sein sollte, geben Sie das Schreiben im Geschäftszimmer ab. Zum nächsten Gespräch bringen Sie Ihre Verlobte mit ins Büro. Lassen Sie sie nicht im Auto sitzen. Frauen warten nicht gern.« Mit der Anspielung hofft er, Kastas loszuwerden. Doch der lässt sich mit verdüsterter Miene zurück auf den Stuhl fallen.

»Darüber wollte ich mit Ihnen reden … über Jasmin und mich. Sie haben völlig recht, sie wartet nicht gerne.« Kastas kneift ihm ein Auge zu, als teilten sie ein geheimes Wissen über das Wesen der Frau.

»Das besprechen wir am besten im Beisein Ihrer Verlobten. Wir können einen Termin vereinbaren«, versucht er, auszuweichen. Doch sein Klient achtet nicht auf die Worte, sondern teilt gewichtig mit: »Die Depotspritze! Ich vertrage sie nicht. Fühle mich immer schlapp. Hänge herum. Keine Lust, verstehen Sie?«

Windich nickt verständnisvoll, während er den Sekundenzeiger seiner Armbanduhr verfolgt und sich einen Pickel am Kinn aufkratzt, bis es blutet. Er nimmt ein Taschentuch aus der Schublade, um sich das Blut abzutupfen. Das Telefon klingelt. Er hebt den Hörer ab. »Bewährungshilfe …« Weiter kommt er nicht. Die Stimme von Marie Marler, der jungen Kollegin, unterbricht ihn.

»Die anderen sind schon weg. Soll ich warten oder kommst du klar?«

Windich stellt sich vor, wie sie mit dem Telefon in der Hand vor ihrem Schreibtisch hin- und herläuft. Zumindest ruft sie an, die anderen werden schon verschwunden sein. »Nein, Marie. Du brauchst nicht zu warten. Herr Kastas ist gerade dabei, sich zu verabschieden.« Bei den Worten lächelt er seinen Klienten an.

»Dann bis morgen«, dringt die weibliche Stimme durch den Hörer. »Ich ziehe die Außentür ins Schloss. Sonst verirrt sich noch ein Nachzügler. Und vergiss

Nina nicht!«

Es versetzt ihm einen Stich. Nina hat ihr von der Verabredung erzählt, obwohl er gebeten hatte, sie geheim zu halten. Er begegnet dem abwartenden Blick von Kastas und versucht, sich an das Gespräch zu erinnern. *Die Depotspritze. Keine Lust.* »Sprechen Sie mit dem Arzt über die Medikation«, versucht er, das Thema abzuschließen, doch Kastas schweigt und er fühlt sich zu einer ergänzenden Erklärung verpflichtet. »Vielleicht kennt Dr. Kriem ein anderes Mittel, das Sie besser vertragen können. Oder ein Medikament, das die Nebenwirkungen von Risperdal lindert.«

»Dr. Kriem versteht mich nicht«, bricht es aus Kastas heraus. »Geht mir auf die Nerven mit seinem Gerede, der Körper würde sich daran gewöhnen. Er muss das Zeug ja nicht nehmen. Ich breche die Behandlung ab. Fertig.«

Windich nimmt eine aufrechte Haltung ein. »Nach dem Gerichtsbeschluss dürfen Sie die Behandlung nicht eigenmächtig abbrechen. Nur im Einvernehmen mit dem behandelnden Arzt. Ich hatte Sie beim ersten Gespräch ausführlich darüber belehrt. Ich hoffe, Sie erinnern sich daran.«

»Niemand kann mich zwingen, so ein Mittel zu nehmen. Ich habe mich bei meinem Anwalt erkundigt. Weisungen müssen zumutbar sein. Auch Richter können nicht machen, was sie wollen. Ich vertrag das Zeug nicht. Basta! Es ist mir nicht zuzumuten.« Kastas verschränkt demonstrativ die Arme vor der Brust.

Das hat Windich am Ende der Sprechstunde gefehlt. Er schüttelt den Kopf, besinnt sich und versucht, die Spannung herauszunehmen. »Was halten Sie davon, Ihre Lustlosigkeit in der Therapiegruppe anzusprechen? Vielleicht gibt es bei den anderen Patienten ähnliche Erfahrungen. Ich habe allerdings gehört, dass Risperdal gut angenommen wird.«

»Damit brauchen Sie mir nicht zu kommen.« Kastas beugt sich über den Schreibtisch. Windich weicht automatisch zurück. »Da gehe ich nicht mehr hin.«

Der Bewährungshelfer reibt sich mit den Händen über die Stirn. Von dem Ärger mit den sturen Klienten mischen sich schon graue Strähnen in seine Haare. Soll Kastas doch machen, was er will, wenn er ihn nur in Ruhe lässt. Doch das Gericht hat ihn aufgefordert, einen Führungsbericht zu schicken. Darin hat er sich zu den Weisungen zu äußern. Er rollt auf dem Drehstuhl näher an den Schreibtisch, stützt sich mit den Unterarmen auf. Fragt seinen Klienten in einem Tonfall, in dem er ein Kind fragen würde: »Warum gehen Sie da nicht mehr hin?«

»Weil ich keine Lust habe, mir ständig die Probleme der anderen anzuhören. Ich komme überhaupt nicht zu Wort.«

Windich schließt für Sekunden die Augen und atmet tief durch. »Sagen Sie zu Beginn der nächsten Gruppenstunde, dass *Sie* ein Thema einbringen möchten!«

»Warum? Ich will kein Thema einbringen. Mich interessieren die anderen nicht. Die machen mich krank mit ihren Themen. Sollen die das Zeug nehmen, wenn es ihnen hilft. Ich brauche es nicht, auch die Gruppe nicht!«

Windich ist verblüfft. Verschwendet Kastas nur einen Gedanken daran, wie er andere krankmacht, wie er ihn in diesem Moment krankmacht? Wie gerne Windich auf der Stelle das Büro verlassen würde, bevor er den ganzen Abend genervt herumläuft, am Ende Nina den Appetit verdirbt. Er entgegnet lauter als gewollt: »So geht das nicht, Herr Kastas! Sie müssen die Weisungen einhalten! Was meinen Sie, was der Richter sagt, wenn er davon erfährt? Glauben Sie, der beschließt alles zum Spaß oder um Sie zu ärgern? Gerade hat er einen Bericht in Ihrer Sache angefordert.«

»Sie sind mein Bewährungshelfer!«, kontert Kastas ebenso laut und richtet sich auf dem Stuhl auf, dass er Windich überragt. »Schreiben Sie dem Richter, dass ich das Zeug und die Gruppe nicht brauche. Berichten Sie ihm von meiner Beziehung zu Jasmin. Ich bin völlig okay. Er kann die Weisungen aufheben.«

Windich überlegt, ob er ihn anschreien oder ruhig bleiben soll. Überlegenheit äußert sich sachlich. »Die gerichtlichen Weisungen helfen Ihnen, dass sich die damalige Krise nicht wiederholt.« Bei seinen Worten spürt er, dass ihm die Deeskalation nicht gelingt. Es mischt sich zu viel Ärger hinein, durch das sinnlose Gespräch Nina warten zu lassen. Blumen kann er nicht mehr besorgen, er wird mit leeren Händen vor ihr stehen. Warum hat er sich nicht in der Dienststelle mit ihr verabredet, um gemeinsam zum Restaurant aufzubrechen?

Das wäre entschieden besser gewesen.

»Mit Jasmin habe ich mich von früheren Kollegen zurückgezogen. Keine Kneipenbesuche mehr, kein Alkohol. Ich gehe kaum raus. Wir wünschen uns ein Kind. Verstehen Sie? Doch ohne Sex klappt das nicht.«

Windich staunt seinen Klienten an, zieht dabei die Stirn in Falten. Kaum ist der aus der Klinik entlassen, will er mit seiner Verlobten ein Kind in die Welt setzen. Warum gibt es keinen Elternschein, der erst abgeschlossen werden muss? So wird das Kind in einigen Jahren auch hier sitzen. Nicht die erste Familie, die in zweiter und dritter Generation betreut wird. Ob Nina sich ein Kind wünscht? Sie ist keine dreißig und kinderlos. Bevor er eine Beziehung mit ihr eingeht, sollte er es geklärt haben. Mit seinen vierzig Jahren und dem ganzen Beziehungsmüll auf der Arbeit fühlt er sich einem Kind nicht gewachsen. Wenn es in die Pubertät kommt, wäre er über fünfzig. Wie alt mag Kastas sein? Er sieht in die elektronische Akte. »Sie sind siebenundzwanzig geworden. Da haben Sie alle Zeit für den Kinderwunsch. Wie alt ist Ihre Freundin?« Seine Ehefrau hatte von Babysachen geschwärmt, sich immer wieder neue Namen ausgedacht, bis sie ihn von heute auf morgen verließ. Zu einem anderen Partner, um ihre Familienplanung zu verwirklichen. Er könnte wetten, dass sie schon schwanger ist.

Kastas beugt sich vor. Der abwehrende Blick lässt Windich vermuten, dass ihm die Frage nach dem Alter seiner Verlobten missfällt.

»Jasmin wird in ein paar Wochen einundzwanzig. Sie

möchte nicht warten, bis sie grau ist.«

»Da liegen ein paar Jahre dazwischen«, wirft Windich ein, doch sein Klient lässt sich nicht stoppen.

»Sie haben vorhin selbst gesagt, Frauen warten nicht gerne. Wir haben uns gefunden und fertig. Es ist, als würden wir uns ewig kennen. Während der Zeit in der Klinik haben wir uns täglich geschrieben. Sie hat mich besucht, so oft sie konnte. Seit meiner Entlassung sind wir Tag und Nacht zusammen. Was uns fehlt, ist ein Kind.«

»Sie wurden vor drei Monaten aus der Klinik entlassen«, meint Windich mit einem Blick in die elektronische Akte.

»Genau«, bestätigt Kastas. »Wir heiraten, wenn die Unterlagen vollständig sind.«

»Wie wollen Sie eine Familie ernähren?« Windich fragt sich, was ihn hindert, das Gespräch abzubrechen und die Fortsetzung auf einen anderen Tag zu verschieben. Die Art seines Klienten reizt ihn zu sehr zum Widerspruch. Warum schweigt Kastas jetzt? Zum Schweigen fehlt nun wirklich die Zeit. Da lehnt sich sein Klient schon wieder auf dem Stuhl zurück und verschränkt die Arme. Hat er die Frage nicht verstanden? Oder ist die Formulierung: *Eine Familie ernähren* zu veraltet? »Ein Kind kostet eine Menge Geld, Herr Kastas. Haben Sie sich darüber Gedanken gemacht?«, versucht Windich, die Frage klarer zu formulieren.

»Ich war beim Jobcenter.« Kastas holt einen zerknitterten Brief aus seiner Jackentasche, den er Windich reicht. »Mein Eingliederungsvertrag. Es soll untersucht werden, wie viele Stunden ich am Tag arbeiten kann.«

Windich entfaltet das Schreiben und starrt auf die Zeilen. Er hat keine Lust, den Vertrag für die Akte abzulichten, möchte seinen Klienten auch nicht im Büro alleinlassen. Außerdem hat er sich nicht mit dem Multifunktionsgerät im Geschäftszimmer vertraut gemacht, mit dem Kopien direkt in die elektronische Akte gescannt werden. Es ist keiner mehr da, der es für ihn erledigen könnte. »Wann ist der nächste Termin bei der Ambulanz?« Er faltet den Vertrag und reicht ihn Kastas zurück, spürt dabei, wie der ihn feindselig mustert.

»Ich habe Ihnen gesagt, dass ich da nicht mehr hingehe.«

Windich sieht auf seine Armbanduhr. Gleich halb acht. Er stellt sich vor, wie Nina im Restaurant einen Milchkaffee bestellt und auf ihn wartet. Er könnte bei ihr sein, wenn er sich rechtzeitig losgerissen hätte. Das Gespräch mit Kastas hätte er sich ersparen können. »Ich rufe morgen Dr. Kriem an, um ein gemeinsames Gespräch mit ihm zu vereinbaren. Ist Ihre Handynummer noch aktuell?«

Kastas holt sein Handy aus der Tasche, murmelt: »Ich weiß die Nummer nicht auswendig.«

Windich tippt sie aus der elektronischen Akte ins Telefon. Das Handy von Kastas vibriert, ein Popsong ertönt als Klingelzeichen: *Over The Rainbow*. Die ruhigen Gitarrenklänge rücken Kastas in ein angenehmeres

Licht. Er legt den Hörer zurück auf die Station. »So, jetzt habe ich wirklich keine Zeit mehr. Ich komme schon zu spät zu meiner Verabredung. Ich werde Sie anrufen, sobald ich mit Dr. Kriem gesprochen habe.« Er erhebt sich vom Stuhl, geht zur Tür, um die Worte zu unterstreichen.

»Ich brauche zwanzig Euro für Fahrgeld«, meint Kastas. »Schließlich haben Sie mich eingeladen.«

»Sagten Sie nicht, Ihre Verlobte würde im Auto warten?« Kastas schafft es, immer noch einen draufzusetzen. Windich sieht ihn stirnrunzelnd an. Er hat zwar die Möglichkeit, den Klienten in Notlagen mit geringen Beträgen auszuhelfen, doch die Anfahrt sollten sie selbst aufbringen.

»Was denken Sie?«, entgegnet Kastas. »Dass Jasmin mich für Luft und Liebe durch die Gegend fährt? So viel Geld verdient sie nicht als Friseurin.«

Windich gibt sich geschlagen, holt den Quittungsblock aus der Schublade, setzt zehn Euro ein. »Das wird keine Dauereinrichtung«, betont er. »Die Kosten für die Anfahrt müssen Sie zukünftig selbst aufbringen!«

»Von dem Geld vom Jobcenter? Haben Sie mal versucht, davon zu leben?«

Es schellt. War Windich klar, dass der Anrufer vom Mittag auch noch kommt. Hoffentlich ist es nicht Degen. Nach seinem Bericht wird das Gericht ihn zur Anhörung geladen haben. Nein, mit Degen möchte er heute nicht mehr sprechen. Er wird die Dienststelle zusammen mit Kastas verlassen, Degen an der Tür einen Termin für morgen Vormittag geben und sich nicht aufhalten lassen. Er erkundigt sich über die Sprechanlage nach dem Besucher.

»Lukas Briest. Es ist wichtig.«

»Nur kurz, Herr Briest! Sie sind eine halbe Stunde zu spät.« Er öffnet die Haustür mit dem elektrischen Türöffner und verlässt das Büro, um ihn an der Glastür zu empfangen. Erleichtert, dass es nicht Degen ist, doch besorgt, noch mehr Zeit zu verlieren. Vor der Bürotür bittet er Briest, einen Moment zu warten. Mit Blick auf den Schreibtisch stellt er fest, dass Kastas die Quittung unterschrieben hat. Er nimmt sein Portemonnaie aus der Jackentasche im Schrank und erinnert sich, auf dem Weg zur Arbeit dreihundert Euro vom Konto abgeholt zu haben. Er sucht verdeckt nach zehn Euro, klappt das Portemonnaie zu und steckt es in seine Jackentasche zurück. Er wundert sich, dass es Kastas in der gespielten Einfalt gelingt, ihm Geld aus der Tasche zu ziehen. »Ich rufe Sie an, sobald ich mit Dr. Kriem gesprochen habe.«

Kastas geht ohne ein weiteres Wort zur Tür, rempelt beim Hinausgehen den hereinkommenden Briest an, der seine blaue Kappe fallen lässt, sich bückt, um sie wieder aufzuheben.

Windich erinnert sich an das erste Gespräch mit Briest, der mit der Kappe auf dem Kopf ins Büro kam und sich gleich auf einen Stuhl setzte. Nicht mit ihm. Er schickte ihn heraus, um ohne Kopfbedeckung noch einmal anzuklopfen.

Kapitel 5

Lukas Briest rückt den Stuhl dicht vor den Schreibtisch des Bewährungshelfers. Unter der Tischplatte spielt er mit der Kappe, ständig versucht, sie hervorzuholen und aufzusetzen. Doch er darf Windich nicht reizen. Das erste Gespräch ist ihm in Erinnerung geblieben, als er aus dem Büro geschickt wurde, um noch einmal ohne Kopfbedeckung anzuklopfen.

»Ich habe morgen ein Vorstellungsgespräch bei Randstad in Dortmund. Die suchen Lagerarbeiter«, erklärt er dem Bewährungshelfer.

»Es freut mich, dass Sie vorbeigekommen sind, um es mir persönlich zu sagen, Herr Briest. Sollte es zum Abschluss eines Arbeitsvertrages kommen, bringen Sie ihn beim nächsten Gespräch mit. Ich drücke Ihnen die Daumen.«

Freundliche Worte, um ihn abzuwimmeln. Glaubt der Bewährungshelfer, dass er vorbeigekommen ist, um ihn über das Vorstellungsgespräch zu informieren? Windich kann sich denken, dass er Fahrgeld nach Dortmund braucht, doch legt Wert darauf, dass er das Anliegen klar und deutlich formuliert. Warum erwartet Lukas von allen, seine Gedanken lesen zu können? »Am Telefon meinten sie, ich hätte gute Chancen. Dreizehn Euro pro Stunde. Plus Zulagen für Überstunden und Nachtschicht.

Bis zum nächsten Jahr könnte ich was zurücklegen.«

Der Bewährungshelfer löst den Blick vom Bildschirm und sieht ihm in die Augen. »Ich gehe davon aus, dass Ihnen so kurz vor dem Ersten das Fahrgeld nach Dortmund fehlt.«

Na, das ist ja mal eine Einsicht. Lukas staunt über den plötzlichen Sinneswandel. »Ich zahle es Ihnen nach dem Ersten zurück«, versichert er. »Versprochen.«

»Zwanzig Euro.« Windich dreht sich von ihm weg, um verdeckt im Portemonnaie zu wühlen. Meint wohl, er würde ihn berauben, wenn er die Millionen sieht. Verurteilt wegen Drogen, da ist ihm alles zuzutrauen. Die Kollegen sind ausgeflogen, also ist Vorsicht geboten. Er nimmt den Zwanziger entgegen, schämt sich für seine Gedanken, bedankt sich und unterschreibt die Quittung. Windich steht auf, reicht ihm die Hand. Lukas erhebt sich gleichzeitig, zieht dabei sein Portemonnaie mit einem Ruck aus der Hosentasche, um den Zwanziger einzustecken. Prompt rutscht sein Springmesser heraus, fällt scheppernd zu Boden. Er bückt sich, um es aufzuheben und in der Tasche verschwinden zu lassen.

»Darf ich mal sehen?«

Lukas atmet tief durch und reicht Windich das Messer. Der Bewährungshelfer betrachtet es von allen Seiten, lässt die Klinge mit einem Knopfdruck seitlich herausschnellen und sieht Lukas mit einem durchdringenden Blick an. »Wozu benötigen Sie das Springmesser?«

Hoffentlich glaubt Windich nicht, dass er ihn

berauben wollte, wenn er kein Geld erhalten hätte. Mit einem harmlosen Lächeln erwidert er: »Nur zur Verteidigung!«

»Warum brauche ich so was nicht zur Verteidigung?«

»Weil Sie nicht mit Drogen gehandelt haben. Sie kennen es nicht, ständig auf der Straße angesprochen zu werden. Die glauben mir nicht, dass es vorbei ist, sind sauer, wenn ich ihnen nichts verkaufe. Halten mich für einen Spitzel.« Lukas beobachtet den Bewährungshelfer, der seinen Worten offensichtlich keine Bedeutung beimisst, sondern vorsichtig die Klinge des Messers ertastet. Schon überlegt er, ihn durch einen demonstrativen Blick auf die Uhr an die Zeit zu erinnern, doch ist sich nicht sicher, ob es als respektlos aufgefasst werden könnte. Er betrachtet die blaue Kappe in seiner Hand und hält den Mund.

»Für den Verteidigungsfall taugt so ein Springmesser nichts«, doziert Windich. »Ehe Sie zustechen können, hat der Angreifer Sie überwältigt. Wenn *Sie* schneller sind, blüht Ihnen ein Verfahren wegen gefährlicher Körperverletzung, wenn nicht sogar wegen Totschlags. Ich kann mir nicht vorstellen, dass Sie wieder in den Knast wollen.«

Als habe Lukas jemals vorgehabt, mit dem Messer zuzustechen. Es vermittelt ihm Sicherheit, das ist alles. Er überlegt, es Windich zu erklären, denkt an den Zwanziger und lässt es sein. »So habe ich es noch nicht betrachtet«, erwidert er kleinlaut.

»Deswegen sage ich es Ihnen«, meint Windich. »Sind

Sie damit einverstanden, wenn ich das Messer einziehe, um es bei der Polizei abzugeben?«

Lukas stimmt zu, er würde allem zustimmen, um aus der Nummer rauszukommen. Hauptsache, er hat das Fahrgeld für das Vorstellungsgespräch. »Besser Sie ziehen es ein, als wenn es die Polizei bei mir findet.« Genug geschleimt, denkt Lukas und öffnet die Bürotür. Windich folgt ihm auf den Flur, reicht ihm die Hand.

»Beim nächsten Mal legen Sie mir einen Drogentest vor. Wir hatten über die Weisung des Gerichts gesprochen.«

Verdammter Idiot! Bei einem Rückfall würde er kein Screening machen, sondern entgiften. Er versteht das System nicht, wollen sie einem helfen oder einen schikanieren? Wahrscheinlich wissen sie es selbst nicht. An der Glastür nimmt er den Duft nach Moschus wahr, der von der Toilette kommt. Bei seinem Eintreffen hatte er ihn mit Windich in Verbindung gebracht. Er sieht den Bewährungshelfer im Büro verschwinden und verlässt die Etage. Er wird in seiner Wohnung ausschlafen, um morgen ausgeruht beim Vorstellungsgespräch zu erscheinen. Natalie verbringt den Abend bei ihrer Freundin. Er wird sie erst informieren, wenn er das Ergebnis kennt, er möchte keine Hoffnung wecken, die sich nicht erfüllt.

Vor der Dienststelle wartet der Besucher, der ihn an der Bürotür angerempelt hatte. Auf ihn? Lukas nimmt zwei Zigaretten aus der Schachtel, bietet dem Langen eine an. »Dafür, dass du Windich aufgehalten hast. Sonst hätte ich ihn nicht mehr angetroffen.«

Der Lange guckt überrascht. »Hast einen Zehner abgestaubt, was? Wie heißt du überhaupt? Kannst mich Jannis nennen.«

»Lukas. Auf wen wartest du?« Ihn wundert nichts mehr, offenbar neigt er dazu, andere zu unterschätzen.

»Meine Freundin kauft ein paar Sachen ein. Wenn du willst, nehmen wir dich nachher ein Stück mit.«

»Nein, danke. Ich habe es nicht weit«, wehrt Lukas ab. Er winkt Jannis zu und geht die Straße rauf in Richtung Ampel. Er will sich nicht kutschieren lassen. Allein die Vorstellung, eingequetscht hinter Jannis und seiner Freundin auf der Rückbank zu hocken, verursacht ihm Übelkeit. Gut, dass er sich herausreden konnte. Wie oft hat er sich geärgert, im richtigen Moment nicht *Nein* gesagt zu haben. Bei scheinbar unwichtigen Dingen fängt es an und endet in einer Therapie. Er freut sich über das Geld von Windich, fühlt sich mit Gott und der Welt versöhnt. Auf dem Weg zum Hauptbahnhof lacht ihn eine junge Frau an, überhaupt scheinen die Menschen in der Fußgängerzone gut gelaunt zu sein. Selbst das Regenwetter stört sie nicht. Er denkt an das morgige Vorstellungsgespräch und die Freude von Natalie, wenn er die Stelle bekommt.

Kapitel 6

Alexander Windich reißt das Fenster auf, um an der frischen Luft durchzuatmen. Noch ein paar Minuten hinsetzen, abschalten. Die Sprechstunde hat ihn geschafft. Vor allem das Gespräch mit Kastas. Soll er einen Vermerk in der elektronischen Akte aufnehmen, um sich den Ballast aus dem Kopf zu schreiben. Sonst wird er Nina beim Essen damit nerven. Er sollte sie anrufen, um ihr den Grund für die Verspätung zu nennen. In seiner Kontaktliste im Handy hat er sie noch nicht aufgenommen. Er durchwühlt die Schreibtisch-Schubladen. Wo hat er die privaten Telefonnummern der Mitarbeiter? Er könnte wetten, morgen entdeckt er sie, wenn er sie nicht braucht. Er gibt die Suche auf, möchte nicht noch mehr Zeit vergeuden. Was hatte er zu Kastas gesagt? *Frauen warten nicht gerne.* Bei seiner geschiedenen Ehefrau reichten fünf Minuten, um ein Donnerwetter auszulösen. Er hofft, bei Nina mehr Verständnis zu finden. Er braucht Ruhe in seiner Freizeit, keinen Stress. Das hat er sich während der Trennungszeit geschworen. Er fährt den Computer runter. Die Klienten hat er in der Sprechstunde nicht gezählt, sieht nur den vollen Notizblock vom heutigen Tag. Immer aufmerksam sein, zuhören, Perspektiven finden. Das schlaucht. Bevor er zu Nina aufbricht, wird er sich Stichpunkte zu den letzten Gesprächen notieren, morgen hat er alles vergessen.

Jannis Kastas: Dr. Kriem anrufen! Einhaltung der Weisungen hinterfragen. Gemeinsames Treffen vereinbaren. Eingliederungsvertrag mit dem Jobcenter. Familienplanung mit der Verlobten Jasmin Gerritz.

Er erinnert sich an den starren Blick. Kastas hat die Depotspritze vor zwei Tagen nicht abgeholt, dafür würde er jede Wette eingehen. Die Klienten glauben, sie könnten einem alles erzählen. Dabei ist er fast fünfzehn Jahre in dem Beruf, da lernt man, zwischen Wahrheit und Lüge zu unterscheiden. Kastas wollte seine Verlobte zur Bestätigung hereinholen. Scheint die Richtige zu sein, wenn sie sich zu einer Lüge anstiften lässt. Kastas kann froh sein, dass er keine Zeit mehr hatte, sonst hätte er sie antanzen lassen, um den beiden ordentlich ins Gewissen zu reden. Er sieht aus dem Fenster. Draußen hat es angefangen zu regnen. So ein Sauwetter bei der Verabredung mit Nina. Sein Schirm liegt im Kofferraum seines Golfs und der steht in der Garage. Er nimmt das Auto grundsätzlich nicht mit, wenn er plant, ein oder zwei Gläser Wein zu trinken. Er wird notfalls durch den Regen laufen. So weit ist es nicht. Wer war vor Kastas in der Sprechstunde? Timo Bolt. Er liest den Vermerk auf dem Notizblock, den er während des Gesprächs formuliert hat, setzt eine Notiz dazu.

Am Ende der nächsten Woche beim Grünflächenamt nachfragen, ob Bolt die Stunden aufgenommen hat. Ansonsten Widerruf beantragen.

Zweihundert Sozialstunden sind zu schaffen. Wenn er

Bolt wäre, würde er Überstunden leisten, an Wochenenden arbeiten, um sich den Ärger mit dem Gericht zu ersparen. Bolt hat es schon mal verpatzt, obwohl er in den Gesprächen einen intelligenten Eindruck vermittelt. Durch das offene Fenster surrt eine Wespe ins Zimmer. Er wundert sich, dass es um diese Jahreszeit noch welche gibt. Er ist gegen Wespenstiche allergisch, kann gleich ins Krankenhaus laufen, wenn sie ihn sticht. Er beobachtet sie vom Schreibtisch aus, rührt sich nicht von der Stelle. Wahrscheinlich handelt es sich um die letzte Wespe in diesem Jahr, ausgesandt, um seine Verabredung zu stören. *Vergiss Nina nicht.* Die Worte der jungen Kollegin am Telefon. Morgen wird die gesamte Dienststelle davon wissen. Er zweifelt, ob Nina die Richtige ist, wenn sie nicht mal das erste Treffen für sich behalten kann. Aber er fühlt sich zu ihr hingezogen, nicht nur körperlich, sie lieben die gleiche Musik, Musicals. Er wird sie zu einer aktuellen Veranstaltung einladen, wenn sie bereit ist, eine Trennung zwischen beruflich und privat zu akzeptieren. Das wird er ihr deutlich sagen. Das Springmesser liegt vor ihm auf dem Schreibtisch. Er schüttelt den Kopf. Briest müsste wissen, dass so ein Messer in der Öffentlichkeit verboten ist. Sonst scheint er auf einem guten Weg zu sein, zumindest spricht die Wahl seiner Freundin für ihn. Solche Frauen erreichen bei den Klienten oft mehr als alle Maßnahmen der Justiz.

Lukas Briest: zwanzig Euro für die Vorstellung bei Randstad. Ab nächstem Jahr: Studium in Dortmund. Positiver Einfluss seiner Freundin Natalie, die als

Erzieherin arbeitet und mit ihm studieren will. Das
Springmesser bei der Polizei abgeben.

Ob Nina sich für ihn besonders reizvoll angezogen
hat? Im Büro trägt sie meist Pullis und enge Jeans, die
ihre schlanke Figur und die langen Beine betonen. Er
sieht an sich herunter: graues Hemd, blaue Jeans. Im
Schrank hängt die dunkle Herbstjacke. Seine Frau hatte
ihm Farbenblindheit vorgeworfen, ihm jeden Morgen
und zu besonderen Anlässen passende Kleidung heraus-
gelegt. Seit er allein ist, konzentriert er sich auf blaue
und graue Sachen. Da kann er nichts verkehrt machen.
Nina hat Geschmack, sie wird ihm sagen, wenn etwas
nicht übereinstimmt. Darf er sie bei der Begrüßung in
den Arm nehmen? Das würde von Anfang an eine vertraute Atmosphäre schaffen. Er ist aufgeregt vor der
ersten Begegnung mit ihr außerhalb des Büros, obwohl
er sie seit einem halben Jahr kennt. Soll er im Restaurant
eine Flasche Wein bestellen oder die Getränkeauswahl
ihr überlassen? Er ist der Mann, also wird er die Bestellung übernehmen.

Kann er es wagen, sie nach dem Essen auf einen
Drink in seine Wohnung einzuladen? Oder würde sie es
als Aufforderung zum Sex verstehen? Nachher lehnt sie
ab und tratscht herum, er habe sie ins Bett kriegen
wollen. Er muss sich eingestehen, keine Übung in solchen Sachen mehr zu haben. Er ist sich nicht mal sicher,
ob sie an ihm interessiert ist oder nur zugesagt hat, weil
sie sich Vorteile auf der Arbeit verspricht. So oder so,
wenn er sich nicht bald auf den Weg macht, wird er sie

in dem Restaurant nicht mehr antreffen. Die Wespe hat sich auf dem Schreibtisch niedergelassen. Er überwindet sich, nimmt den Notizblock, um sie zu verscheuchen. Im gleichen Augenblick schwirrt sie aus dem Fenster. Er stürzt dahin, um es zu schließen.

Ein Geräusch auf der Etage. Ist noch jemand da? Ein Kollege? Wohl kaum. Briest auf der Toilette? Er ruft: »Herr Briest? Sind Sie noch da?« Nichts. Briest hatte die Glastür hinter sich geschlossen. Warum sollte er zurückkommen? Die Arbeit macht ihn fertig. Er bildet sich Geräusche ein. Oder? Er erinnert sich an die Drohungen von Alois Degen. Noch vor ein paar Tagen am Telefon. Degen hatte während einer heftigen Auseinandersetzung mit seiner Partnerin im betrunkenen Zustand den Fernseher aus dem Fenster im zweiten Stock geworfen. Nachbarn hatten die Polizei alarmiert, die ihn für eine Nacht zur Ausnüchterung auf die Wache brachten, nachdem er sie bei dem Einsatz beschimpft und angegriffen hatte. Was blieb ihm übrig, als eine vorübergehende Unterbringung im Maßregelvollzug bei Gericht anzuregen? Degen hatte wiederholt gegen die Weisung verstoßen, auf jeglichen Alkoholkonsum zu verzichten. Nicht auszudenken, wenn jemand auf der Straße verletzt worden wäre. Da endet für ihn das Wohlwollen mit den Klienten, da ist der Schutz der Allgemeinheit vorrangig.

Wie soll Degen in die Dienststelle gelangt sein? Marie hatte am Telefon versprochen, die Außentür ins Schloss zu ziehen. Vor dem Verlassen der Etage kontrolliert sie die Toiletten und das Wartezimmer. Darauf kann er sich verlassen. Degen könnte höchstens mit Briest hereingekommen sein. Warum hat er seine Mitarbeiter nicht über die Bedrohung informiert? Er möchte als Dienststellenleiter keine Schwäche zeigen, das ist es. Wer seinen Kopf aus der Menge herausstreckt, macht sich angreifbar. Er hätte das Gespräch mit Kastas unterbrechen und die Etage um sieben Uhr mit den anderen verlassen sollen. Er nimmt sich vor, es verpflichtend einzuführen. Vor der Tür hat sich jemand bewegt. Ganz eindeutig. Das ist keine Täuschung. Sein Herzschlag beschleunigt sich.

»Briest! Sind Sie noch da?« Keine Antwort. Er hält inne, um zu lauschen, sieht dabei auf dem Stuhl vor dem Schreibtisch ein zerfleddertes Portemonnaie liegen. Das kann nur Briest vergessen haben. Er atmet auf. »Warum kommen Sie nicht herein? Was soll das Versteckspiel? Sie haben Glück, mich noch anzutreffen. Ich wollte längst fort sein.«

Die Tür fliegt auf. Ein Maskierter stürzt herein mit einem Schlagstock in der Hand. Schwarze Maske, schwarzer Umhang, schwarze Handschuhe. Windich unterdrückt ein Zittern. Was will er? Sein Portemonnaie? Weiß er von den dreihundert Euro? Windich soll seine Hände auf den Rücken legen, sich dabei umdrehen. Er sieht die Handschellen. Das kann nicht wahr sein, das darf er nicht zulassen. Augenblick! Ja, klar! Das Parfüm. »Herr Degen. Wenn Sie es sind … weil Sie den Anhörungstermin erhalten haben … wir können mit dem Richter über alles reden. Machen Sie es nicht noch schlimmer. Ich werde Ihnen helfen.«

Ein kurzes Zögern. Seine Chance. Er muss handeln. Das Springmesser liegt in Reichweite auf dem Tisch. Er greift danach. Da schlägt der Maskierte zu, trifft ihn am Kopf. Er taumelt zurück. Das Messer! Der Angreifer ist schneller. Er will es ihm entreißen, fasst in die Klinge. Ein Schmerz. Er zieht die Hand zurück. Gott, der Maskierte hat ihn am Hals erwischt. Er berührt die Wunde, versucht, sie zuzudrücken. Blut läuft über seine Hand. Ein Schmerz in der Brust raubt ihm alle Kraft.

Kapitel 7

Lukas Briest verspürt am Hauptbahnhof Heißhunger auf ein Menü von *McDonalds*. Er kann sich hundertmal sagen, dass er das Geld morgen braucht, sein Bauchgefühl pfeift darauf. Er hat seit dem Frühstück nichts gegessen und verdammten Hunger. Mit dem Zwanziger hat Windich ihm mehr gegeben als erwartet, also kann er etwas abzweigen. Für ein Menü reicht das Geld nicht, er wird morgen nach dem Vorstellungsgespräch noch etwas brauchen, aber zwei Cheeseburger kann er sich leisten. Er betritt die Filiale und hat Glück, eine Kasse wird gerade geöffnet. Er bestellt die Cheeseburger bei der farbigen Kassiererin und greift in gewohnter Weise in die Jackentasche. Da ist nichts! Sofort bildet sich Schweiß auf seiner Stirn. Er leert alle Taschen auf der Theke aus, versucht, sich zu erinnern, wo er sein Portemonnaie zuletzt aus der Jacke nahm. Natürlich beim Bewährungshelfer, um die zwanzig Euro einzustecken. Nachher hat er es nicht mehr benutzt. Es kann nur bei Windich im Büro sein. Bei dem Theater mit dem Springmesser hat er es liegen lassen. Aber würde sein Bewährungshelfer ihn nicht anrufen? Die Handynummer hatte er ihm gleich beim ersten Gespräch vor einem Monat gegeben. Oder hat Windich es nicht bemerkt? Am Ende hat er das Portemonnaie nicht richtig eingesteckt und unterwegs verloren. Dann ist alles weg, nicht nur das Geld, auch sein Ausweis. Es gruselt ihn vor den Laufereien, den Kosten. Wie soll er morgen nach Dortmund kommen?

»Was ist nun?«, wird er von hinten bedrängt. »Es wollen noch andere dran!«

Er sieht zu der Kassiererin, die über ihn oder die gesamte Situation lacht. Offenbar denkt sie, er wollte ihr imponieren. Trotz seiner Aufregung fallen ihm ihre strahlend weißen Zähne auf. Überhaupt sieht sie gut aus, wenn auch ein bisschen klein. »Ich habe mein Portemonnaie nicht dabei. Es muss mir … bei einem Bekannten … aus der Tasche gefallen sein.« *Beim Bewährungshelfer* möchte er nicht sagen. »Ich werde es holen, bin gleich zurück.«

Er spürt, wie die schwarzen Augen ihn prüfen.

»Kannst sie bezahlen, wenn du es gefunden hast, okay?« Sie reicht ihm die Cheeseburger.

Er bedankt sich, sieht auf die Uhr. Schon acht. Er rennt los, muss Windich noch im Büro erreichen. Zwischendurch beißt er in einen Cheeseburger, denkt an die Kassiererin, nimmt sich vor, ihr auf jeden Fall das Geld zu bringen. Er verschluckt sich, hustet, pausiert einen Augenblick und läuft weiter.

In der Fußgängerzone versperren ihm Regenschirme die Sicht. Er stößt hier und da an, hört ärgerliche Aufschreie, würde am liebsten zurückbrüllen, um seiner Wut Luft zu machen, rennt aber weiter. Lässt sich nicht aufhalten, von den Fußgängern nicht, die ihm vorhin noch so freundlich erschienen, dem Regen nicht, seiner Wut nicht, die ja verdrängte Tränen sind, wenn er den Therapeuten glauben darf. Die sollten mal in so eine Situation geraten.

Keuchend und durchnässt erreicht er die Bewährungshilfe. Atmet erleichtert auf. Im Büro von Windich brennt Licht. Er kann sein Glück nicht fassen und schellt. Keine Reaktion. Er schellt noch einmal. Da bemerkt er den Keil an der Tür. Der war vorhin nicht da. Windich scheint auf jemanden zu warten. Na, auf ihn bestimmt nicht, oder? Wenn er das Portemonnaie entdeckt hat? Er betritt den Hausflur, steigt die Treppen hoch zur ersten Etage. Etwas sagt ihm, dass er verschwinden sollte, hier nichts mehr zu suchen hat. Das Zittern seiner Lippen als untrügliches Zeichen, dass er dabei ist, sich in Schwierigkeiten zu begeben. Seine Freundin hatte ihn angefleht, keinen Unsinn mehr zu machen. Ihr und seiner Mutter zuliebe hat er den Kontakt zur früheren Clique aufgegeben. Er öffnet die Etagentür, ruft: »Herr Windich?«

Keine Antwort. Das bildet er sich nicht ein, da stimmt etwas nicht. Er bleibt stehen. Warum antwortet Windich nicht? Hat er Besuch? Er erinnert sich an den Moschusduft. Windich und Sex im Büro? Unvorstellbar! Die Fantasie geht mit ihm durch. Warum sollten die Türen geöffnet sein, wenn eine Frau bei ihm ist? Wäre eher ein Grund, alles zu verriegeln. Oder warten sie auf einen Dritten, um gemeinsam was zu unternehmen? Kino, Restaurant, Bowling, Skat, woher soll er das wissen?

47

Gut, dass er den Keil an der Tür nicht weggenommen hat, sonst käme der Nachzügler nicht rein. Er ruft in den Flur hinein: »Herr Windich! Ich bin es, Lukas Briest. Ich habe mein Portemonnaie bei Ihnen vergessen. Möchte es holen, dann bin ich wieder weg.«

Keine Antwort. Das muss er gehört haben. Lukas steht vor dem Büro. Sein Herz klopft. Kein Laut von innen, die Tür angelehnt. Er nimmt allen Mut zusammen, drückt sie auf. Sieht ins Zimmer. Windich am Boden mit leblosen Augen, überall Blut. Er wendet sich ab, schnappt nach Luft. Es kam zu unerwartet. Ein Würgereiz. Er rennt über den Flur zur Toilette, schafft es bis zum Spülbecken. Zwingt sich zur Ruhe. Spült das Erbrochene weg. Sieht alles verschwommen. Nicht schwach werden. Nicht umkippen! Er hat nie einen Toten gesehen. Vor nicht mal einer Stunde saß er Windich gegenüber. Wie oft hat er versucht, sich den Tod vorzustellen. Nicht mehr da zu sein, kein Denken, kein Fühlen. Er muss etwas unternehmen. Den Notruf wählen: Eins, eins, null oder eins, eins, zwei. Er nimmt sein Handy in die Hand.

Soll er wirklich anrufen? Windich könnten sie nicht mehr retten, aber er müsste auf sie warten, ihnen Rede und Antwort stehen. Sie würden ihm nicht glauben, nichts würden sie ihm glauben, einem Süchtigen, sie würden ihm nachweisen, dass Windich mit seinem Springmesser ermordet wurde. Erklärungen könnte er sich sparen. Er überlegt zu fliehen, um nicht in den Mord hineingezogen zu werden. Dabei wird ihm klar, dass er mitten drinsteckt. Er darf seine Sachen auf keinen Fall bei dem Toten lassen. Wie viele sitzen wegen eines Indizienprozesses im Knast, bei denen sich erst nach Jahren ihre Unschuld herausstellt.

Seine Gedanken springen zu dem Moschusduft. Der Mörder hatte sich versteckt, um mit Windich allein zu sein. Warum der Keil an der Tür? Ein Versehen? Oder hatte der Täter sein Portemonnaie entdeckt und gedacht, dass er zurückkommt und sich verdächtig macht? Lukas geht zurück zum Büro. Sieht Windich, das Blut, die leeren Augen. Einstiche am Hals und im Brustraum. Auf dem Toten liegt sein Springmesser, blutverschmiert, auf dem Boden daneben sein Portemonnaie. Er kann sich nicht überwinden, die Sachen an sich zu nehmen. *Du nimmst sie mit,* befiehlt sein Kopf. Der Körper weigert sich, rührt sich nicht von der Stelle. Musste ihm das Messer aus der Tasche fallen? Bis dahin war alles gut verlaufen. Es ist nicht mehr zu ändern. Er muss handeln, gibt sich einen Ruck. Nimmt das Messer, das Portemonnaie. Blut an seinen Händen, dem Shirt, der Jacke. Er rennt über den Flur zum Waschbecken. Dreht das Wasser auf, hält die Sachen unter den Strahl. Das Blut abwaschen, den Ekel abwaschen.

Die Glastür knarrt. Jemand ist auf dem Flur. Das hat ihm noch gefehlt. Das Wasser aus. Ruhig verhalten. Der Täter ist zurückgekommen, um die Leiche wegzuschaffen, deswegen der Keil. Ist doch klar. Warum hat er nicht daran gedacht? Nur raus hier, bevor der Mörder ihn erwischt. Der kann keinen Zeugen brauchen. Lukas hastet aus dem Bad zum Ausgang. Erkennt die hübsche Kanzleikraft mit den blonden Locken im Flur mit Jeansjacke, buntem Pulli, kurzem Rock über Leggins und Stiefeletten. Bleibt verdutzt stehen und starrt sie an. Sie kann Windich unmöglich umgebracht haben. Er betrachtet ihre nassen Sachen. Sie ist durch den Regen gelaufen, dämmert es ihm. Was will sie hier? Eine Verabredung. Das wird es sein. Deswegen war Windich bei dem Gespräch so abwesend. Er erschrickt bei dem Gedanken an den Toten.

»Was ist los?«, ruft sie. »Sagen Sie mir, was los ist!«

Lukas kommt sich vor wie in einem Albtraum. So sehr er sich wünscht, aufzuwachen, die Frau steht vor ihm und erwartet seine Antwort. »Ich war's nicht! Ehrlich, ich war's nicht! Sie müssen mir glauben. Es tut mir wahnsinnig leid. Ich kann nichts dafür. Ich habe nichts damit zu tun.«

»Womit haben Sie nichts zu tun? Was tut Ihnen leid? Ich verstehe nicht, wovon Sie reden.«

Woher soll sie wissen, was passiert ist? Er muss sie aufhalten. Auf keinen Fall darf sie zu Windich. »Gehen Sie nicht zu ihm! Kommen Sie mit! Raus hier!« Er will ihre Hand nehmen, sie mitreißen. Sie weicht zurück, denkt bestimmt, er wäre auf Drogen. Wenn er voll drauf war, haben ihn die Leute so angestarrt. Es liegt an seinen Augen, der Iris, sie glänzt außerirdisch in einem hellen Blau mit einer stecknadelgroßen Pupille in der Mitte. Er hat es selbst im Spiegel beobachtet. Sie hört nicht auf ihn, sondern geht auf Windichs Büro zu. Keine Chance, sie aufzuhalten. Er hetzt aus der Tür, die Treppen runter. Überrennt auf dem Gehweg fast einen älteren Fußgänger, sieht ihn taumeln, sich fangen. Ruft eine Entschuldigung rüber, er habe es nicht gewollt. Rennt weiter mit dem Blick nach hinten, stolpert, stürzt. Rappelt sich wieder auf, humpelt, überwindet den Schmerz, rennt weiter durch die Fußgängerzone zum Hauptbahnhof, um die Bahn nach Herne zu nehmen. Zu seiner Mutter. Erst mit ihr sprechen. Vielleicht kann sie ihm helfen.

Kapitel 8

Nina Reider steigt am Rathaus aus der U-Bahn, um den restlichen Weg zu Fuß zu gehen. Bei dem einsetzenden Regen bereut sie sofort, keinen Schirm mitgenommen zu haben. Mit den hochhackigen Stiefeletten kann sie nicht schnell laufen. Sie ist nicht daran gewöhnt, trägt zu Hause und im Büro nur flache Absätze. Wieso hat sie die Schuhe ausgesucht? Alexander ist nicht der Größte. Ob es ihm gefällt, wenn sie ihm auf Augenhöhe begegnet? Sie muss schmunzeln. Vor dem Restaurant *Una Mas* schüttelt sie die Wassertropfen aus ihren blonden Locken. Er ist noch nicht da. Bei der Kellnerin nennt sie seinen Namen und wird zu dem reservierten Tisch geführt. Sie bestellt einen Hauswein und erklärt, dass sie mit dem Essen auf den Arbeitskollegen warten möchte. Warum hat sie Alexander von dem Anrufer erzählt, der sich verspäten würde? Sie weiß, wie gewissenhaft er ist, wenn es sich um die Arbeit dreht. Sie hätte dem Anrufer sagen sollen, dass sein Bewährungshelfer nach der Sprechstunde einen wichtigen Außentermin hat. Aber der war aus der Leitung, bevor sie etwas sagen konnte. Nicht mal den Namen hatte sie verstanden. Seit Tagen freut sie sich auf das Essen in dem spanischen Restaurant, hat nach dem Frühstück auf das gewohnte Mittagessen und alle Süßigkeiten verzichtet, um es zu genießen, ohne an ihre Figur zu denken, dann kommt er nicht. Beim Anblick der gefüllten Teller, die an ihrem Tisch vorbeiziehen, läuft ihr das Wasser im Mund zusammen. Sie versucht, sich abzulenken, indem sie die anderen Gäste betrachtet. Meist Pärchen, dazu eine Gruppe Jugendlicher und Geschäftsleute, die nach der Arbeit gemeinsam essen. Vom Nachbartisch hört sie lobende Worte über die Küche. Schon studiert sie die Speisekarte, bestellt in Gedanken Putenbrust in Mangosoße und Schweinemedaillon mit Rum - Honig Sauce, dazu Tortilla mit Gemüse.

Sie möchte beim Essen nicht allein sein. Dazu ist sie nicht hergekommen. Bei ihrem Pech würde Wolle auftauchen, ihr Exmann. Seit der Trennung vor vier Wochen stellt er ihr nach, verfolgt sie, belästigt sie mit SMS, Mails und Anrufen. Bei WhatsApp hatte sie ihn aus ihrer Freundesliste gelöscht, dann geblockt, um seine blödsinnigen Kommentare und Nachrichten nicht mehr zu erhalten. Kurze Zeit später stand er bei *Rewe* hinter ihr, tat so, als wäre es das Normalste auf der Welt, ihr beim Einkaufen zu helfen. Was sie natürlich ablehnte und er zum Anlass nahm, sie in übelster Weise zu beschimpfen. Sie wäre am liebsten vor Scham im Erdboden versunken. Nicht an Wolle denken, sagt ihr Verstand, doch der bringt sich ihr ständig ins Gedächtnis. Heult sich bei seinen Freunden aus, die sie mit Berichten quälen, wie sehr er unter der Trennung leidet. Alles will er bei einer zweiten Chance ändern. Absoluter Unsinn. Wer einmal eine Frau schlägt, der tut es immer wieder. Sie würde nach und nach ihre Selbstachtung verlieren, bis es für sie normal wäre, von ihm erniedrigt zu werden und sich bei seinen reumütigen Entschuldigungen im Bett zu versöhnen. Diese Art von Liebe braucht sie nicht. Versteht auch seine Freunde nicht, die sich für die Vermittlerrolle hergeben.

Um zwanzig Uhr fragt sie sich, ob es zu viel von Alexander verlangt ist, bei der ersten Verabredung halbwegs pünktlich zu sein? Sie ist enttäuscht, würde ihm Vorwürfe machen, wenn er jetzt hereinkäme. Bringen würde es nichts. Er wäre gereizt von einer überfüllten Sprechstunde, sie von der Wartezeit. Der Abend wäre gelaufen. Sie winkt die Bedienung heran, bezahlt und verlässt das Restaurant. Beim Rathaus bleibt sie stehen. Kann er ein anderes spanisches Restaurant gemeint haben, vielleicht das *Tapas* im Bermuda3eck? Oder konnte er den Anrufer nicht abwimmeln? Sie möchte wissen, ob er noch im Büro ist, wird zu Fuß dahin laufen, um sich abzuregen. Unterwegs erinnert sie sich an ihre erste Begegnung mit Alexander.

Udo Fröbel, ein Kollege, hatte ihn ihr in der Dienstbesprechung als seinen früheren Praktikanten und jetzigen Chef vorgestellt, dabei das Gedicht von Tucholsky: *An einen Bonzen* zitiert und gelacht. Sie hatte die Spannung kaum ausgehalten. Alexander hatte ihr mit knallrotem Gesicht die Hand gereicht, dabei mit dem Arm den Kaffeepott umgeworfen. Der Kaffee hatte sich auf seiner grauen Hose und dem Boden ausgebreitet. Es tat ihr leid, wie er so begossen dastand und sie durch seine runden

Brillengläser anstarrte, während Udo Fröbel einen Lachanfall kaum beherrschen konnte. Sie holte die Papierrolle und half Alexander beim Aufwischen.

In den folgenden Gesprächen entdeckten sie die gemeinsame Leidenschaft für Musicals, überlegten, mit anderen Mitarbeitern eine Aufführung in der Nähe zu besuchen. Leider zeigten die Kollegen nach anfänglicher Zustimmung kein Interesse mehr. So wurde nichts daraus. Die Einladung zu dem Essen erhielt sie erst vor einer Woche, nachdem sie ihm von der Trennung und ihrem Umzug zu ihrer Freundin Anna erzählt hatte. Alexander bat sie, das Treffen vor den anderen geheim zu halten. Sie hielt sich daran, weihte nur ihre Freundin Anna ein. Bis heute Mittag! Beim Kaffeetrinken rutschte es ihr heraus. Natürlich bat sie die anderen, es für sich zu behalten. Wie konnte sie so naiv sein? Nichts verbreitet sich schneller im Büro, als wenn es unter dem Siegel der Verschwiegenheit erzählt wird. Sie werden es Alexander todsicher während der Sprechstunde gesteckt haben. Fehlt noch, dass er deswegen nicht erschienen ist. Weil er Gerüchte befürchtet, als Dienststellenleiter mit einer Angestellten auszugehen, vielleicht sogar mit ihr ins Bett zu gehen. Sie kann sich ein Lachen nicht verkneifen. Ist schon besser, wenn nichts draus wird. Sie hat sich nicht von ihrem eifersüchtigen Mann getrennt, um in das nächste Fettnäpfchen zu treten. Wenn Alexander aus seinem Leben einen Privatsafe machen will, ist er bei ihr falsch. Sie kann nichts für sich behalten, irgendwann rutscht es ihr heraus. Sie hat auch keine Lust, wegen so

was ständig mit einem schlechten Gewissen herumzu-
laufen. Nein, auf so eine Beziehung kann sie verzichten,
fragt sich, ob sie nach dem Drama mit Wolle überhaupt
schon wieder zu einer Partnerschaft bereit ist. Sicher hat
sie sich über die Einladung von Alexander gefreut, aber
ihr Zusammenleben mit Anna wird sie deswegen nicht
aufgeben. Sie fühlt sich unbeschwert wie in ihrer Jugend,
braucht sich niemandem gegenüber zu rechtfertigen,
wenn sie später nach Hause kommt oder allein sein
möchte. Sie kann tun und lassen, was sie will, fühlt sich
auch körperlich zu Anna hingezogen, hat sich nur noch
nicht getraut, es der Freundin zu sagen. Sie nimmt die
anderen Fußgänger mit den Schirmen wahr und sieht an
sich herunter. Die Jeansjacke, der kurze Pulli, der Rock,
die Leggins, alles feucht. Warum musste sie ihren
Twingo vor der Tür stehen lassen? Sie erreicht die
Dienststelle. Zittert vor Kälte. In Alexanders Büro brennt
Licht. Das einzige Büro, in dem Licht brennt. Sie kann
die Männer nicht verstehen. Entweder krankhafte Eifersucht oder völlige Gleichgültigkeit. Nur weil sie eine
Andeutung gemacht hat, bleibt er in seinem Büro
hocken, um den Beleidigten zu spielen. Oder? Nein, der
Anrufer vom Mittag kann nicht mehr da sein. Sie nimmt
den Keil am Eingang wahr. Da kann jeder hereinspazie-
ren, obwohl die Sprechstunde längst vorbei ist. Es ist
ihr unheimlich. Können die anderen nicht zumindest die
Haustür ins Schloss ziehen, wenn sie die Dienststelle
verlassen? Gibt es keine Verantwortung mehr? Sie
zögert, überwindet sich und steigt die Stufen herauf.

Drückt die Glastür auf. Auf der Toilette brennt Licht. Alexander? Ist er krank? Braucht er Hilfe? Sie wartet einen Augenblick. Die Kleidung klebt an ihrem Körper. Sie verschränkt automatisch die Arme über der Brust. Wie aus dem Nichts steht ein junger Mann vor ihr. Sie erschreckt sich zu Tode. Starrt ihn an. Die rotblonden, struwwelige Haare, die unter der blauen Kappe hervorgucken, kommen ihr bekannt vor. Sie hat ihn schon bei Alexander gesehen. Er war mit seiner Freundin in der Sprechstunde, einer Dunkelhaarigen mit strahlend blauen Augen. Wie ist sein Name? Sie hatte die Akte angelegt, geht in Gedanken alle Vornamen durch, fängt bei A im Alphabet an. Dabei sieht er sie an, als hätte er mit dem Tod getanzt. Wie versteinert steht er da. Sie entdeckt das Blut an seiner Jacke, unterbricht ihre Namenssuche. »Was ist los? Sagen Sie mir, was los ist!« Sie schreit es fast, möchte ihn schütteln. Er bewegt sich auf sie zu.

»Ich war's nicht. Ehrlich. Ich war's nicht. Es tut mir wahnsinnig leid. Ich kann nichts dafür. Ich habe nichts damit zu tun.«

»Alexander!« Sie dreht sich zum Büro. »Was ist mit ihm?«

»Gehen Sie nicht dahin. Kommen Sie mit. Raus hier.« Er will ihre Hand nehmen, sie mitreißen.

Sie weicht ihm aus, geht mit schnellen Schritten zum Büro, nimmt dabei wahr, wie er fluchtartig die Etage verlässt.

Das Herz schlägt ihr bis zum Hals. Sie erreicht den Eingang. Sieht Alexander am Boden, die leeren Augen.

Die Wunde am Hals. Läuft zurück, die Treppen runter, raus aus dem Gebäude, ihm hinterher. »Wo ist er? Wo ist er hin?« Auf der Straße wird sie von Fußgängern aufgehalten.

»Tot! Der Bewährungshelfer ist tot!« Sie zeigt auf das Fenster im ersten Stock. »Er hat ihn umgebracht. Er kann nicht weit sein. Wir müssen hinter ihm her.«

Die Fußgänger reden beruhigend auf sie ein. Sie hätten den Flüchtenden beobachtet, wie er einen älteren Passanten fast umrannte, sich entschuldigte, dabei selbst stürzte, sich aufraffte, weiterlief. Er sei über alle Berge. Sie alarmieren über ein Handy Polizei und Notarzt, bitten Nina zu warten.

Sie setzt sich auf die Treppe. Nimmt wahr, dass es aufgehört hat zu regnen. Ist das wichtig? Sie sieht in besorgte Gesichter, die sich um sie versammelt haben. Plötzlich kommt Bewegung hinein. Sirenen, Uniformen. Polizeibeamte stellen Fragen. Gehen mit ihr zusammen in die Dienststelle, steigen die Stufen hinauf. Das Büro. Das Blut überall. Eine Fliege auf dem Gesicht. Sie reißt sich los, läuft zur Toilette, schafft es nicht. Übergibt sich auf dem Weg. Ein freundlicher Arzt setzt ihr eine Spritze. Etwas Beruhigendes. Fragt, ob sie jemanden anrufen möchte. Sie könne in ihrer Verfassung nicht mehr fahren.

»Anna Meinold«, erwidert sie. »Meine Freundin. Wir wohnen zusammen.« Muss sie ihm sagen, dass sie mit der Bahn gekommen ist? Nein, er braucht es nicht zu wissen. Sie nimmt ihr Handy, wählt die Nummer. Bittet die erstaunte Freundin, sie von der Bewährungshilfe abzuholen. Ihr fällt keine Erklärung ein, nur, dass etwas Schreckliches passiert ist. Kaum hat sie das Gespräch beendet, stellt sich der Beamte der Mordkommission als Christian Kramer vor. Dunkelblonde Haare, dunkle Lederjacke, Jeans. Sie sieht in hellgrüne, wache Augen, erzählt ihm, dass sie mit dem Bewährungshelfer verabredet war. Als er nicht kam, lief sie hierher, um nach ihm zu sehen. Sie fand ihn tot im Büro. Er fragt, ob sie etwas beobachtet hat. Beobachtet. Hat sie etwas beobachtet? Sie überlegt die Bedeutung des Wortes.

»Ja, tatsächlich. Der Klient wollte mich hindern, zum Büro zu gehen … dann flüchtete er aus der Dienststelle. Ich lief ihm nach … er war schneller. Hatte auf der Straße fast einen alten Mann umgerannt. Die Fußgänger haben es mir gesagt.«

»Haben Sie ihn erkannt?«, unterbricht Kramer mit ruhiger Stimme.

»Ein Klient von Alexander … ich meine von Herrn Windich. Ganz sicher. Ich habe ihn verfolgt. Sie haben ihn laufenlassen.«

»Wer hat ihn laufenlassen?«, fragt Kramer freundlich nach.

»Die Fußgänger auf der Straße.« Warum versteht er sie nicht? Drückt sie sich unverständlich aus? Ihr Kopf dröhnt. Die feuchte Kleidung klebt am Körper, sie versucht, daran zu ziehen. Schließt für einen Moment die Augen. Spürt, wie der Beamte sie stützt, einen Stuhl heranschafft, sie daraufsetzt. Seine Fürsorge gefällt ihr. Sie löst ihre verkrampfte Haltung.

»Können Sie sich an seine Worte im Flur erinnern? Sie sagten, dass er sie hindern wollte, ins Büro von Herrn Windich zu gehen.«

Sie öffnet die Augen, sieht Kramer an. »Nur raus hier oder so ähnlich. Er meinte, dass er nichts damit zu tun habe. Dabei hatte er Blut an seiner Jacke.« Sie betrachtet den Polizisten mit dem intensiven Blick, der athletischen Figur.

»Gibt es einen Dienststellenleiter, den wir anrufen können?«, fragt er.

»Der liegt in seinem Büro«, sagt sie. »Versuchen Sie, Udo Fröbel zu erreichen. Warten Sie, ich hole Ihnen die Telefonnummer.« Schon ist sie auf dem Weg zum Geschäftszimmer, hat dabei das Empfinden, gegen eine Gummiwand zu laufen. Ihr Blick streift Alexanders Büro mit den Beamten in den weißen Schutzanzügen. Auf dem Schreibtisch nimmt sie seinen Kaffeepott wahr. Alexander wird nie mehr etwas verschütten. Es wird nie wie früher sein. Sie stolpert. Der Beamte stützt sie. Schnell weiter. Sie schließt die Tür auf. Kramer steht dicht neben ihr, fürchtet wohl, dass sie zusammenbricht. Er begleitet sie zum Schreibtisch. Sie setzt sich auf den Drehstuhl, sucht nach der Telefonliste. Findet sie in der obersten Schublade und reicht sie dem Beamten.

Ein dunkelhaariger Polizist kommt dazu, stellt sich als Schulz vor. Beugt sich über den Schreibtisch und zeigt ihr einen Quittungsblock.

»Von Herrn Windich«, bestätigt sie. »Das ist seine Handschrift … war …«, korrigiert sie sich.

Kramer deutet auf die oberste Quittung. »War er das im Flur?«

Nina schüttelt den Kopf. »Nein, Kastas war das nicht. Den hätte ich erkannt. Der ist so lang, fast zwei Meter.« Sie deutet mit der Hand nach oben.

Schulz versteht und blättert zur nächsten Seite.

»Briest«, liest sie. »Ja. Lukas Briest. Der kam von der Toilette. Ganz sicher. Dass ich nicht gleich auf den Namen gekommen bin. Die Aufregung. Es tut mir leid. Lukas Briest. Hundertprozentig.«

Plötzlich ist Anna da, ungeschminkt und im Jogging Anzug, was überhaupt nicht Annas Art ist. Sie wird zuhause alles stehen und liegen gelassen haben, um herzukommen. Nina kann die Tränen nicht mehr zurückhalten, obwohl es ihr vor den Polizisten peinlich ist. Die Freundin nimmt sie in den Arm, drückt sie. Die Beamten weichen zurück. Der Blonde reicht Nina eine Visitenkarte.

»Danke, Frau Reider. Für heute ist es genug. Wir werden morgen Vormittag gegen 09:00 Uhr ins Büro kommen, um Ihre Aussage zu protokollieren. Sagen Sie bitte den Mitarbeitern, dass wir mit allen sprechen möchten.« Er drückt ihre Hand, verabschiedet sich bei der Freundin. Sie lässt sich von Anna an Alexanders Büro vorbeiführen, die Treppen runter, durch den Menschenauflauf vor der Haustür in eine Seitenstraße, wo Annas alter Benz parkt. Sie freut sich auf die warmen Sachen zu Hause und einen Tee. Oder besser einen Wein, den hat sie sich verdient. Kurz duschen, dann mit Anna eine

Flasche Wein leeren. Sie studiert die Visitenkarte des Beamten. Entziffert Christian Kramer. Kriminalhauptkommissar. Sie zeigt die Karte ihrer Freundin, die einen Blick darauf wirft und sich wieder auf den Verkehr konzentriert.

Kapitel 9

Engel irrt ziellos durch die Fußgängerzone. Er kommt bei *Saturn* und der *Mayerschen* vorbei, betrachtet die Betriebsamkeit in den Geschäften. Gestern gehörte er dazu, heute nicht mehr, ist er herausgefallen aus der Gemeinschaft, traut sich nicht mal, in die U-Bahn zu steigen, um nach Hause zu fahren. Kann er den Rucksack in eine Abfalltonne werfen? Unsinn! Ein Müllsammler würde ihn herausfischen und auf die Wache bringen, weil er sich vor dem Blut an den schwarzen Sachen fürchtet. Bei einem DNA-Abgleich würden sie Blutspuren vom Tatort finden und den Rucksack in allen Medien zeigen.

Wer kennt diesen Rucksack, der im Zusammenhang mit dem Raubmord an einem Bewährungshelfer steht? Hinweise an die zuständige Polizeidienststelle oder eines der Aufnahmestudios.

Er versucht, sich zu beruhigen, redet sich ein, die Bullen haben den Verdächtigen festgenommen. Da werden sie die Ermittlungen einstellen und den Fall in der Statistik als gelöst ankreuzen.

Die andere Stimme ist in seinem Kopf, die ihn seit Sandras Tod quält. Sie verunsichert ihn, beharrt darauf, dass die Platzwunde am Kopf nicht ins Konzept passt und sie keinen Gegenstand finden, der sie verursacht haben könnte.

Kann Windich nicht beim Sturz gegen den Schreibtisch gestoßen sein, hält er dagegen.

Das lässt die Stimme nicht gelten: Es fehlt der blutige Abdruck, außerdem sind die Bullen in der Lage, die Reihenfolge der Verletzungen festzustellen.

So ein Unsinn, schimpft er, hat dabei das Gefühl, sein Kopf würde zerspringen. Dazu drängt sich die Gestalt in der Toreinfahrt in seine Gedanken. Er möchte zum Tatort zurückgehen, um nachzusehen, ob sie noch da ist. Er muss wissen, wer es ist, sonst wird er tagelang darüber nachdenken. Nur bis zur Ampel an der Straßeneinmündung und sofort weiterlaufen in die andere Richtung. Ob Lukas die Bullen gerufen hat? Haben sie alles abgeriegelt wie im Fernsehen mit diesem Polizeiband? Spielt es eine Rolle für ihn? Nein! Es ist kein Risiko dabei. Niemand wird ihn mit der Bewährungshilfe in Verbindung bringen. Er zuckt zusammen, hat in Gedanken den richtigen Weg eingeschlagen, ist nur noch wenige Meter von der Ampelkreuzung entfernt. Er verlangsamt seinen Schritt, während sich sein Herzschlag beschleunigt, biegt vorsichtig um die Ecke, sieht die Absperrung mit dem rot-weißen Band, die Schaulustigen auf der Straße. Polizeibeamte in Uniform, Presseleute. Kameras wie beim Fernsehen. Er hatte am Rheinufer in Düsseldorf Filmaufnahmen beobachtet. Hier handelt es sich nicht um einen Film. Der Tote in seinem Stück steht nicht mehr auf. Er überquert den Zebrastreifen, als ginge ihn das Geschehen nichts an, dabei hat er alleine es verursacht. Er fühlt eine plötzliche Wichtigkeit. Ein Taxi biegt um die Ecke und stoppt, um ihn durchzulassen. Durch die Scheibe erkennt er die junge Bewährungshelferin auf dem Beifahrersitz. Marie Marler. Er wendet seinen Blick ab, verdeckt blitzschnell sein Gesicht mit der Hand, zieht die Kapuze hoch, die er beim Laufen abgesetzt hatte. In einiger Entfernung dreht er sich um. Das Taxi ist nicht mehr zu sehen. War es ein Trugbild oder saß die Marler auf dem Beifahrersitz? Sie war es, die Bullen haben die Mitarbeiter alarmiert. Nach solch einer Tat rufen sie alle zusammen, um sie zu dem Ablauf der Sprechstunde zu befragen, zu den Besuchern. Warum der Bewährungshelfer allein in der Dienststelle war, als es passierte, und wer der letzte Besucher war.

Er will immer so perfekt sein und jetzt haben ihn gleich zwei Zeugen in der Nähe des Tatortes gesehen, darunter die Marler. Frauen haben ein besonderes Gedächtnis für Gesichter. Wenn sie ihn erkannt hat, wird sie ihn mit dem Mord in Verbindung bringen. Ihn fröstelt es am ganzen Körper. Er läuft wieder los, läuft und läuft. Bis er ein dringendes Bedürfnis spürt, es nicht aufschieben kann. Eine Kneipe in der Nähe, er überwindet Tür und Vorhang, gewöhnt sich an das schummerige Licht. Aus den Lautsprechern dringt ihm leise Klaviermusik entgegen. Er betrachtet den kräftigen Wirt hinter der geschwungenen, dunklen Theke. Fünf Männer und eine Frau lehnen nicht mehr nüchtern auf den Barhockern. Gegenüber steht ein Glatzkopf vor einem großen Bierglas. Ein übergewichtiges Paar sitzt an einem Tisch vor einer Bratwurst mit Speckkartoffeln und einem Pils. Soll er verschwinden oder bleiben? Stürme kämpfen in ihm. Er sieht zu dem Wirt, bestellt ein Bier und fragt nach der Toilette.

Der Wirt deutet zur Treppe. Er erkennt das Hinweisschild zum WC, steigt die Stufen hinab und befreit sich am Urinal von dem Druck. Vor dem Waschbecken starrt er in den Spiegel. Fällt es auf, dass er einen Menschen umgebracht hat? Wirkt er anders? Ist er anders? Verraten ihn seine Augen, sein Blick? Er kann keine Veränderung feststellen, aber wie ist es mit den anderen? Er muss verdammt aufpassen, darf sich an der Theke auf kein Gespräch einlassen. Nachher redet er drauflos und verstrickt sich in eine Diskussion. Er kennt sein Temperament. Schnell lässt er sich zu einer Äußerung hinreißen, die er nachher bereut. Er steigt die Stufen hoch, stellt sich etwas entfernt von der Blonden und ihren Begleitern an den Tresen. Der Wirt reicht ihm das frisch gezapfte Bier. Er kippt es in wenigen Zügen runter. Bestellt ein Weiteres, trinkt auch das Zweite hastig aus und bereut es zugleich, da es ihn redseliger macht.

»Da hat aber jemand Durst gehabt«, tönt es von der einzigen Frau an der Theke. Um die dreißig. Blond, geschminkt, kurzer Lederrock, ein wenig rundlich. Sie scheint ihn mit ihren dunkelblauen Augen zu durchdringen. Nur keine falsche Antwort. Er erinnert sich an den Tag seiner Arbeitsaufnahme bei *Unitymedia*, als er am Abend durch die Straßen lief und nicht nach Hause wollte. »Mein erster Tag im Callcenter. Nach langer Zeit.

Total anstrengend! Neun Stunden Kundenservice. Adressänderungen, Kündigungen in neue Verträge umwandeln, Beschwerden ... was so anfällt. Mir schwirrt der Kopf.«

»Gab es keine Schulung?«, fragt die Blonde.

»Doch, klar, darauf legen sie Wert«, erwidert er, um nichts Falsches zu sagen. Sie scheint sich in dem Bereich auszukennen, bei ihm ist es lange her.

»Ja, das habe ich auch mal gemacht«, bestätigt sie seine Vorahnung und beugt sich mit ihrem stattlichen Dekolleté zu ihm hin. »Kein Verkauf, nur Stammkunden. Wo arbeitest du denn?«

Was will sie von ihm? Warum gibt sie sich nicht mit ihren Begleitern zufrieden? Sie fühlt sich in der Kneipe als Mutter der Nation. Er hatte in Recklinghausen gearbeitet, nennt vorsichtshalber eine andere Stadt. »Bei *Unitymedia* in Essen. Die Mitarbeiter sind okay. Trotzdem muss man sich erst an die Arbeit gewöhnen. Ich habe Hartz IV bezogen.«

»Daran gewöhnt man sich nie«, lacht die Blonde und die Männer an ihrer Seite lachen mit. Auch der Wirt lacht über den Witz der einzigen Frau am Tresen.

Er möchte von dem Thema ablenken, meint, ihren kritischen Blick zu spüren. Sie braucht nur zu fragen, wie hoch sein Stundenlohn ist, schon hat sie ihn in die Enge getrieben. Er hat keine Ahnung, was im Moment gezahlt wird, weiß nicht einmal, was er damals verdient hatte, und wann genau es war. Auf jeden Fall nach der Entlassung bei Opel und vor der Aufnahme am Herner

Berufskolleg. Er meint, einen Sockelbetrag und eine Provision erhalten zu haben. Um das Thema zu beenden, könnte er von Windichs Geld eine Lokalrunde geben, das würde zu der Arbeitsaufnahme passen. Da gibt man einen drauf aus. Er winkt den Wirt heran. Der macht ein zufriedenes Gesicht und schenkt den Gästen ein Getränk ihrer Wahl ein. Engel erhält ein weiteres Bier, prostet den anderen zu.

»Zahlt *Unitymedia* am ersten Tag einen Abschlag?«, erkundigt sich der männliche Begleiter an der Theke, der direkt neben der Blonden steht, dabei in ihr Dekolleté blickt.

»Nein! Natürlich nicht. Ich habe für den Monat *Hartz IV* bezogen.« Er beißt sich auf die Zunge. Muss er ihnen seine Vermögensverhältnisse offenbaren?

»Wie heißt deine Fallmanagerin? Zu der gehe ich beim nächsten Mal auch«, meldet sich die Stimme des Glatzkopfs an der Theke. »Mir wurde die Leistung sofort gesperrt, als ich bei der Montagefirma anfing.«

Seinen Fallmanager darf er ihnen nicht nennen. Besser erfindet er einen unverfänglichen Namen. »Frau Schmidt. Sie ist korrekt. Nimmt sich Zeit.«

»Und was verdient man im Monat?«, setzt die Blonde das Gespräch fort. Offenbar hat sie den Namen geschluckt. Was soll er sagen? Er darf sich mit der Antwort nicht zu viel Zeit lassen.

»Mit dem Sockel und der Provision kommt man auf zwölfhundert Euro, sagen die anderen. Bei Einzelnen ist es mehr, zumindest behaupten sie es.« Er nimmt den skeptischen Blick der Blonden wahr.

»Dann streng dich mal an«, tönt ihr Begleiter. »Für mich wäre das nichts. Ständig telefonieren. Immer freundlich sein.«

In dem Moment öffnet sich die Tür. Ein Mann um die vierzig kommt herein. Weißes Hemd mit Krawatte, Jackett, blaue Jeans. Den anderen ist anzumerken, dass er in der Kneipe heimisch ist, ein Stammgast.

»Habt ihr schon gehört?«, unterbricht er das Gespräch im Raum mit sich überschlagender Stimme, wobei er auf die Blonde zusteuert, sie umarmt und an sich drückt.

Er ahnt, was der Neue zu sagen hat. Macht sich in seiner Ecke ganz klein und hält sein Bierglas umklammert.

»Sie haben einen Bewährungshelfer ermordet!«, knallt der Stammgast die Neuigkeit in den Raum. »Raubmord! Denen ist nichts mehr heilig.« Dabei begrüßt er den Wirt und einige Gäste mit Handschlag, bleibt schließlich bei der Blonden stehen.

»Wo soll das passiert sein?«, fragt ihr Begleiter, der den Neuen mit seinem Blick fixiert.

»Bei der Bewährungshilfe natürlich! Direkt in der Stadt. Angeblich haben sie einen Drogenabhängigen am Tatort erwischt. Überall wimmelt es von Polizei und Presseleuten.«

Der Wirt stellt dem Stammgast ein Bier auf die Theke. Der nimmt einen kräftigen Zug.

Hat Lukas sich tatsächlich erwischen lassen. Engels Schwindelattacke beruhigt sich langsam. Gut, dass alle

Augen auf den Neuankömmling gerichtet waren, da hat ihn niemand beobachtet. Er rückt mit seinem Barhocker zurück, ärgert sich, dass der Wirt auf ihn aufmerksam wird, und bestellt ein Bier, um von sich abzulenken.

»Wenn die auf Entzug sind, ist ihnen alles zuzutrauen.« Der rundliche Gast hat den Teller ratzekahl leer gegessen und an die Seite geschoben. Zeit für ihn und seine Begleitung, sich in das Gespräch einzumischen.

»Die können sich bei den Ärzten einen Ersatzstoff besorgen … auf Kosten der Krankenversicherung«, wirft sie ein. »Dafür brauchen sie keinen umzubringen.«

Der Stammgast an der Theke weiß es besser. »Bei Methadon fehlt ihnen der Kick. Sie sollten den Originalstoff abgeben. Das würde die Kriminalität senken. In anderen Ländern gibt es das.«

»Wenn die Jugendlichen nehmen können, was sie wollen, laufen alle nur noch bedröhnt herum«, behauptet der Übergewichtige mit der Frau am Tisch und bestellt beim Wirt zwei Bier und zwei Schnäpse.

»So ein Unsinn!«, erwidert der Glatzkopf an der Theke, der sich bisher zurückgehalten hat. »Bei der Argumentation müsste die Jugend nur saufen bei dem Angebot in den Supermärkten. Merkt ihr nicht, dass es sich ums Geschäft dreht?« Mit den Worten verstummt er wieder.

Engel kennt das Gesicht, er hat ihn schon im Wartezimmer der Bewährungshilfe gesehen.

»Ein Schriftsteller hat mal gesagt, wenn man an der Moral kratzt, kommt Geld zum Vorschein. Ich glaube, es war Konsalik«, bestätigt die Blonde und erntet von allen Seiten Zustimmung.

Engel überlegt zu zahlen, um das Lokal zu verlassen. Das Gespräch hat ihn mitgenommen. Er traut sich nicht mal, das volle Bierglas anzurühren, das vor ihm auf der Theke steht. Aus Angst, etwas zu verschütten oder es fallen zu lassen. Wie schnell bringen sie sein Benehmen und die Lokalrunde mit dem Raubmord in Verbindung. Einer gibt den Bullen einen Tipp, schon fertigen sie ein Phantombild und zeigen es herum. Es war keine gute Idee, in die Kneipe zu gehen. Er hätte zum Bahnhof laufen sollen, dort gibt es auch Toiletten. Er muss sich verändern, einen Friseur aufsuchen, sich die Haare schneiden lassen. Superkurz. Einen Dreitagebart. Andere Kleidung. Es darf ihn niemand wiedererkennen. Er winkt den Wirt heran, fragt nach der Rechnung. Holt die Geldscheine aus dem Portemonnaie, untersucht sie auf Spuren von Blut, bevor er mit einem Fünfziger bezahlt und dem Wirt ein ordentliches Trinkgeld lässt. Er schafft es sogar, sein Bier bis zur Hälfte zu leeren, bevor er unter den Blicken der anderen zur Tür geht.

»Was hat der so plötzlich?«, hört er die flüsternde Stimme der Blonden.

»Er hat das Bier zu schnell getrunken. Ist nichts gewöhnt«, sind die Worte des Wirtes, die er an der Tür hört, auch die Antwort der Blonden.

»Vielleicht hat ihn der Mord erschreckt. Sind zu sensibel, die jungen Leute. Ihr Leben spielt sich vor dem Bildschirm ab. Kein Wunder, wenn sie mit der rauen Wirklichkeit überfordert sind.«

Auf der Straße spürt er den Druck des Rucksacks im Rücken. Ja, ist er wahnsinnig geworden, mit den blutigen Sachen in die Kneipe zu gehen? Er muss sich zusammenreißen, Vorsichtsmaßnahmen treffen. Es hat ihn mehr mitgenommen, als er dachte. Er muss sofort den Rucksack loswerden, ehe der ihn verrät. Er rennt zum Bahnhof, schiebt ihn in ein freies Schließfach hinein, findet genügend Kleingeld und zieht den Schlüssel ab. Fühlt sich für den Moment von einer Last befreit. Er wird morgen wiederkommen, wenn er klarer im Kopf ist, wird die Sachen herausholen, um sie bei hohen Temperaturen im Waschsalon am Nordring zu reinigen. Vielleicht braucht er sie noch einmal.

»Unsinn!«, ruft er, erschreckt sich gleichzeitig vor dem Klang seiner Stimme, dreht sich nach allen Seiten um, ob jemand mitgehört hat. Er muss sich von den Menschen fernhalten, führt schon Selbstgespräche. Wie konnte er in der Kneipe so viel Bier trinken? Er erinnert sich an die Worte des Stammgastes, sie würden einen Drogensüchtigen verdächtigen. Gut, dass er die blutigen Fünfziger in das zerfledderte Portemonnaie gesteckt hat. Die sind nicht zu übersehen. Er nimmt die Rolltreppe, kann kaum erwarten, die U-Bahn in Richtung Harpen zu erwischen, um die aktuellen Nachrichten in seiner Wohnung zu verfolgen. Hoffentlich wird er auf dem Weg nicht auf den Bewährungshelfer angesprochen. Er will keinen mehr sehen, nur noch allein sein.

Kapitel 10

Marie Marler freut sich nach einem ausgiebigen Duschbad auf einen entspannten Abend auf Netflix, als der Anruf sie erreicht. Im ersten Moment hat sie das Gefühl, ihr Herz würde aussetzen. Ihr Kollege, mit dem sie vor nicht mal zwei Stunden telefoniert hat, liegt ermordet in seinem Büro.

Sie ist allein in der Wohnung wie fast jeden Abend. Ihr Freund hält sich mit Kollegen im Sportstudio und irgendwelchen Kneipen auf. Sie fragt sich, ob die Beziehung noch trägt, doch es ist nicht der richtige Zeitpunkt für die Frage. Sie schlüpft eilig in Pullover und Jeans, nimmt die Jacke von der Garderobe und die Schlüssel vom Clio. Ein Schwindelanfall zwingt sie zurück auf die Couch. Sie fängt sich, holt das Telefon und bestellt bei der Stadtzentrale ein Taxi. In den vier Wänden hält sie es nicht aus, nimmt ihren Regenschirm und wartet vor dem Haus. Zwei Minuten später hält ein elfenbeinfarbener Mercedes an der Straße. Der Taxifahrer teilt ihr mit, in der Nähe gewesen zu sein. Sie nennt ihm die Adresse.

Auf der Fahrt überlegt sie sich mögliche Fragen der Mordkommission. Hat der Beamte sie am Telefon gebeten, noch vorbeizukommen? Sie versucht, sich an die Einzelheiten des Gesprächs zu erinnern. Eine Mitarbeiterin hatte ihn gefunden. Das kann nur Nina gewesen sein. Sie war mit ihm nach der Sprechstunde im Una Mas verabredet. Er ist nicht gekommen, sie hat im Büro nachgesehen und ihn gefunden. Sie erinnert sich an den letzten Besucher. Sie hatte kein gutes Gefühl, ihn mit Kastas allein zu lassen. Vor der Dienststelle parkte ein dunkler Corsa, wie Ninas Exmann ihn fährt. Sie hätte zurückgehen sollen, um Alexander zu warnen. Es ist nicht mehr zu ändern. Selbstvorwürfe machen ihn nicht lebendig. Können die Polizeibeamten nach einer solchen Nachricht von ihr erwarten, ihnen Rede und Antwort zu stehen? Walter Hahn und Udo Fröbel, ihre älteren Kollegen, werden sich mit Sicherheit nicht auf den Weg machen. Sie sollte dem Taxifahrer einen Wink geben, zu ihrer Wohnung zurückzufahren. Sie dreht sich zu ihm hin, doch sagt kein Wort. An der Kreuzung vor der Einmündung zur Dienststelle sieht sie die blauen Lichter der Einsatzfahrzeuge, das Aufgebot von Beamten, die den Zugang mit einem rotweißen Band abgesperrt haben. Davor die Schaulustigen mit ihren Regenschirmen, die Presseleute mit ihren Kameras. Ein junger Mann überquert vor dem Taxi den Zebrastreifen, sie meint, ihn in der Bewährungshilfe schon gesehen zu haben, und versucht, sich an den Namen zu erinnern. Er schlägt die Kapuze hoch, ist nicht mehr zu erkennen. Vor der Absperrung bezahlt sie den Fahrpreis und gibt dem Fahrer ein gutes Trinkgeld. Bei den Uniformierten weist sie sich mit ihrem Dienstausweis aus. Nach kurzer Zeit stellt sich ihr ein Beamter der Mordkommission mit dem Namen Schulz vor. Er hatte sie am Telefon über den

74

Todesfall informiert. Er wimmelt die Presseleute ab, verweist auf eine Konferenz mit Oberstaatsanwalt Sawetzky. Etwas abseits informiert er Marie über den aktuellen Stand und befragt sie zum Ablauf der Sprechstunde. Sie hat sich nicht jeden Besucher von Windich gemerkt, wie sollte das möglich sein? Sie hatte während der Sprechstunde durchgängig Besuch und wäre in ihrer aktuellen Verfassung kaum in der Lage, die aufzuzählen, die bei ihr waren.

»Sie haben die Etage kurz nach neunzehn Uhr verlassen«, wiederholt der Beamte ihre Aussage. Er notiert sich Stichpunkte.

»Ja, direkt nach meinem Kontrollgang. Ich achte darauf, dass die Fenster geschlossen sind, bevor ich die Etage verlasse.« Ihr fällt ein, das Wartezimmer nicht kontrolliert zu haben. Weil das Fenster schon verschlossen war und das Licht gelöscht.

»Welche Räume genau haben Sie kontrolliert? Das kann wichtig sein für unsere Ermittlungen.«

Sie nimmt den Beamten erstmals richtig wahr. Groß, kräftig, ein Bauchansatz. Dunkelbraune Haare, dichte Augenbrauen, dunkle Augen, ein markantes Kinn. Wie war sein Name? Meine Güte, er nimmt mit seinen Fragen keine Rücksicht darauf, wie angeschlagen sie ist.

»Die Toiletten und das Wartezimmer«, antwortet sie endlich. »Der Gruppenraum mit der Küche ist während der Sprechstunde geschlossen, sein Büro verschließt jeder Bewährungshelfer selbst, bevor er die Etage verlässt.«

»Waren Kollegen anwesend, als sie die Dienststelle

verließen?«

»Nein, außer Herrn Windich hatten alle die Etage pünktlich um neunzehn Uhr verlassen.«

»Sie können bestätigen, dass außer Herrn Windich und seinem Besucher niemand mehr auf der Etage war, als Sie gingen?«

»Ja«, erwidert sie. »Wobei ich nicht ausschließen kann, dass jemand zurückgekommen ist.«

»Ist Ihnen bekannt, um wen es sich bei dem letzten Besucher von Herrn Windich handelte?«

»Ja, um Jannis Kastas.« Die Fragen zerren an ihren Nerven.

»Ist es üblich, dass man Kollegen mit einem Besucher alleinlässt?«

Das geht ihr zu weit. Sie ist den Tränen nahe. »Mein Kollege ist ermordet worden, da stellen Sie solche Fragen«, entgegnet sie.

»Sie beinhalten keinen Vorwurf«, betont er ruhig. »Uns interessiert, ob der Täter damit rechnen konnte, Windich nach der Sprechstunde alleine anzutreffen.«

Sie schüttelt den Kopf. »Nein, normalerweise sehen wir zu, dass die Klienten um neunzehn Uhr die Etage verlassen haben.«

»Gibt es eine Vereinbarung, wenn jemand noch einen Besucher hat?«, setzt er ihr weiter zu.

»Wir rufen an, um zu fragen, ob wir warten sollen. Genau das habe ich gemacht.«

»Sie haben Herrn Windich von Ihrem Büro aus angerufen und nachgefragt?«

»Ja! Er meinte, Herr Kastas würde sich gerade verabschieden, ich brauchte nicht zu warten. Ich habe ihn an seine Verabredung mit Nina Reider erinnert. Sie hatte mittags davon erzählt.«

»Herr Windich hat also gesagt, dass Sie nicht zu warten brauchen.«

Sie schließt für Sekunden die Augen. »Ja, ich habe hinzugefügt, dass ich die Außentür ins Schloss ziehe, damit kein Nachzügler hereinkommt.«

»Was ist Jannis Kastas für ein Mensch? Können Sie ihn kurz beschreiben?«

Der Beamte steht mit unbewegtem Gesicht vor ihr und bohrt immer weiter. Was ist Kastas für ein Mensch? Was soll sie sagen? Die Wahrheit? Ein Borderline-Kranker mit einer Impulskontrollstörung, der von Dr. Kriem in der Ambulanz mit Risperdal behandelt wird? Nein, das möchte sie nicht sagen. Nicht, nachdem sie zugegeben hat, Alexander mit ihm alleine gelassen zu haben. »Ich war ein oder zweimal in der Vertretung zuständig. Herr Kastas hat kaum mit mir gesprochen. Das ist nicht ungewöhnlich. Die meisten Klienten lassen sich einen neuen Termin geben, um mit ihrem zuständigen Bewährungshelfer zu sprechen, zu dem sie Vertrauen haben.« Der Beamte klebt förmlich an ihren Lippen.

»Können Sie sich zu den Vorbelastungen von Herrn Kastas äußern?«

Der Druck in ihrem Kopf nimmt zu, sie kramt in ihrer Handtasche nach Tabletten. Diese Frage noch, dann wird sie das Gespräch abbrechen. »Er hatte in früherer Zeit seine damalige Freundin geschlagen und vergewaltigt, hat dafür längere Zeit im Maßregelvollzug in Lippstadt verbracht. Seit seiner Entlassung wird er von Dr. Kriem bei der Ambulanz mit Risperdal behandelt.«

»Dann liegt bei Herrn Kastas eine behandlungsbedürftige Persönlichkeitsstörung vor. Sehe ich das falsch?«

Das nimmt überhaupt kein Ende, er schießt seine Fragen auf sie ab, dass sie sich automatisch schuldig fühlt. Nachher wird sie die ganze Nacht wach liegen und sich Vorwürfe machen. »Wissen Sie, wie viele Fälle wir betreuen?«, sagt sie, um zumindest etwas von dem Druck an ihn zurückzugeben. »Da ist es schier unmöglich, alle Urteile und Gutachten in Vertretungssachen zu lesen. Ich bin froh, wenn ich den Schriftkram in meinen Fällen kenne. Außerdem bin ich noch nicht so lange dabei, wie Sie vielleicht bemerkt haben.«

»Gab es Streit zwischen Kastas und Windich?«

Bei dem Beamten möchte sie keine Beschuldigte sein. »Es ist mir nichts aufgefallen, wenn Sie das meinen. Sonst wäre ich geblieben.«

»Warum machen Sie sich Vorwürfe? Windich hatte am Telefon gesagt, dass Sie nicht zu warten brauchen. Weil Sie Kastas die Tat zutrauen?«

Ihr wird schwindelig. Am liebsten würde sie ja sagen. Es stimmt, sie würde Kastas eine solche Tat zutrauen. Aber das wird der Beamte nicht aus ihr herauslocken. »Die psychisch auffälligen Klienten nehmen zu, das bringt unsere Zeit so mit sich. Leistungsstreben und Konkurrenzkampf auf der einen Seite, auf der anderen

Einsamkeit und Depressionen. Bei allen die Sehnsucht nach Liebe, die mit der schnelllebigen Zeit nicht mithalten kann. Entschuldigen Sie, ich bin geschockt. Verstehen Sie das bitte! Ich werde heute keine Fragen mehr beantworten. Melden Sie sich morgen früh in meinem Büro, wenn Sie weitere Fragen haben.« Sie ist erleichtert, dass es raus ist, und sie einen guten Abschluss gefunden hat.

Schulz bedankt sich, dass sie sich trotz des Schreckens die Zeit genommen hat. »Sie haben uns geholfen, Frau Marler.«

Ein Kriminalbeamter kommt dazu. Marie gefällt das offene Lächeln, die hellen grünen Augen, die sportliche Figur. Genau ihr Typ.

Sie sieht den Blick von Schulz. »Mein Kollege Christian Kramer. Das ist Marie Marler, eine Kollegin von Herrn Windich.«

Kramer reicht ihr die Hand. Warum konnte er sie nicht zu der Sache befragen?

»Lass uns zuerst zu Kastas fahren. Der war vor Lukas Briest bei Windich. Frau Marler meint, dass er psychisch auffällig und gewalttätig ist. Zumindest habe ich Sie so verstanden.«

Marie spürt, wie ihr die Röte ins Gesicht steigt und bestätigt die Worte mit einem Kopfnicken.

»Gut«, erwidert sein Kollege. »Die Fahndung nach Briest ist raus. Schätze, es wird nicht lange dauern, bis wir ihn haben.«

»Wir melden uns morgen Vormittag gegen neun Uhr

bei Ihnen«, sagt Schulz mit einem freundlichen Lächeln.

»Achten Sie darauf, dass keiner allein auf der Etage bleibt. Zumindest, bis wir den Täter gefasst haben«, fügt der sympathische Beamte hinzu. »Möchten Sie, dass sie jemand nach Hause bringt?«

Sie verneint und meint, sie würde ein paar Schritte laufen und vom Bahnhof mit dem Taxi fahren. Kaum haben die Beamten sie verlassen, nimmt sie die Schaulustigen vor der Absperrung wahr. Sie kommt sich ausgestoßen vor, mitschuldig am Tod ihres Kollegen. Das liegt an den Fragen von diesem Schulz. Bei dem Gedanken, dass Alexander da oben ermordet wurde, wird ihr schwindelig. Vielleicht hätte sie das Angebot annehmen sollen, dass sie jemand zurückfährt. Jetzt ist es zu spät. Sie drängt sich durch die Menge. Nimmt auf dem Weg zum Bahnhof ihr Handy aus der Handtasche und versucht, ihren Freund zu erreichen. Vergeblich. Er antwortet nicht. Was ist das bloß für eine Beziehung? Bei Julie, ihrer Freundin, meldet sich der Anrufbeantworter. Sie ist viel zu aufgeregt, um eine Nachricht zu hinterlassen, wird von der Wohnung aus anrufen. Sie braucht ein Gegenüber, kann mit dem Toten im Kopf und den Schuldgefühlen die Nacht nicht ertragen. Sie denkt an Nina. Die Kollegin hat Alexander gefunden und auch nicht schlafen können. Sie bewundert Nina, die es geschafft hat, sich von heute auf morgen von ihrem Mann zu trennen, und fragt sich, warum sie noch mit ihrem Freund zusammen ist. Die Liebe ist längst erkaltet, da braucht sie sich nichts vorzumachen. Er möchte

Kinder, möglichst zwei oder drei, wird darin von der Familie bestärkt. Sie fühlt sich nicht so weit, es gibt so viel zu entdecken. Er findet es egoistisch, wünscht sich halt ein Heimchen am Herd. Stellt sich vor, dass die zukünftigen Kinder ihn auf Händen tragen, wenn er nach Hause kommt. Nicht mit ihr, das steht fest. Er wird früher oder später eine andere kennenlernen, um mit ihr seine Träume zu verwirklichen. Sie sollte die Beziehung beenden, bevor er ihr zuvorkommt. Sie erreicht den Hauptbahnhof, steigt in das erste Taxi. Der Fahrer erinnert sie an Kastas, die dunklen Augen, die hagere Figur, der Gesichtsausdruck.

»Einen schönen Abend. Wohin darf ich Sie bringen?«

Zumindest ist die Stimme angenehm. Sie nennt ihm die Adresse und lehnt sich auf dem Beifahrersitz zurück. Während der Fahrt findet er lobende Worte für die Menschen im Ruhrgebiet, ihre Aufgeschlossenheit und Freundlichkeit. Sie stimmt ihm zu, obwohl sie mit ihren Gedanken woanders ist. Sie möchte, dass er weiterredet, am besten in einer Sprache, die sie nicht versteht. Nur die Stimme hören, um sich nicht alleine zu fühlen. Vor der Haustür gibt sie ihm ein gutes Trinkgeld und wartet, bis er das Taxi gewendet hat und im Nichts verschwunden ist. Sie sieht ihm lange nach, bis sie sich entschließt, die Haustür aufzuschließen. Sie rennt zum Fernseher, schaltet ihn ein, nimmt eine Decke und verkriecht sich auf die Couch. Irgendwann holt sie ihr Smartphone und ruft Nina an.

Kapitel 11

Lukas Briest sieht durch das Fenster der Straßenbahn. Das flackernde Licht der Fernseher dringt durch die Fenster der Wohnhäuser. Wird über den Mord berichtet? Hoffentlich nicht im Zusammenhang mit seinem Namen. Es war die richtige Entscheidung, zur Mutter nach Eickel zu fahren. In seiner Wohnung wird ihn die Kripo zuerst suchen. Er sollte Natalie anrufen, doch sie hat seinetwegen in ihrer Familie schon genug Stress. Wenn die Eltern erfahren, dass er mit einem Mord in Verbindung gebracht wird, werden sie ihrer Tochter den Kontakt verbieten. Er könnte zu seinem Freund Oliver nach Ibiza fliegen. Der betreibt einen Stand auf dem Hippiemarkt und hat ihm wiederholt vorgeschlagen, bei ihm zu arbeiten. Es gibt preiswerte Flüge außerhalb der Schulferien. Wenn er seiner Mutter die Situation erklärt, wird sie ihm ein letztes Mal aushelfen. Doch es käme einem Schuldanerkenntnis gleich und die dortige Polizei würde ihn ausliefern. Es gibt kein Entrinnen. Er kommt aus der Sache nicht heraus. Er sieht die Zelle vor sich, hört den Lärm beim Ausrücken zur Arbeit. Er fährt bei seiner Mutter in Eickel vorbei nach Wanne zum Busbahnhof. In der Nähe gibt es, was er braucht. Er muss sich beruhigen, bevor er mit seiner Mutter und der Kripo sprechen kann. Sonst hält er den inneren Druck nicht aus. Seit dem tödlichen Unfall seines Vaters und des kleinen Bruders ging alles schief. Mutters Depression, Drogen, Knast, Therapie. Jetzt wird der Bewährungshelfer mit seinem Springmesser ermordet und die Angestellte erwischt ihn am Tatort. So ein Pech gibt es nicht. Gleich werden die Kripobeamten bei seiner Mutter sein. Sie wird sich an die Worte erinnern, dass die Chemie zwischen dem Bewährungshelfer und ihm nicht stimmt. Er überlegt, sie anzurufen und vorzuwarnen. Ihr zu schwören, unschuldig zu sein. Er nimmt das Handy in die Hand, steht von seinem Sitz auf. Eine weißhaarige Dame mustert ihn von oben bis unten. Warum? Natürlich, das Blut an seinen Klamotten. Von Windich oder dem Sturz vor der Dienststelle. Er dreht ihr den Rücken zu, steckt das Handy zurück in seine Jackentasche.

»Guten Abend. Darf ich Ihren Fahrschein sehen?« Ein beleibter Kontrolleur mit Oberlippenbart taucht vor ihm auf und sieht ihn forschend an. Wo kommt der jetzt her? Ist er an der Haltestelle zugestiegen? Lukas hat das Gefühl, die ganze Welt hat sich gegen ihn verbündet. Er wühlt in seinen Taschen, obwohl er sich nicht erinnern kann, einen Fahrschein gelöst zu haben. Er ist an der Mitteltür eingestiegen und hat sich gleich ans Fenster gesetzt. Er könnte lachen, so grotesk ist die Situation. Da sucht er seinen Bewährungshelfer auf, weil er Fahrgeld für ein Vorstellungsgespräch benötigt, und wird auf der Rückfahrt ohne Fahrschein erwischt. Der Kontrolleur steht mit verschränkten Armen vor ihm, rechnet schon mit irgendeiner Geschichte. Lukas fällt nichts ein. »Ich habe genug Geld dabei, nur vergessen, am Hauptbahnhof ein Ticket zu lösen.«

»Sind Sie mit dem erhöhten Fahrpreis einverstanden? Sonst muss ich die Polizei benachrichtigen, um Ihre Personalien feststellen zu lassen«, dringen die routinemäßigen Worte des Schnauzbärtigen zu ihm. Die Polizei! Das darf er nicht zulassen. Er holt sein Portemonnaie hervor, um die zwanzig Euro von Windich anzubieten. Vielleicht lässt sich der Kontrolleur auf eine Anzahlung ein, wenn er verspricht, den Rest morgen zu bezahlen. Er staunt über das viele Geld in seinem Portemonnaie. Nimmt zwei Fünfziger heraus. Reicht sie dem Kontrolleur, der eine Quittung ausstellt, sie ihm mit vierzig Euro in die Hand drückt. Woher stammen die Fünfziger? Er nimmt den dritten Schein in die Hand, entdeckt das Blut daran. Seine Gedanken überschlagen sich. Der Keil an der Tür, die blutigen Fünfziger. Der Mörder will es ihm anhängen, anders ist es nicht zu erklären. Warum? Was hat er ihm getan? Oder war er zur falschen Zeit am falschen Ort? Er überlegt, dem Kontrolleur die Fünfziger wieder abzunehmen, entdeckt ihn vorne beim Fahrer mit den Scheinen in der Hand. Er kann nichts machen, das Schicksal nimmt seinen Lauf. An der nächsten Haltestelle springt er aus der Bahn, hastet davon. Läuft zum Busbahnhof. Ein Unbekannter spürt seinen Druck, bietet ihm erstklassige Ware für dreißig Euro an. Er nimmt den verbleibenden Fünfziger, reicht ihn dem Dealer. In dem Moment sieht er die Bullen. Schon sind sie bei ihm, legen ihm Handschellen an, führen eine Leibesvisite durch. Sie nehmen ihm sein Portemonnaie ab, das Handy, das Springmesser, seine Schlüssel. Er lässt es über sich ergehen, hat das dumpfe Gefühl, alles ist aus.

»Ich wollte nicht wieder anfangen. Es ist zu viel passiert heute.« Sie scheinen an seinen Erklärungen nicht interessiert. Die Beweismittel reichen aus. Wie konnte er so dumm sein? Er hätte es ahnen müssen. Der Dealer war eine Spur zu direkt. Zum ersten Mal ist er auf einen Spitzel hereingefallen. Gibt es die Möglichkeit, den Tag zu wiederholen, noch einmal beim Aufstehen zu beginnen? Er würde garantiert alles anders machen, auf keinen Fall dieses verdammte Messer mitnehmen. Jetzt werden sie ihm einen Raubmord anhängen.

Auf der Wache führen sie ihn auf eine Zelle. Teilen ihm mit, dass er später angehört wird. Die Beamten der Mordkommission seien unterwegs. Er legt sich auf die Pritsche. Warum ist er bei seiner Mutter nicht aus der Bahn gestiegen, wie er es geplant hatte? Er könnte mit dem Kopf gegen die Wand rennen, braucht jemanden zum Reden, denkt an Natalie, an ihre gemeinsamen Pläne, fühlt die Tränen im Gesicht. Was wird sie von ihm denken? Sie hatte gestern gestöhnt, das Geld reiche nicht für den restlichen Monat. Heute wollte sie ihre Freundin besuchen, um sich etwas zu leihen. Er hatte ihr eine Überraschung angekündigt. Die Arbeit in Dortmund kann er wohl vergessen. Er schließt die Augen, möchte an nichts mehr denken, nur noch abschalten.

Kapitel 12

Jannis Kastas sieht mit seiner Verlobten einen Krimi auf Netflix. Auf dem Tisch vor der blauen Sitzecke steht eine Flasche Weißwein mit zwei halb vollen Gläsern. Dazu ein Rest Käsewürfel und Salzstangen. Das Klingelzeichen an der Tür stört. Kastas sieht seine Verlobte misstrauisch an.

»Erwartest du jemanden?«

»Nein, wie kommst du darauf?«, entgegnet Jasmin.

»Es wird der Nachbar von oben sein. Er leiht sich ständig was aus.«

Kastas möchte nicht gestört werden, schon gar nicht während eines Krimis. »Lassen wir ihn schellen!«, sagt er. »Der soll sich an vernünftige Zeiten halten.«

Es schellt erneut. Zwei-, dreimal hintereinander. Er überlegt, an die Tür zu gehen, um mit dem Nachbarn Klartext zu reden. Da dringen die Worte durch die Tür. »Aufmachen, Polizei!«

Mit Panik in den Augen dreht er sich zu seiner Verlobten um. »Ich habe nichts verbrochen. Ehrenwort!« Er hebt die rechte Hand zum Schwur.

Jasmin steht auf. »Bevor sie das ganze Haus wecken, öffne ich lieber.« Sie geht zur Tür. Kastas sieht ihr nach. Was würde er ohne sie machen? Sie behält immer die Ruhe, dabei ist sie sieben Jahre jünger als er. Er nutzt die

Pausenfunktion des Receivers und lauscht, doch versteht kein Wort aus dem Flur. Was wollen sie von ihm? Hat Windich von Dr. Kriem erfahren, dass er ihn belogen hat? So ein Aufstand, weil er die Depotspritze nicht abgeholt hatte? Wollen sie ihm das Zeug mit Gewalt eintrichtern? Er spürt, wie der Druck in seinem Kopf zunimmt. Springt auf und versteckt sich hinter dem Vorhang. Gerade noch rechtzeitig, bevor seine Verlobte mit den Beamten ins Zimmer kommt.

»Herr Kastas. Wir wissen, dass Sie hier sind. Was soll das Versteckspiel? Lassen Sie uns miteinander sprechen wie erwachsene Leute.«

Eine kalte Stimme. Am liebsten würde er sich auf den Redner stürzen. Doch er hat Jasmin geschworen, sauber zu bleiben. Was hätte er auch für eine Chance? Die Bullen würden ihn verprügeln und ihm noch ein Verfahren wegen Widerstands gegen die Staatsgewalt anhängen. »Was wollt ihr von mir?« Er kommt hinter dem Vorhang hervor, reißt die Balkontür auf.

»Machen Sie keinen Unsinn!«, ruft der Dunkelhaarige mit der kalten Stimme. »Wir haben nur ein paar Fragen, dann sind wir wieder weg.«

Er bleibt an der Balkontür stehen. Die Beamten halten ihm ihre Dienstausweise hin, stellen sich mit Namen vor. Er spürt seinen erhöhten Herzschlag, kann in Anwesenheit von Bullen nicht ruhigbleiben. »Ich brauche kein Risperdal. Das habe ich dem Bewährungshelfer erklärt. Er wollte einen Termin bei Dr. Kriem vereinbaren. Von euch war keine Rede.«

»Das stimmt«, sagt Jasmin in ruhigem Ton. »Er wollte mit dem Bewährungshelfer sprechen, weil er das Medikament absetzen möchte. Ich hatte ihn dahin gefahren. Wenn Sie mich fragen, regt er sich schnell auf, beruhigt sich aber wieder. Wenn man ihm Zeit lässt, ihn nicht provoziert.«

Kastas nähert sich den Beamten. »Wir haben in der Therapie über alles gesprochen, sogar einen Notfallplan entworfen. Jasmin war dabei. Ich habe mich verändert. Verstehen Sie?« Er spürt den anerkennenden Blick seiner Verlobten, die den Beamten Kaffee und Wasser anbietet.

»Wenn es Ihnen nichts ausmacht, würde ich gerne ein Glas Wasser trinken«, sagt Kramer. Schulz nickt bestätigend.

»Zwei Wasser. Kommen sofort.« Jasmin verlässt das Wohnzimmer. Kastas sieht ihr nach. Warum lässt sie ihn mit den Bullen allein? Er mag das nicht.

»Sie waren am frühen Abend in der Sprechstunde Ihres Bewährungshelfers«, stellt Schulz fest.

»Er hatte mich eingeladen. Mist, jetzt hab ich das Schreiben nicht mehr … ich habe es bei ihm liegen lassen … sonst könnte ich es Ihnen zeigen.« Warum musste Jasmin den Bullen was zum Trinken anbieten? Er spürt, wie sich sein Herzschlag beschleunigt. Er sieht auf das Standbild des Fernsehers, um sich zu beruhigen.

»Erinnern Sie sich an die genaue Uhrzeit, wann Sie bei Ihrem Bewährungshelfer waren?«, fragt der Dunkelblonde mit der Lederjacke, der sich als Kramer vorgestellt hat.

Wenn er nur wüsste, worauf sie hinauswollen. Eine falsche Antwort, schon holen sie die Handschellen hervor. »Es war kurz vor dem Ende der Sprechstunde. Wenn Jasmin nicht gedrängt hätte, wären wir zu spät gekommen.« Er hatte von Anfang an kein gutes Gefühl, beim Bewährungshelfer vorbeizufahren. Wenn es nach ihm gegangen wäre, hätte er angerufen und den Termin verschoben. Er weiß, dass Windich nur die Einhaltung der Weisungen interessiert. Jetzt schickt er ihm die Bullen auf den Hals. Jasmin ist zu unerfahren, sie rechnet überall mit Verständnis und Hilfe. Die nächste Einladung wird er in den Papierkorb werfen, statt sie ihr zu zeigen und an die Pinnwand in der Küche zu heften.

»Hatte Windich einen nachfolgenden Termin?«, mischt sich der Dunkelhaarige mit dem Namen Schulz in seine Gedankenwelt.

»Er hatte es eilig … wollte weg.« Wo bleibt Jasmin? Kauft sie das Wasser erst ein? Soll sie ihnen Kranwasser andrehen, das merken die sowieso nicht. »Er fragte mich, ob ich am Mittag angerufen hätte. So ein Quatsch. Bestimmt hatte er mich mit jemandem verwechselt.«

»Habe ich das richtig verstanden?«, fragt Kramer interessiert nach. »Am Mittag hatte ein Klient angerufen, um seine Verspätung mitzuteilen?«

»Sag ich doch. Aber ich war das nicht. Das können sie mir glauben.«

»Wann haben Sie Herrn Windich verlassen?«

Kramer lächelt ihn freundlich an.

»Nach einer halben Stunde, so um halb acht.«

»Wartete jemand auf ihn? Vielleicht der Anrufer?«, fragt der andere Beamte mit der kalten Stimme. Kastas zuckt zusammen. Die Fragerei wird ihm zu bunt. »Was ist passiert? Worum geht es?«, wendet er sich an Kramer, ohne auf die Frage des anderen einzugehen. Die ganze Situation erscheint ihm zunehmend verrückt. Was wollen sie von ihm? Müssen sie nicht sagen, worum es sich handelt? Dürfen sie in seine Wohnung spazieren und ihn ausfragen? Er wird morgen früh den Anwalt anrufen. Der wird sich aufregen, das ahnt er schon.

»Beantworten Sie bitte die Frage! Wartete jemand auf Herrn Windich?«, fragt Schulz etwas lauter.

Jasmin bringt die Flasche Mineralwasser mit vier Gläsern auf einem Tablett herein. Genau zur richtigen Zeit, bestimmt hat sie gelauscht. Sein Anwalt predigt ihm immer, bei den Bullen nur zu seinen Personalien auszusagen. *Kein Wort zur Sache, Kastas! Sie reden sich um Kopf und Kragen!* Nach dem Urteil damals hatte der Anwalt ihm vorgeworfen, bei den Bullen ausgesagt zu haben. Die Richter hatten ihm die Aussagen Punkt für Punkt vorgehalten.

Jasmin gießt Mineralwasser ein. »Greifen Sie zu.« Sie deutet auf die Salzstangen. »Es stimmt. Es wartete jemand«, sagt sie.

»Sie haben Ihren Verlobten zum Bewährungshelfer begleitet? Das klang vorhin nicht so.«

»Wir machen alles zusammen«, antwortet er für Jasmin, geht an Schulz vorbei zum Sofa. Setzt sich neben sie.

»Waren Sie bei dem Gespräch dabei oder nicht?«, wendet sich Kramer direkt an Jasmin.

»Nein, mein Verlobter wollte allein mit Windich über das Risperdal und unseren Kinderwunsch sprechen. Wir möchten Risiken ausschließen. Außerdem macht ihn das Medikament ständig müde.«

»Darüber sollten Sie mit Ihrem Arzt sprechen«, rät Kramer.

Kastas rückt auf der Couch nach vorne. »Das sagte Windich auch. Er wollte einen Termin bei Dr. Kriem vereinbaren. Deswegen verstehe ich die ganze Zeit nicht ...« Er hustet, nimmt sein Glas, trinkt einen Schluck.

»Was verstehen Sie nicht?«, fragt Kramer.

»Was Sie von uns wollen.« Kastas blinzelt zu Jasmin rüber.

»Herr Windich hat wegen Ihnen die Sprechstunde überzogen, obwohl er einen anschließenden Termin hatte. Dafür muss es eine Erklärung geben.« Schulz sieht ihn herausfordernd an.

»Er wollte nicht einsehen, dass ich das Medikament und die Gruppentherapie nicht mehr brauche«, lässt sich Kastas hinreißen. »Er meinte, wir sollten warten, ein Kind koste viel Geld. Am Schluss gab er mir zehn Euro für die Fahrt.«

»Gut, dass Sie das Geld ansprechen. Dürfen wir Ihr Portemonnaie sehen?«, fragt Schulz.

Kastas will sich aufregen, da mischt sich Jasmin ein. »Warum? Ist Herr Windich bestohlen worden?«

»Ja, ihm wurde aus dem Portemonnaie Geld entwendet«, bestätigt Kramer.

Hat der Rotschopf Windich beklaut und ihm die Bullen auf den Hals gehetzt. Da wird er ihn nicht weiter schützen. Jetzt fällt ihm nicht mal der Vorname ein. »Ja, es schellte jemand, als ich im Büro war. Windich ließ ihn herein. Er wartete vor der Bürotür, als ich ging. Ein Rotschopf, struwwelige Haare, eine blaue Kappe. Jünger als ich. Bestimmt aus der Drogenszene.«

»Mein Verlobter ist kein Dieb. Wir sind sparsam, kommen mit wenig Geld aus.«

»Dürfen wir jetzt Ihr Portemonnaie sehen?«, wendet sich Schulz erneut an Kastas.

»Was wollen Sie damit?«, faucht er zurück.

»Was hindert Sie daran, es zu holen, wenn Sie nichts zu verbergen haben?«, unterstützt Kramer seinen Kollegen.

»Wenn es unbedingt sein muss! Es ist in meiner Jacke an der Garderobe.« Kastas erhebt sich mühsam, holt das Portemonnaie, überreicht es Schulz. »Sie können in meiner Jacke nachsehen. Ich habe noch nie gestohlen.«

Schulz zählt hundertdreißig Euro. »Wofür brauchten Sie das Fahrgeld?«

»Ich lasse es mir immer erstatten. Meine Verlobte muss das Benzin bezahlen, wenn sie mich für die Justiz durch die Gegend fährt.«

»Woher stammen die restlichen hundertzwanzig Euro?«, fragt Schulz.

Kastas geht im Zimmer auf und ab. »Es ist das Arbeitslosengeld für den Monat. Ich trage es immer bei mir.« Wieso kann er nicht auf seinen Anwalt hören? Der Richter wird ihm die Worte im Mund herumdrehen.

»Wir überprüfen die Scheine und erstatten sie anschließend zurück«, sagt Schulz.

»Was gibt es daran zu überprüfen?« Kastas kann sich kaum beherrschen.

»Sollte Windichs Geld dabei sein, finden wir es heraus«, entgegnet Schulz.

»Der Zehner ist von Windich. Dafür hatte ich eine Quittung unterschrieben. Den Rest lassen Sie bitte hier!«

»Sie haben es gehört. Wenn alles in Ordnung ist, erhalten Sie das Geld zurück«, versucht Kramer, ihn zu beruhigen.

»Wovon sollen wir einkaufen?« Kastas sieht Schulz mit starrem Blick an.

Jasmin steht vom Sofa auf, um sich vor ihren Verlobten zu stellen. »Wir kommen bis zum Ersten mit meinem Geld aus. Wenn die Beamten die Scheine auf Fingerabdrücke untersuchen müssen, ist es in Ordnung. Du hast dir nichts vorzuwerfen.«

»Können Sie den Besucher beschreiben, der nach Ihnen kam? Es ist wichtig«, bringt ihn Kramer auf andere Gedanken. Kastas spürt das Blut in seinem Kopf hämmern. Er hatte ihn doch schon beschrieben. Wegen des Blödmanns hat er kein Geld mehr. Der kann ihm jeden Cent zurückerstatten, wenn er ihn erwischt. »Ich sagte doch, rotblonde, struwwelige Haare. Blaue Augen. Sommersprossen im Gesicht. Einen Kopf kleiner als ich. Dunkle Jacke, Jeans. So eine blaue Kappe auf dem

Kopf.«

»Würden Sie ihn wiedererkennen?«, fragt Kramer.

»Ja, sicher! Er hat mir sogar seinen Vornamen genannt. Der fällt mit jetzt nur nicht ein. Weil ich so aufgeregt bin.«

»Machen Sie bei jedem Diebstahl solche Umstände?« Jasmin schüttelt verwundert den Kopf. »Oder ist es, weil ein Bewährungshelfer beklaut wurde?«

»Wir sind von der Mordkommission«, erwidert Kramer. Jasmin und Kastas sehen ihn mit großen Augen an.

»Mord?«, fragen sie gleichzeitig.

»Herr Windich wurde nach der Sprechstunde in seinem Büro tot aufgefunden«, ergänzt Schulz. »Da ihm Geld entwendet wurde, ist nicht auszuschließen, dass es sich um einen Raubmord handelte.«

»Scheiße! Das kann nicht wahr sein!« Kastas wird bleich im Gesicht.

»Wie wurde er umgebracht?«, fragt Jasmin, die sich wieder gefangen hat.

»Das wird die Obduktion bei der Rechtsmedizin in Essen ergeben«, erläutert Schulz. »Tragen Sie ein Messer bei sich?«

Kastas weicht entsetzt zurück. »Nein! Natürlich nicht. Einen Mord lass ich mir nicht anhängen. Damit habe ich nichts zu tun. Ich bring keinen Menschen um.« Er vernimmt erneut die Warnung seines Anwalts im Inneren. Er hat schon zu viel gesagt. Sie haben nicht mit offenen Karten gespielt, haben ihn reingelegt. Soll er gleich den

Anwalt anrufen? Er richtet sich auf, will aufstehen, herumlaufen.

»Es wartete jemand vor der Haustür.« Jasmin errötet leicht, drückt Jannis zurück aufs Sofa. »Das meinte ich vorhin. Er trug einen dunklen Anzug mit Längsstreifen. Den Rotschopf habe ich nicht gesehen. Da war ich schon bei *Rewe* zum Einkaufen.«

»Sie haben den Wagen verlassen, während Ihr Freund bei Herrn Windich war?«, fragt Schulz. »Das klang vorhin nicht so.«

»Ich wollte erst an dem Gespräch bei dem Bewährungshelfer teilnehmen. Vor dem Eingang überlegte ich es mir anders. Wollte den Eindruck vermeiden, meinen Verlobten unter Druck zu setzen. In dem Moment sah ich den Mann in der Nähe des Eingangs. Er drehte sich abrupt weg. Bestimmt hat er gewartet, bis alle raus waren.«

»Können Sie den Mann genauer beschreiben?«, fragt Schulz. »Es würde uns helfen.«

»Das Gesicht habe ich nicht gesehen. Nur die Brille. Ein schwarzes Horngestell. Er wirkte untersetzt und kräftig. Trug einen dunklen Anzug mit hellen Streifen. So braune Haare. Mehr kann ich nicht sagen. Doch! An einem Mittelfinger hatte er einen breiten Silberring.« Sie deutet auf die rechte Hand.

»Damit lässt sich was anfangen«, meint Schulz. »Würden Sie ihn wiedererkennen?«

»Wenn Sie ihn mir gegenüberstellen.« Sie nickt bestätigend.

Die Melodie eines Handys. Schulz greift in die Jackentasche. Kastas versteht aus den Sprachfetzen, dass sie einen Verdächtigen festgenommen haben. Bestimmt den Rotschopf. Der war auch zu auffällig.

»Wir sind in zwanzig Minuten bei euch.« Schulz beendet das Telefonat.

»Halten Sie sich bitte für weitere Fragen bereit und rufen uns an, wenn Sie sich an irgendein Detail erinnern.« Er legt eine Visitenkarte auf den Tisch. »Das Gleiche gilt für Sie, Frau Gerritz. Wir werden Sie über eine Gegenüberstellung informieren.«

Kapitel 13

Jannis Kastas kann sich überhaupt nicht vorstellen, dass jemand den Bewährungshelfer für ein paar Euros umgebracht haben soll. Dieser Lukas auf keinen Fall, der erschien ihm viel zu harmlos für so eine Sache. Warum ist ihm der Name nicht eingefallen?

»Danke«, sagt er zu Jasmin, die sich auf der Couch an ihn lehnt.

»Wofür bedankst du dich?«

»Für das Alibi.« Er steht auf. »Möchtest du auf den Schreck ein Bier?«

»Nein, lieber noch ein Glas Weißwein.«

Er schüttet ihr Glas voll.

»Sag, dass du nichts damit zu tun hast.«

»Was denkst du? Nein! Aber du weißt, wie schnell sie einen verdächtigen, wenn man vorbestraft ist.« Er geht zur Küche.

»Ich möchte dich nicht verlieren«, hört er ihre Stimme aus dem Wohnzimmer.

Während er die Bierflasche in der Küche öffnet, denkt er an das Gespräch mit den Kripobeamten. Etwas lässt ihm keine Ruhe. Zurück auf der Couch fragt er: »War der Typ vor der Tür echt oder hast du ihn erfunden?«

»Der war echt! Meinst du, so etwas würde ich erfinden?«

»Um mich zu schützen … das würde mir gefallen.«

»Der Typ war unheimlich. Deswegen bin ich nach *Rewe* gegangen.«

Kastas überlegt. »Als ich Windich verließ, bewegte sich die Tür zum Wartezimmer. Ich dachte, da wartet jemand auf den Rotschopf, doch der kam alleine aus der Dienststelle. Er gab mir am Auto eine Zigarette. Ich war überrascht, dass Windich nicht kam. Mir gegenüber hatte er angegeben, es eilig zu haben.«

Sie macht sich von ihm los. »Das musst du den Polizisten erzählen. Am besten, du rufst sie gleich an. Der Typ hat sich reingeschlichen und deinen Bewährungshelfer umgelegt, während du am Auto auf mich gewartet hast. Das gibt's doch gar nicht.«

»Ich hab nicht gerne mit denen zu tun, das weißt du. Außerdem reicht mir dein Alibi.« Er gibt ihr einen Kuss auf die Wange.

Sie kramt in ihrer Tasche, reicht ihm die Visitenkarte von Schulz, die sie eingesteckt hat. »Ruf ihn auf seinem Handy an! Sag ihm, dass jemand im Wartezimmer war, als der Rotschopf die Dienststelle verließ!«

Kastas nimmt das Handy und wählt.

»Mordkommission Bochum. Schulz.«

Jasmin deutet ihm an, mithören zu wollen. Er betätigt die Lautsprecherfunktion. »Kastas. Sie waren gerade mit Ihrem Kollegen bei uns.«

Jasmin nickt ihm zu.

»Was gibt es, Herr Kastas? Ist Ihnen noch etwas eingefallen?«

»Ja. Meine Freundin hatte von dem Typen vor der Dienststelle gesprochen … der war im Wartezimmer, als ich die Etage verließ.«

»Wie kommen Sie darauf? Haben Sie ihn gesehen?«

Kastas fühlt sich unwohl, bereut schon, angerufen zu haben. Jasmin tippt ihn an.

»Denk an den Rotschopf.«

»Meine Verlobte und ich haben darüber gesprochen. Da hab ich mich erinnert.« Er steht vom Sofa auf, läuft mit dem Hörer im Zimmer auf und ab und erklärt dem Beamten die Zusammenhänge.

»Haben Sie im Wartezimmer nachgesehen?«, vernimmt er die Stimme von Schulz.

»Nein, warum sollte ich? Ich dachte, der Typ wäre mit dem Rotschopf da. Der heißt übrigens Lukas. Ich habe mich an den Namen erinnert. Wir hatten uns am Auto unterhalten … er bot mir eine Zigarette an. Aber er kam allein raus, verstehen Sie?«

»Wenn ich Ihre Aussage richtig deute, blieb der Unbekannte bei Windich auf der Etage, als Lukas herauskam«, dringt die sachliche Stimme des Beamten durch den Hörer.

»Genau das wollte ich sagen. Lukas wird es Ihnen bestätigen.«

»Herr Kastas, ich möchte Sie bitten, sich in den nächsten Tagen zur Verfügung zu halten. Wir werden auf Sie zukommen, um Ihre Aussage zu Protokoll zu nehmen.«

Jasmin sieht ihm seine Unsicherheit an. »Glaub mir,

es ist besser so«, sagt sie nach dem Telefonat.

»Ich weiß nicht. Nachher denken sie, ich hätte mit Lukas gemeinsame Sache gemacht. Du kennst die Bullen nicht. Sie drehen dir einen Strick aus allem, was du sagst.«

»Ach, Unsinn! Ich hatte den Typen vor der Tür beschrieben. Sie werden ihn ausfindig machen. Die Sache wird sich aufklären. Bei einem Mord setzen sie alles dran, den richtigen Täter zu finden.«

Kastas nimmt die Fernbedienung vom Tisch und löst die Pausentaste. Auf die Fortsetzung des Krimis kann er sich nicht konzentrieren. Windich spukt ihm im Kopf herum. Er sagt es Jasmin. Sie meint, dass es ihr genauso geht. Sie würde gerne auf die Nachrichten im Fernsehen umschalten.

Kapitel 14

Nina Reider ist mit ihrer Freundin in die gemeinsame Wohnung zurückgekehrt. An Schlafen ist nicht zu denken, nicht ans Alleinsein. Immer wieder sieht sie in Gedanken den Klienten vor sich, läuft über den Flur zu Alexanders Büro und öffnet die Tür.

Anna entkorkt eine Flasche Weißburgunder. Sie holt zwei Gläser aus der Vitrine in der Wohnküche, platziert sie samt Flasche auf dem Beistelltisch und setzt sich neben Nina auf die rote Couch. »Warum warst du um die Zeit im Büro?«

»Ich wollte sehen, ob er noch da ist, nachdem ich im Restaurant so lange gewartet hatte.«

»Stell dir vor, du wärst früher gekommen.« Anna sieht sie erschrocken an.

»Auf keinen Fall stelle ich mir das vor. Du hast Ideen.« Nina rückt von ihrer Freundin weg.

»Meinst du, Alexander ahnte, was der letzte Besucher von ihm wollte?«

Nina hält sich die Hände vors Gesicht. Anna scheint zu spüren, dass sie mit ihren Fragen zu weit gegangen ist. »Sorry, ich rede dummes Zeug! Hör nicht hin. Soll ich dir was zu essen machen? Du hast seit dem Frühstück auf alles verzichtet, um dich im *Una Mas* satt zu essen. Ich kenne dich doch.«

»Nein, danke. Der Hunger ist wie weggeblasen. Mir ist im Moment nur nach einem großen Glas Wein.« Sie fühlt sich benommen, schiebt es auf die Tabletten, die ihr der Notarzt gegeben hatte. Als schwebe sie auf einer Wolke. Anna gießt die Gläser randvoll und stößt mit ihr an.

Nina nimmt einen kräftigen Schluck, genießt die kühle Frische. »Verstehe nicht, warum der Ex-Junkie für ein paar Euros seinen Bewährungshelfer ermordet haben soll. Das gibt keinen Sinn. Ich glaube das nicht. Er wirkte so fassungslos.«

»Hallo Erinnerung! Kann es sein, dass du ihn am Tatort erwischt hast?«, empört sich Anna.

»Lukas ist kein Gewalttäter. Das wäre mir beim Anlegen der Akte aufgefallen. Das ist nicht lange her. Er hat mit Drogen gedealt, sich damit sein Abi finanziert oder so ähnlich.« Nina springt auf, läuft im Zimmer herum.

Ihre Freundin sieht sie nachdenklich an. »Ich weiß nicht, was ich sagen soll. Hab so was noch nicht erlebt … ist bestimmt ein Scheißgefühl.«

»Im Moment fühle ich gar nichts mehr. Totale Leere.« Sie nimmt einen Schluck Wein.

»Meinst du, dass was draus geworden wäre? Gestern warst du dir unsicher.«

Nina schüttelt den Kopf. »Nein. Ich habe mich nie so frei gefühlt wie mit dir. Ich brauche mich niemandem gegenüber zu rechtfertigen. Bin nur froh, dass du da bist. Alleine würde ich verrückt.«

»Ich muss dir was sagen, Nina. Ich fahre morgen zu meiner Mama nach Olsberg. Sie ist in ihrer Wohnung gestürzt. Die Nachbarin kommt erst am Montag aus dem Urlaub, also muss ich einspringen. Einkaufen, Essen kochen, putzen, was so anfällt. Ich habe mir bis Dienstag freigenommen. Meine Chefin hat zwar getobt, aber mit dem Pflegenotstand konnte ich sie überzeugen.«

Nina ist entsetzt. »Du willst mich in der Situation alleinlassen?«

»Nur bis Dienstag«, verteidigt sich Anna. »Ich habe es ihr versprochen. Wer konnte so etwas ahnen?«

»Du weißt, dass ich nicht allein sein kann seit dem Vorfall mit Wolle. Jetzt die Sache mit Alexander.«

»Komm mit nach Olsberg. Ich meine es ernst. Im Haus ist genug Platz. Mutter freut sich. Außerdem gibt es in der Nähe eine Therme.«

»Und die Arbeit?«

»Du meldest dich krank. Sie werden Verständnis haben.« Anna scheint begeistert zu sein von der Idee.

Nina überlegt einen Augenblick. »Okay, aber ich komm nach. Morgen fahre ich ins Büro. Die Polizei will weitere Fragen stellen. Außerdem ...« Nina bricht den Satz ab.

»Was außerdem?« Anna schaut sie prüfend an. »Du hast Angst, dass Wolle in die Sache verwickelt ist?«

Nina treten Tränen in die Augen. Sie lehnt sich an ihre Freundin. »Was ist, wenn er rausbekommen hat, dass Alexander und ich verabredet waren? Wenn er durchgedreht ist? Du hast gesehen, wie er mich zugerichtet hatte.«

Anna streicht ihr über den Rücken. »Woher sollte er von der Verabredung erfahren haben? Außerdem bist du für ihn nicht verantwortlich. Ihr lebt getrennt, schon vergessen? Gerade hast du noch deine Freiheit gepriesen.«

Nina nimmt ein Taschentuch, wischt sich die Tränen weg. »Verstehst Du nicht? Wenn Wolle es war, bin ich mitschuldig. Ich hätte mich nicht mit Alexander verabreden dürfen, solange er mir nachstellt.«

Für eine knappe Minute herrscht Schweigen, dann legt Anna los: »So einen Unsinn habe ich noch nie gehört. Du fühlst dich frei, aber darfst dich nicht verabreden, weil dein Ex durchdrehen könnte. Reiß dich mal am Riemen. Außerdem hast du nicht Wolle auf der Etage angetroffen.«

»Das hätte noch gefehlt.« Durch Ninas Tränen dringt ein Lachen. Die Worte ihrer Freundin bringen sie von den Selbstvorwürfen ab.

»Erinnerst du dich an den Abend im *Centro*?«, fragt Anna.

»Den werde ich nie vergessen.« Anna hatte sie von der Arbeit abgeholt und zum Shoppen nach Oberhausen mitgenommen. Auf der Hinfahrt lief ein alter Song von Hermann van Veen. Eine Witwe betet vor ihrem Tod, im Himmel ihrem Ehemann nicht zu begegnen. Sie fürchtet, von ihm dort genauso kontrolliert zu werden wie auf Erden. Der Kommentar von Anna: *Wen man im Jenseits nicht ertragen möchte, dem sollte man im Diesseits den Laufpass geben.* Sie glaubten beide nicht an ein Leben nach dem Tod, waren sich aber nicht sicher.

Anna nimmt sie in den Arm und drückt sie. »Ich verstehe bis heute nicht, warum du Wolle nicht von meiner Wohnung aus angerufen hast.«

»Ach, der hätte die ganze Nacht Sturm geschellt. Er war eifersüchtig auf dich. Kann ich sogar verstehen«, schmunzelt sie. »Nein, ich wollte den Streit mit ihm alleine austragen, hatte aber nicht damit gerechnet, dass er mich verprügelt. Bis dahin hatte er mich nie geschlagen. Ich weiß bis heute nicht, wie ich aus dem winzigen Badezimmerfenster entwischen konnte. Es war die Angst, als er drohte, die Tür einzutreten.«

»Ich erinnere mich an den Anruf deiner Nachbarin. Wie wir ihn mit den Polizeibeamten volltrunken vor dem Fernseher fanden und er sich schluchzend an deine Beine klammerte. Die Beamten nahmen ihn zur Ausnüchterung mit aufs Revier. Sonst hätten wir nicht mal deine Sachen packen können.«

Nina schließt die Augen. Die Melodie ihres Smartphones erklingt. Auf dem Display erkennt sie ihre Kollegin, Marie Marler. Sie nimmt das Gespräch an, während sie von der Couch aufsteht und in die Küche geht.

»Nina Reider.«

»Gut, dass ich dich erreiche.«

»Hat die Kripo euch alle informiert?«, fragt Nina.

»Ja, schrecklich! Du sollst den Täter auf der Etage angetroffen haben. Ich wollte dir nur sagen, dass er festgenommen wurde. Vielleicht beruhigt es dich etwas.«

»Danke. Ich bin gespannt, ob er den Mord gesteht«,

erwidert Nina. »Mir gegenüber hat er behauptet, damit nichts zu tun zu haben.«

»War denn noch jemand auf der Etage?«, fragt Marie.

»Nein, nur Briest«, bestätigt Nina. »Er wirkte völlig verstört. Versuchte, mich zu hindern, in Alexanders Büro zu gehen.«

»In den Nachrichten hieß es, dass er das Geld für Drogen brauchte.«

»Das kann ich mir nicht vorstellen. Hast du mit dem Kommissar gesprochen. Er kommt morgen früh in die Dienststelle, um weitere Fragen zu stellen. Er müsste genau dein Typ sein. Mit deinem Freund läuft doch nichts mehr, oder?« Marie lacht. »Wie ist es mit dir. Bist du nicht auch solo nach der Trennung.«

Anna hat sich in der Zwischenzeit auf der Couch in eine Decke eingedreht und Netflix geladen. Nina legt sich zu ihr und berichtet über die Neuigkeiten.

»Also war es nicht dein Ex, hast du dir umsonst Vorwürfe gemacht«, freut sich Anna. »Da können wir das Wochenende in Olsberg verbringen.«

»Okay. Ich komme Samstagmorgen nach. Dann habt ihr wenigstens einen Tag für euch. Wir gehen zusammen in die Therme. Ich freue mich schon.« Sie leert ihr Weinglas, versucht sich auf den Film zu konzentrieren, doch spürt die Wirkung der Tabletten und des Weins. »Den Anblick werde ich im Leben nie mehr los«, sagt sie, bevor ihr die Augen zufallen.

Kapitel 15

Lukas Briest wird von Uniformierten in den Vernehmungsraum gebracht, wo ihn zwei Beamte in Zivil erwarten, die sich vorstellen und ihn über seine Rechte aufklären. Lukas setzt sich ihnen gegenüber an den hellen Holztisch. Er sieht sich im Raum um und fragt sich, ob sie von anderer Stelle beobachtet werden wie in den Kriminalfilmen im Fernsehen. Bevor er die Beamten fragen kann, teilen sie ihm mit, dass Gespräch über Video aufzunehmen.

»Es war der totale Schock, als ich die Bürotür öffnete. Verstehen Sie? Ich war so aufgeregt, dass ich alles falsch gemacht habe. Ich könnte doch niemanden umbringen.« Er schüttelt den Kopf. »Herr Windich hatte mir zwanzig Euro gegeben für ein Vorstellungsgespräch in Dortmund. Für Fahrgeld.«

Kramer lehnt sich über den Tisch. »Das Springmesser in Ihrer Jackentasche wurde als Tatwaffe identifiziert. An Ihrem Portemonnaie und Ihrer Kleidung fanden sich Blutspuren. Was sagen Sie dazu?«

Der Beamte wirkt freundlich. Ist es Taktik, um ein Geständnis herauszulocken? »Herr Windich hatte mir das Messer abgenommen. Es lag auf seinem Schreibtisch, als ich ihn verließ.« Er stockt. Warum erzählt er das? Das glaubt ihm keiner. Er kämpft gegen den inneren

Zweifel an. »Ich lief zurück, weil ich mein Portemonnaie vergessen hatte … da war er schon tot. Es muss in der Zeit passiert sein. Bis dahin habe ich nie einen Toten gesehen, verstehen Sie?«

Kramer verschränkt die Arme. Seine Augen, die gesamte Haltung drückt Nachdenklichkeit aus. Lukas klammert sich daran. »Im nächsten Jahr nehme ich ein Sozialarbeit Studium auf. Bis dahin arbeite ich, um Geld anzusparen. Meine Freundin unterstützt mich. Herr Windich hatte mir nichts getan. Im Gegenteil, er hatte mir geholfen.« Er fühlt die misstrauischen Blicke der Beamten.

»Ich möchte Ihren Ausführungen gerne folgen«, sagt Kramer. »Nehmen wir an, Herr Windich hatte Ihnen das Messer abgenommen. Warum wurde es bei Ihrer Festnahme gefunden?«

Mit der Frage hat Lukas gerechnet. »Ich hatte es eingesteckt, als ich Herrn Windich in seinem Büro fand. Ein Riesenfehler, das gebe ich zu. Ich hätte die Polizei rufen müssen, ich konnte nicht klar denken. Das sagte ich schon.«

»Die Fünfziger von Windich haben Sie auch eingesteckt, weil Sie nicht klar denken konnten.« Die betont sachliche Stimme von Schulz. Bei dem Beamten hat er keine Chance, wenn überhaupt nur bei dem anderen.

»Hat es Ihnen die Sprache verschlagen? Dann wäre jetzt der richtige Zeitpunkt für ein Geständnis.«

Er kann dem strengen Blick nicht ausweichen, spürt, wie sein rechtes Augenlid zittert.

»Das erhöhte Fahrgeld in der Linie 306 haben Sie mit blutigen Fünfzigern bezahlt.«

Schulz will ihn weich kochen. Er darf sich nicht verunsichern lassen. »Ich war total überrascht, als ich die Fünfziger in meinem Portemonnaie fand.«

Der Beamte lacht, als hätte Lukas einen Witz gemacht. Wendet sich an den Kollegen. »Bin gespannt, wie er uns weismachen will, wie die Scheine da hineingeflogen sind.«

Lukas spürt, wie sich das Zittern auf das andere Augenlid überträgt, ihm der Schweiß auf die Stirn tritt und die Kopfschmerzen zunehmen. Er massiert mit beiden Händen seine Schläfen, hat das Gefühl, sonst vom Stuhl zu fallen.

»Möchten Sie eine Kopfschmerztablette?«

Die freundliche Stimme. »Ja, bitte! Und ein Glas Wasser, wenn es keine Umstände macht.«

Kramer geht ins Nebenzimmer. Lukas würde ihm gern folgen, doch der Blick von Schulz lässt ihn auf dem Stuhl erstarren. Sie schweigen sich an, bis Kramer zurückkommt, ihm eine Tablette mit einem Glas Wasser reicht. Lukas spürt den kritischen Blick.

»Ob ihm das hilft?«, frotzelt Schulz. »Der ist was anderes gewöhnt. Wir sollten einen Arzt verständigen und morgen weitermachen. Es ist spät geworden. Der läuft uns nicht weg.«

»Ich brauche keinen Arzt ... bin nicht auf Entzug. Seit der Therapie habe ich nichts mehr genommen.«

»Wie lange ist das her?«, erkundigt sich Kramer.

»Ein halbes Jahr war ich in der Fachklinik *Bussmannshof*, davor fast zwei Monate in Untersuchungshaft. Seit sechs Wochen wohne ich in der Nähe meiner Freundin im Stadtteil Langendreer.«

»Zusammen knapp zehn Monate.« Kramer kommt um den Tisch herum, setzt sich neben ihn. Symbolisch auf meiner Seite, denkt Lukas, spült die Tablette mit dem Wasser herunter.

»Augenblick!«, wirft Schulz ein. »Das heißt nicht, dass er in der Zeit sauber war.«

Kramer übergeht den Einwand. »Noch einmal zu den Fünfzigern. Erzählen Sie uns, wie die in Ihr Portemonnaie gelangt sein könnten.«

»Der Täter muss sie mir zugesteckt haben, um mich zu belasten. Dem ging es nicht ums Geld.«

»Sondern?«, setzt Kramer nach.

»Weiß ich nicht. Ehrlich.« Lukas schüttelt den Kopf, überlegt. »Windich war bei einigen Klienten nicht beliebt. Vielleicht wollte sich einer rächen.«

»Wofür? Haben Sie eine Idee?«, bohrt Kramer nach.

»Im Knast hieß es, er würde nicht lange fackeln, wenn man nicht nach seiner Nase tanzt.«

Schulz mischt sich ein. »Reden Sie nicht so einen Unsinn. Im Knast wollen sich alle rächen, das wissen Sie. Bleiben wir bei den Fakten. Wann haben Sie die Fünfziger in Ihrem Portemonnaie bemerkt?«

»Das sagte ich schon«, erwidert Lukas. »Als der Kontrolleur mich ohne Fahrschein erwischte.«

Schulz fährt ihn an: »Sie wollten mit dem Geld aus

dem Raubmord die Drogen bezahlen.«

Lukas hält es nicht mehr auf dem Stuhl. Er springt auf, läuft vor dem Tisch hin und her. »Ich wollte zu meiner Mutter nach Eickel. Sonst wäre ich in Bochum geblieben. In der Straßenbahn kam mir alles sinnlos vor. Da fuhr ich weiter.«

»Um Drogen zu kaufen …«, ergänzt Schulz.

Lukas nickt mit dem Kopf. »Dabei haben Ihre Kollegen mich festgenommen.«

»So schnell bin ich nicht«, sagt Kramer. »Ich möchte Sie bitten, uns den Verlauf des Abends in allen Einzelheiten zu schildern.«

Lukas setzt sich. Bei seinen Antworten bestätigt sich das Empfinden, dass Kramer ihn stützt, der andere in jeder Aussage nach Widersprüchen sucht. Als er auf Nachfrage von Schulz erneut das Fahrgeld erwähnt, wird er barsch unterbrochen.

»Wir sind nicht in der Märchenstunde, Herr Briest. Ihnen reichten die zwanzig Euro nicht, als Sie sahen, dass mehr zu holen war. Sie nahmen das Messer, um ihn einzuschüchtern. Natürlich wollten Sie ihn nicht umbringen, konnten ja nicht ahnen, dass Windich versuchen würde, es Ihnen abzunehmen und in die Klinge fasste. Sie wehrten ihn ab und erwischten ihn am Hals. Machen Sie reinen Tisch, dann können wir das Theater beenden!«

Lukas schüttelt den Kopf und sieht zu Kramer. »Zwanzig Euro hätten mir gereicht, ich hatte mit fünfzehn gerechnet. Bei McDonalds fiel mir auf, dass ich das Portemonnaie bei ihm liegengelassen hatte. Als ich zurückkam, stand die Tür auf. Beim Anblick von Windich musste ich mich auf der Toilette übergeben. Ich holte meine Sachen und verschwand.«

»Sie haben die Begegnung im Flur vergessen. Die Justizangestellte wollte Herrn Windich abholen.«

Bei Schulz fühlt er sich schuldig, obwohl er es nicht war. »Ich dachte erst, der Mörder wäre zurückgekommen, aber es war die Angestellte, wie Sie sagen. Sie ließ sich nicht aufhalten, lief zu dem Büro, da bin ich geflohen.«

»Das sollen wir Ihnen glauben? So verhält sich keiner, der unschuldig ist.«

»Mir ist nicht klar geworden, wie Ihr Messer in die Hände des Mörders geraten konnte«, dämpft Kramer die Spannung im Raum.

Lukas mustert die Beamten. Sie spielen mit ihm, sonst würden sie nicht alles wiederholen. Kramer gibt den Guten, Schulz den Bösen. »Ich hatte es doch schon gesagt. Das Messer fiel mir aus der Tasche. Herr Windich kassierte es ein«, erwidert er resigniert.

»Verstehe ich nicht. Wir fanden es in Ihrer Jackentasche.« Die sachliche Stimme von Schulz. Das hatte er auch schon erklärt, sie wollen ihn in Widersprüche verwickeln. Er darf keinen Fehler machen, sollte seine Aussagen mit einem Anwalt abstimmen, bevor sie sich an einer unbedachten Äußerung festbeißen. Er schafft es nicht, zu schweigen, sondern spürt den Drang, sich zu rechtfertigen, ihnen hier und jetzt seine Unschuld zu beweisen. »Ich habe nie eine Gewalttat begangen, sie können es nachprüfen.«

Kramer nickt ihm zu. »Vorläufig sind Sie festgenommen. Der Oberstaatsanwalt wird einen Haftbefehl beantragen, sie werden morgen dem Richter vorgeführt.«

»Das Messer in meiner Tasche war eine Dummheit. Ich hatte früher mit Drogen gehandelt und wurde auf der Straße ständig angesprochen. So eine Clique meinte, ich wäre zum Spitzel geworden und hat mich verprügelt. Da habe ich das Messer zur Abschreckung gekauft.«

»Wir werden es überprüfen«, bestätigt Kramer. »Es steht Ihnen frei, einen Anwalt Ihrer Wahl zu benennen, sonst wird das Gericht einen Pflichtverteidiger bestimmen.«

»Meine Mutter wird Dr. Baum beauftragen. Er hat mich in der Drogensache verteidigt.«

Schulz und Kramer erheben sich von den Stühlen, um das Büro zu verlassen.

»Noch eine Frage, Herr Briest«, wendet sich Schulz mit funkelnden Augen an ihn. »Waren Sie allein bei Ihrem Bewährungshelfer?«

Lukas ist mit einem Mal hellwach. »Ja. Warum?«

»Nach den bisherigen Zeugenaussagen können wir nicht ausschließen, dass ein Mittäter auf Sie wartete.« Schulz guckt triumphierend.

»Augenblick!«, ruft Lukas aufgeregt. »Es war jemand auf der Etage, als ich ging. Doch der hatte nichts mit mir zu tun. Dafür gibt es einen Zeugen. Jannis, den Nachnamen kenne ich nicht. Er war vor mir bei Windich und wartete vor der Dienststelle auf seine Freundin. Er wird bestätigen, dass ich allein aus der Dienststelle kam. Ich gab ihm auf dem Parkplatz eine Zigarette, er wird sich an mich erinnern.«

Die beiden Beamten sehen ihn an, als würden sie eine Komplizenschaft mit Kastas vermuten. Lukas ist so aufgeregt, dass er lauter wird. »Es gibt eine Zeugin am Hauptbahnhof … die Bedienung bei *McDonalds*. Bei ihr hatte ich zwei Cheeseburger bestellt … und mein Portemonnaie nicht gefunden. Sie gab mir die Cheeseburger … bekommt noch das Geld von mir. Sie könnte an der Kasse sein, wenn Sie sofort hinfahren.« Er sieht eindringlich zu Kramer. »Ich kann nicht zugleich in der Bewährungshilfe und am Bahnhof gewesen sein.«

»Wollen Sie bestreiten, dass die Justizangestellte Sie auf der Etage angetroffen hat?«, fragt Schulz.

»Nein! Hören Sie mir doch zu. Er war tot, als ich vom Bahnhof zurückkam. Die Justizangestellte erschien, als ich auf Toilette war. Ich hatte mich übergeben müssen.«

»Können Sie die Kassiererin bei McDonalds beschreiben?«, mischt sich Kramer ein.

»Dunkle Hautfarbe. Mitte zwanzig. Schwarze Augen. Schulterlange Locken. Eher klein. Sie wird Ihnen auffallen, wenn sie noch da ist. Zeigen Sie ihr mein Foto.«

Kramer notiert sich die Angaben. Lukas wird von Uniformierten auf die Zelle gebracht.

Kapitel 16

Christian Kramer fährt zum Hauptbahnhof, um sich bei *McDonalds* ein Menü zu holen, gleichzeitig nach der Mitarbeiterin zu sehen, die Briest beschrieben hat. Im Moment gibt es für ihn zwei Möglichkeiten. Der Täter hatte Windich getötet, um an das Geld im Portemonnaie zu kommen. Dann wäre Briest daran beteiligt, weil die blutigen Fünfziger bei ihm gefunden wurden. Oder es gibt diesen unbekannten Dritten, der einen günstigen Moment nutzte, um Windich zu töten und Lukas die Schuld zuzuschieben. Dann käme jeder in Frage und sie könnten eine schnelle Aufklärung vergessen. Beim Eintreffen erkennt er die junge Frau hinter der Kasse, auf welche die Beschreibung passt. Er stellt sich bei ihr an, ahnt schon, dass sie die Angaben bestätigen wird. Er bestellt ein Menü, zeigt ihr seinen Dienstausweis und das Foto von Briest. »Haben Sie ihn schon gesehen? Lassen Sie sich Zeit.«

»Ja. Er war am frühen Abend an meiner Kasse. Warum? Hat er was ausgefressen?«

»Das überprüfen wir gerade. Mich interessiert dabei die genaue Uhrzeit, wann er hier war.«

»Kurz vor acht. Ich weiß es so genau, weil ich die Kasse gerade geöffnet hatte.«

»Erinnern Sie sich an seine Bestellung?«

»Zwei Cheeseburger. Er hatte kein Geld dabei, meinte, er hätte sein Portemonnaie irgendwo liegen lassen. Ich gab ihm die Cheeseburger mit. Er wollte sie später bezahlen, kam aber nicht zurück.«

»Wo er es liegen ließ, erwähnte er nicht?«

»Nein, zumindest kann ich mich nicht erinnern. Oder doch, er meinte bei einem Bekannten. Aber das hilft Ihnen sicher nicht.« Sie lacht.

Kramer steckt den Dienstausweis und das Foto ein. »Wir werden Sie in den nächsten Tagen zu einem Gespräch ins Präsidium bitten, um Ihre Aussage zu protokollieren.« Er notiert sich ihren Namen und die Adresse. Morgens sei sie an der Uni, abends bei *McDonalds*.

Er nimmt sein Menü und verlässt das Restaurant. Nach kurzer Fahrt erreicht er seine Single-Wohnung hinter dem Schauspielhaus im Stadtteil Ehrenfeld. Begrüßt Karla, seine Katze, die um ihn herumstreicht und ihre Streicheleinheiten fordert. Nachdem er sie gekrault und mit Leckereien verwöhnt hat, begibt er sich mit dem Menü auf die Couch im Wohnzimmer und schaltet den Fernseher ein. In den Nachrichten wird gerade über den aktuellen Mordfall berichtet. Oberstaatsanwalt Sawetzky informiert über die Festnahme eines drogensüchtigen Klienten, der Drogenfahndern ins Netz ging, als er einen Teil des geraubten Geldes in Drogen umsetzen wollte. Bisher würde der Beschuldigte die Tat bestreiten, aber die Indizienkette reiche aus, um einen Haftbefehl gegen ihn zu beantragen.

Sawetzky wird nicht erfreut sein, wenn Kramer ihm die Entlastungszeugin präsentiert. Da kann er eine neue Pressekonferenz einberufen, um weitere Spekulationen durch Medien und Internetplattformen zu stoppen. Mal sehen, wie sich die Presse äußert, wenn der Drogensüchtige morgen entlassen wird. Kramer taucht die restlichen Nuggets in die Currysoße. Sicherlich wird der Täter die Nachrichten verfolgen und sich ins Fäustchen lachen. Hat er den Zufall genutzt, als er das zerfledderte Portemonnaie entdeckte, oder wollte er sich an Briest rächen? Dann müsste es eine Verbindung zwischen ihnen geben. Kramer nimmt sich vor, Briest nach Feinden zu fragen, denen eine solche Tat zuzutrauen wäre. Der Junge ist ihm sympathisch. Ein gemeinsames Schicksal verbindet sie, der gewaltsame Tod des Vaters und die schwere Erkrankung der Mutter. Zumindest hat er es der Akte entnommen. Karla springt zu ihm auf die Couch. Während er sie krault, denkt er an die Mitarbeiterin der Bewährungshilfe, die den Toten in seinem Büro gefunden hatte. Sie hat ihn an Alina erinnert, die ihn vor einem guten Jahr verlassen hatte. Sie konnte seinen Ehrgeiz bei der Aufklärung von Straftaten nicht begreifen. Sie wollte reisen, andere Menschen und Länder kennenlernen, dabei die Sprachkenntnisse vertiefen. Ihre Eltern hatten genügend Geld, um es ihr nach ihrem Studium in Anglistik und Romanistik zu ermöglichen. Was sollte sie mit einem Polizeibeamten mit unregelmäßigen Dienstzeiten und wenigen Urlaubstagen? Die Beziehung scheiterte an den verschiedenen Lebensentwürfen. Sie sahen es rechtzeitig ein und blieben Freunde.

Natürlich vermisst er sie, wenn er nach der Arbeit in die leere Wohnung kommt. Aber kann er seinen Beruf einer Frau zumuten? Die Frage hat er sich während der Beziehung zu Alina häufig gestellt. Die ständige Angst, von einem Einsatz nicht mehr nach Hause zu kommen. Schulz hält es für übertrieben. Niemand hätte die Garantie für ein ewiges Leben. Er führt eine Bilderbuchehe und zeigt jedem die Bilder seiner beiden Söhne. Kramer nimmt sich vor, Nina Reider bei einer günstigen Gelegenheit ins Restaurant einzuladen. Er versucht, sich auf Karla zu konzentrieren, die wohlig schnurrt. Nur gut, dass er in der Rentnerin von gegenüber eine Katzenliebhaberin gefunden hat, die sie verwöhnt, wenn er nicht da ist. Wie hätte er sie sonst von Alina annehmen können bei ihrer Trennung?

Kapitel 17

Freitag. Engel hat seine Schlafcouch so aufgestellt, dass er eine gute Sicht auf den Flachbildfernseher in der kleinen Wohnwand hat. Er zappt durch die Programme auf der Suche nach aktuellen Nachrichten. Der Raubmord wird ständig wiederholt, das Gebäude der Bewährungshilfe gezeigt mit dem Absperrband und den Schaulustigen davor. Der zuständige Staatsanwalt informiert über einen tatverdächtigen Klienten, der bei dem Versuch festgenommen wurde, von dem geraubten Geld Drogen zu kaufen. Den Hinweis habe eine Mitarbeiterin geliefert, die den Bewährungshelfer nach der Sprechstunde abholen wollte, dabei den Drogenabhängigen am Tatort überraschte. Zu den Personalien äußert sich der Staatsanwalt nicht. Es kann sich nur um Lukas handeln. Bestimmt hat es ihn Überwindung gekostet, sein Portemonnaie einzustecken. Er kann es sich bildlich vorstellen. Auch, wie er der Angestellten begegnet ist. Besser hätte er es nicht einrichten können. Dann versucht der Blödmann noch, von den Fünfzigern Drogen zu kaufen. Das hätte er ihm nicht mal zugetraut. So eine Kaltblütigkeit. Tja, Lukas, man trifft sich im Leben zweimal. Er erinnert sich, als er ihm von Windichs Reaktion auf Sandras Schwangerschaft erzählte. Lukas brachte Verständnis für Windich auf, ja, er verteidigte ihn. Es war der letzte Tag ihrer Freundschaft gewesen. Engel gluckst vor sich hin, er kann sich nicht beherrschen. Stellt sich immer wieder vor, wie Lukas sein Portemonnaie aus dem Büro holen wollte und den toten Windich fand. Wie er völlig geschockt der Angestellten begegnete. Er möchte es jemandem erzählen, der mit ihm darüber lacht. Da ist niemand. Seit dem Tod von Sandra ist er allein. Sein Gesichtsausdruck nimmt ernste Züge an. Sandra nannte ihn Engel, weil er immer da war, wenn sie ihn brauchte. Nur durch Windichs Schuld war er nicht da, als die Depression sie zu der Brücke trieb. Er war eingesperrt auf der Zelle und konnte ihr den Entschluss nicht ausreden. Er sieht sich in dem Apartment um, das mehr einer Abstellkammer als einer Wohnung gleicht. Zu eng, zu dunkel zum Leben. Was blieb ihm nach der Entlassung aus dem Knast anderes übrig, als dieses Loch anzumieten? Sandra tot, die Wohnung in Herne aufgelöst, seine Oma in Recklinghausen an ihrem Krebsleiden verstorben. Unter der Brücke wäre noch ein Platz gewesen. Seine Eltern hat er ewig nicht gesehen, weiß nicht mal, ob sie noch leben. Wahrscheinlich haben sie sich längst totgesoffen. Das Sorgerecht wurde auf seine Oma übertragen, als er den Kindergarten besuchte. Vom Sozialdienst im Knast erhielt er keine Unterstützung. Eingliederung, was ist das? Dabei hatte er sich nichts zuschulden kommen lassen, keine Auffälligkeiten, er hatte sogar eine Vertrauensstellung erhalten als Hausarbeiter. Von Drogen hatte er sich ferngehalten, nur ein einziges Mal war die Urinkontrolle positiv gewesen. Da hatte er sich überreden lassen. Das passiert im Knast. Deswegen genehmigten sie ihm keine Ausführung, um sich Wohnungen anzusehen. Sie wollten ihn in eine Therapieklinik vermitteln, da spielte er nicht mit. Nein, nicht mit ihm. In einer Gruppe möchte er nicht über Gefühle reden. Als sie es endlich begriffen hatten, meinten sie, er solle sich nach der Entlassung an das Ordnungsamt wenden. Die würden ihm einen Schlafplatz zuweisen. Sie wollten ihm vollends seine Würde nehmen. Ein fremdes Bett in einem Raum mit anderen, die womöglich in der Nacht schnarchen. Dabei hatte er schon im Knast nicht ertragen, seine Zelle mit anderen zu teilen. Hatte eine Einzelzelle erhalten, nur mit zwei Bekannten aus Recklinghausen Kontakt gehabt. Vorsicht! Er hatte ihnen nach Sandras Selbstmord von seinem Hass auf Windich erzählt. Ob sich einer von ihnen daran erinnert? Nur gut, dass die Bullen Lukas erwischt haben. Da werden sie die Ermittlungen einstellen. Trotzdem wird er seine Frisur ändern, sich andere Klamotten zulegen. Auch eine Kappe, am besten in Schwarz oder Dunkelgrau. Lukas will er nicht nachäffen. Nur gut, dass er noch den Rest von Windichs Geld hat. Die Runde in der Kneipe hätte er sich echt sparen können.

Am frühen Mittag drängt es ihn, in seiner Stammkneipe ein paar Biere zu trinken. Wenn ihm die Decke auf den Kopf fiel oder er Streit mit Sandra hatte, ging er dorthin. Sie ist ab elf Uhr morgens geöffnet. Der Wirt lässt ihn in Ruhe und er kann den Thekengesprächen zuhören. Heute werden sie über den Mord an dem Bewährungshelfer sprechen. Schon weil alle Medien darüber berichten.

Soll er hingehen? Nach der gestrigen Erfahrung hat er Angst, sich durch ein falsches Wort oder irgendeine Geste zu verraten. Also muss er allein bleiben, bis Gras über die Sache gewachsen ist. In der Küche sieht er in den Kühlschrank. Eine Flasche Bier, Milch und zwei Überraschungseier. Ansonsten gähnende Leere. Warum hat er nicht daran gedacht, für die Woche einzukaufen? Er sieht auf die Uhr. Kurz vor elf. Er verschwindet im Bad. Waschbecken, Dusche, Toilette. Alles so eng, dass er sich kaum drehen kann. An der Wand der günstigste Spiegelschrank, den es im Baumarkt gab. Aus Kunststoff, an einer Seite zum Ausklappen. Er rasiert sich, betrachtet seine geröteten Augen, die tiefen Ringe darunter, die bleiche Gesichtshaut.

Er zieht sich an, schleicht aus dem Haus zu dem Lebensmittelgeschäft in der Nähe, nimmt sich einen Einkaufswagen. Er wird den Eindruck nicht los, dass die Kameras ihn verfolgen, die Kaufhausdetektive ihn beobachten. Er reiht sich in die Warteschlange vor der Kasse ein. Woher nehmen die anderen die Geduld? Er schafft es nicht, möchte auch keinen Aufstand proben, sondern lässt den Einkaufswagen stehen und drängt sich an den Wartenden vorbei. Nur raus! Er spürt die Blicke im Rücken, rennt los.

Nach hundert Metern quälen ihn Seitenstiche. Er ist das Laufen nicht gewöhnt. Warum hat er sein Fahrrad nicht mitgenommen? Er zwingt sich, weiter zu gehen, kreuz und quer, um Verfolger abzuschütteln. Eine Kirche. Die schwere Holztür. Drinnen Stille. Einzelne Gläubige in den Reihen vor dem Altar. Er setzt sich in eine Bank. Genießt die Ruhe. Sieht sich um. Der Gekreuzigte am Altar. Mit seiner Oma war er an Sonntagen in die Messe gegangen. Die Lieder hatten ihm gefallen, doch die Worte des Pfarrers ihn abgeschreckt. Immer die gleiche Prozedur: der Leib Christi, der Leib Christi. Sie mussten in der Warteschlange stehen, bis sie die Hostie erhielten. Er hatte Schwierigkeiten, sie in den Mund zu nehmen. Seine Oma befahl es ihm. Er verschluckte sich, durfte nicht husten, drohte zu ersticken.

Er entfernt sich aus der Bank, möchte niemanden auf sich aufmerksam machen. Aber es schallt. Die verdammte Akustik! Er flieht aus der Kirche. Zurück zu seiner Wohnung. Niemand vor der Tür, im Hausflur. Er schleicht die Treppe runter zum Souterrain. Da öffnet sich die Tür im Parterre, hört er Kinderstimmen. Die Zwillinge der alleinerziehenden Mutter grüßen mit einem »Hallo«. Er grüßt zurück. Ein helles Auflachen, bevor er in seiner Wohnung verschwindet. Er verhält sich auffällig. Kinder spüren so etwas. Es schellt. Die Bullen? Wie sind sie so schnell auf ihn aufmerksam geworden? Er darf nicht öffnen, nicht mit ihnen reden in seiner jetzigen Verfassung. Doch was bleibt ihm übrig? Die Kinder werden die Haustür öffnen, sie sind neugierig, werden ihn verraten. Er sieht durch den Spion, atmet auf. Es sind nur die beiden Mädchen. Sie haben

Langeweile. Er öffnet die Tür einen Spalt, um Blickkontakt herzustellen. Sie wollen mit ihm auf den Spielplatz, um Abklatschen zu spielen wie vor einer Woche. Er entschuldigt sich mit Kopfschmerzen. Sie sind enttäuscht, fragen nach Süßigkeiten. Er holt die Überraschungseier aus dem Kühlschrank, die er für sie dort aufbewahrt hat. Entschuldigt sich noch einmal, vertröstet sie auf morgen. Sie geben sich zufrieden und verschwinden. Er ist erleichtert, geht zurück ins Wohnzimmer. Schaltet den Fernseher ein, sieht die Bilder, ohne den Inhalt zu verstehen. Er darf während des Tages nicht aus dem Haus gehen, erregt sich zu schnell, fühlt sich beobachtet. Erst bei Dunkelheit wird er in einen Laden schleichen, um für die nächsten Tage einzukaufen. Vorher den Flur beobachten, um den Kindern nicht zu begegnen. Er muss sich abgrenzen. Nichts ist mehr, wie es war. Er zieht die Rollos runter, legt sich auf die Schlafcouch. Nur bis zum Abend, sagt er sich.

Wer sind die vermummten Gestalten, die auf ihn zeigen? Er erkennt die Bewährungshelferin auf dem Fahrrad. Sie hat ein Megafon in der Hand und fordert ihn zur Aufgabe auf. Er soll mit erhobenen Händen herauskommen. Niemals! Er zieht seine Waffe, wird sich nicht kampflos ergeben. Schießt auf die Gestalten vom SEK mit den Gewehren. Sie schießen zurück. Die Kugeln kommen in Zeitlupe auf ihn zu. Er spürt, wie sie ihn durchsieben, er kann ihnen nicht ausweichen.

Er schreckt aus dem Albtraum auf. Lukas wurde festgenommen, woher rühren seine Zweifel? Er spürt, dass etwas passiert ist, und nimmt die Fernbedienung, um nach den aktuellen Nachrichten zu zappen. Mit einem Notebook ginge es schneller. Er hatte es bei Sandra gelassen und nach seiner Entlassung war es weg, war alles weg. Auf dem Sperrmüll, sagte der Vermieter, der ihm noch eine Rechnung präsentieren wollte.

Er hatte sich unter einem falschen Namen ein neues Notebook und einen Drucker über den Versandhandel bestellt, dabei eine andere Adresse angegeben. Er hatte auf alles geachtet, eine Klingel mit dem falschen Namen überklebt, hinter der Haustür gewartet, bis sie kamen, das Paket an sich genommen. Trotz aller Vorsicht war er aufgeflogen. Der Hausmeister hatte ihn beobachtet und die Bullen alarmiert. Zugegeben, es war nicht das erste Mal und er hätte nicht die gleiche Adresse nehmen dürfen. Der Leichtsinn war ihm zum Verhängnis geworden.

Bei der Hauptverhandlung räumte er alles ein und erhielt die Bewährung. Er war überrascht, als er die Einladung der Bewährungshilfe bekam. Windich, sein Bewährungshelfer aus Recklinghausen in Bochum. Er wusste, dass es kein Zufall war. Das Schicksal hatte sie zusammengeführt, um den Tod an Sandra zu rächen. Es sollte so sein, deswegen lag das Messer auf dem Schreibtisch.

Kapitel 18

Freitag. Lukas Briest wird am frühen Morgen dem Haft-richter vorgeführt. Auf der Zelle im Keller des Landge-richts läuft er hin und her wie ein Tiger im Käfig. Er schafft es nicht, sich auf die Bank zu setzen. Endlich öffnet sich die Stahltür. Sein Rechtsanwalt begrüßt ihn mit den Worten: »Deine Mutter und Natalie warten auf dem Flur. An der Anhörung dürfen sie nicht teil-nehmen.«

Lukas hatte Dr. Baum in dem Drogenverfahren gebeten, ihn zu duzen. Es wirkte vertrauter, näher, er hoffte auch, der Anwalt würde sich mehr für ihn ein-setzen. »Natalie ist hier? Sie müsste um diese Zeit im Kindergarten sein.«

»Sie wird sich freigenommen haben«, vermutet Dr. Baum.

Na, das ist ja prima! Wenn ein Haftbefehl erlassen wird, kann Lukas die Beziehung gleich auf dem Flur beenden. Er stellt sich vor, wie sie reumütig in die Obhut ihrer Familie zurückkehrt. *Rien ne va plus.* Ist besser so. Er will nicht, dass sie ihn im Knast besucht. Die Unter-suchungen am Eingang möchte er ihr ersparen und das lange Warten auf ihren Besuch, den Zweifel, ob sie einen anderen kennengelernt hat, sich ersparen.

»Freut es dich nicht, Sie zu sehen?«, fragt Dr. Baum,

der ihn beobachtet.

»Ich bin zu aufgeregt. Der gestrige Tag, verstehen Sie? Erst verlief es so gut, dann ging alles schief.« Lukas kämpft mit den Tränen. »Ich wollte Natalie und meine Mutter mit einer Arbeitsstelle überraschen, nicht mit einem Raubmord.«

Dr. Baum reicht ihm ein Taschentuch und bittet ihn, den Tag in allen Einzelheiten zu schildern. Bei dem Bericht schüttelt der Anwalt mehrmals den Kopf. Lukas endet mit der Festnahme und dem Verhör durch die Beamten der Mordkommission.

»Warum bist du bloß zum Busbahnhof gefahren? Das Thema Drogen war doch erledigt.«

»Der Druck … ich sah keinen anderen Ausweg. Mit meinem Springmesser … verstehen Sie? Der Tote im Büro … die Angestellte im Flur. Es war zu viel.«

»Für dein Verhalten gibt es keine Entschuldigung. Du hast einen Riesenbockmist gebaut. Hättest die Polizei anrufen müssen. Stattdessen versuchst du, mit Windichs Geld Drogen zu kaufen.« Dr. Baum schüttelt erneut den Kopf.

Lukas verbirgt sein Gesicht in den Händen. »Ehrlich, wenn ich nicht in den Knast muss, rühre ich nie wieder Drogen an. Das verspreche ich Ihnen.«

Der Rechtsanwalt wird freundlicher. »Ich habe mit der Haftrichterin gesprochen. Sie will sich bei der Anhörung einen Eindruck von dir verschaffen. Du wirst alles noch einmal erzählen müssen. Genauso, wie du es mir geschildert hast. Ich werde versuchen, sie von einem Haftbefehl abzubringen.«

»Das wäre toll. Ich habe echt keinen Bock, in Untersuchungshaft zu kommen«, bricht es erleichtert aus Lukas heraus.

»Noch ist nichts entschieden«, beschwichtigt Dr. Baum. »Die Staatsanwaltschaft hat einen Haftbefehl beantragt. Eine Frage: Hattest du gestern einen Schlagstock, einen Baseballschläger oder etwas Vergleichbares dabei? Du weißt, dass ich keine Überraschungen vor dem Gericht mag.«

Lukas sieht seinen Anwalt an. »Nein. So was besitze ich nicht. Wie kommen Sie darauf?«

»Die Rechtsmedizin hat bei dem Toten eine Schlagverletzung an der Stirn festgestellt. Die Tatwaffe wurde nicht gefunden. Ich gehe davon aus, dass der Täter mit einem Schlagstock in das Büro eindrang, Windich damit am Kopf verletzte. Es entstand eine Rangelei um das Springmesser auf dem Schreibtisch, in deren Verlauf Windich die Schnittwunde in der Handfläche und letztlich die tödlichen Verletzungen erlitt.«

»So wird es gewesen sein«, sagt Lukas. »Die Kopfverletzung ist mir bei dem Blut nicht aufgefallen. Ich habe ihn mir nicht richtig angesehen. War viel zu geschockt.«

»Du erwähntest einen Parfümgeruch auf der Etage.«

»Ja, so ein Moschusduft. Der lag schon in der Luft, als Windich mich hereinließ. Es wartete jemand auf ihn. Der Beamte der Mordkommission sprach von einem Mittäter auf der Etage. Sie müssen etwas von einem Dritten wissen.«

Es klopft an der Tür. Zwei Wachtmeister führen Lukas und seinen Anwalt in den Anhörungsraum. Vier Tische sind in der Mitte zusammengestellt. Neonlicht, kein Fenster. Lukas setzt sich neben Dr. Baum. Die Vorsitzende wählt einen Stuhl ihnen gegenüber und gibt einen kurzen Überblick über die Situation.

Lukas findet sie auf Anhieb sympathisch. Ein freundliches Gesicht, klare, blaue Augen. Er schätzt sie auf Ende dreißig oder Anfang vierzig. Spürt, wie sie ihn beobachtet, um sich den Eindruck zu verschaffen, von dem Dr. Baum sprach.

»Die Indizien sprechen gegen Sie, Herr Briest. Die Staatsanwaltschaft geht von einem dringenden Tatverdacht aus. Bei der Höhe der zu erwartenden Strafe wurde Untersuchungshaft beantragt. Das wird Dr. Baum Ihnen bereits mitgeteilt haben.«

Lukas sieht zu seinem Rechtsanwalt, der ihm mit den Händen andeutet, ruhig zu bleiben.

»Es gibt auch entlastende Aussagen«, fährt sie fort. »Bevor wir darüber reden, möchte ich Sie bitten, ausführlich den Ablauf des gestrigen Tages zu schildern. Beginnen Sie mit dem Moment, als Sie die Wohnung verließen, um Ihren Bewährungshelfer zu besuchen. Lassen Sie nichts aus.«

Lukas fasst das Geschehene in allen Einzelheiten zusammen. Immer wieder versagt ihm die Stimme, bringt die Richterin ihn mit gezielten Nachfragen zum Weiterreden.

»Sie gehen davon aus, dass der Täter es nicht auf das Geld abgesehen hatte, sondern sich an dem Bewährungshelfer rächen wollte. Er hat Ihnen Fünfziger zugesteckt, sie mit Blut getränkt, Zufall oder Absicht? Wollte er sich auch an Ihnen rächen?«

Lukas zuckt mit den Schultern. »Das weiß ich nicht. Ich kann es mir nicht erklären.«

Die Richterin fährt in der Befragung fort. »Es fehlt der Gegenstand, mit dem Herrn Windich die Kopfverletzung zugeführt wurde. Die Rechtsmedizin will sich nicht festlegen, geht aber von einem Schlagstock oder einem vergleichbaren Gegenstand aus. Können Sie uns dazu etwas sagen?«

Lukas hat den Eindruck, dass sie ihn mit ihren blauen Augen durchdringt.

»Nein.« Er errötet, ärgert sich über seine Unsicherheit. »Davon weiß ich nichts. Wirklich nicht.«

Dr. Baum führt an, dass Lukas einen Dritten auf der Etage vermutete, als er den Bewährungshelfer verließ. Er weist darauf hin, dass er vor dem Gespräch erfahren habe, dass auch die Mordkommission von einem Dritten auf der Etage ausgeht. Der Rechtsanwalt führt die Zeugin bei McDonalds an, welche seinen Mandanten um zwanzig Uhr bedient hatte und gegenüber dem Kriminalbeamten bestätigte, dass er sein Portemonnaie nicht dabei hatte und es holen wollte.

Die Richterin bestätigt, dass die Polizei von einem Dritten auf der Etage ausgeht. Nach der Recherche hatte Herr Windich am Tattag mehr Geld abgeholt, als sich auffinden ließ. Natürlich liegt der Verdacht eines gemeinsamen Raubes mit dem Teilen der Beute nahe, doch nach ihrer Sicht lässt er sich nicht ausreichend untermauern. Sie verkündet, dass der Antrag der Staatsanwaltschaft auf Erlass eines Haftbefehls wegen Fluchtgefahr zurückgewiesen wird. Sie könne aus den bisherigen Fakten keinen dringenden Tatverdacht herleiten. Lukas Briest wird angewiesen, sich in der nächsten Woche bei der Bewährungshilfe zu melden. Damit ist die Haftprüfung beendet.

»Denken Sie daran, der Mitarbeiterin von McDonalds die beiden Cheeseburger zu bezahlen«, ruft die Richterin ihm nach. Lukas verlässt mit Dr. Baum den Gerichtssaal. Draußen wird er von Natalie und seiner Mutter empfangen, die ihn umarmen und sich alles erklären lassen. Dr. Baum erinnert ihn an sein Versprechen, keine Drogen mehr anzurühren und sich in der nächsten Woche bei der Bewährungshilfe zu melden.

Kapitel 19

Kurz vor neun Uhr trifft Kramer mit seinem Kollegen bei der Bewährungshilfe ein. Er klingelt bei der Geschäftsstelle, rechnet mit Nina Reider und ist überrascht, dass die junge Bewährungshelferin von gestern Abend öffnet.

»Ich habe Kaffee in meinem Büro vorbereitet«, sagt sie. »Frau Reider verspätet sich etwas.«

»Können Sie uns Windichs Akten heraussuchen? Kollegen werden versuchen, ein Täterprofil mit den vorhandenen Daten zu erstellen.«

»Die Verwaltung hat uns schon informiert. Sie liegen in der Geschäftsstelle bereit.«

Kramer bewundert die Kunstdrucke und Blumen in ihrem Büro, während sie Kaffee einschenkt, ein Milchkännchen und eine Zuckerdose dazustellt. Er überlegt für einen Moment, sie nach ihrem Alter zu fragen, sie wirkt auf ihn wie eine Studentin mit den kurzen blonden Haaren und der zierlichen Figur.

»Ich entschuldige mich für den gestrigen Abend«, sagt sein Kollege. »Die ersten Stunden sind für die Ermittlung enorm wichtig. Der Täter steht noch unter Schock und verstrickt sich bei einer Befragung schnell in Widersprüche.«

»In den Nachrichten hieß es, Sie hätten ihn schon verhaftet«, lenkt sie von sich ab.

»Das stimmt so nicht«, sagt Kramer. »Wir haben den letzten Besucher festgenommen, einen Haftbefehl kann nur der zuständige Richter beschließen.«

»Das meinte ich doch.«

Sie lacht über seine Erklärung. Er muss den Gedanken an eine Studentin verdrängen.

»Hat Briest die Tat gestanden?«, setzt sie nach. »Frau Reider hatte ihn ja quasi auf frischer Tat ertappt.«

»Sie haben mit ihr gesprochen?«, fragt Schulz zurück.

»Ja, sicher. Ich habe sie gestern Abend angerufen. Sie war völlig geschockt von dem Vorfall. Das ist wohl zu verstehen. Dabei hatte sie Glück, dass der Täter geflüchtet ist. Es hätte anders ausgehen können. In so einer aufgeladenen Situation ist der Kopf ausgeschaltet.«

Sie revanchiert sich für seine Erklärung, denkt Kramer. »Wie meinen Sie das?«, fragt er nach.

»Der Täter hätte versuchen können, Frau Reider als unbequeme Zeugin zu beseitigen.«

»So eindeutig ist der Fall nicht«, mischt sich sein Kollege ein. »Im Moment ist jeder verdächtig, der gestern mit Windich Kontakt hatte.«

»Ich habe nicht gewusst, dass es noch Zweifel gibt. Nach dem Telefonat mit Frau Reider und den Berichten in den Medien habe ich gedacht, die Schuldfrage wäre geklärt.«

»Sie meinen die Schlagzeile: *Bewährungshelfer von drogenkrankem Klienten für ein paar Euros erstochen*«, sagt Kramer. »Ich brauche Ihnen die Presselandschaft nicht zu erklären. Nach so einem Vorfall wollen alle die aktuellste Nachricht bringen. Sicher wissen die Verantwortlichen, dass bis zur Urteilsverkündung die Unschuldsvermutung gilt, doch das interessiert die Leser nicht.«

»Wenn es Briest nicht war, wer war es dann?«, unterbricht sie mit einem Lächeln seine erneuten Erklärungen. »Verdächtigen Sie Jannis Kastas? Sie glauben ja nicht, was ich mir für Vorwürfe gemacht habe, Windich mit ihm alleingelassen zu haben.«

Sie weicht seinem Blick aus und sieht zu Schulz.

»Wegen Kastas brauchen Sie sich keine Gedanken zu machen«, beruhigt sie sein Kollege. »Seine Verlobte hat ihm ein glaubhaftes Alibi gegeben.«

»Ich habe sie gestern gar nicht gesehen.« Sie füllt Kaffee nach.

»Der dunkelblaue Corsa muss vor der Tür gestanden haben, als Sie die Dienststelle verließen«, sagt Kramer.

»Jetzt, wo Sie es sagen. Ja, da stand ein Corsa«, bestätigt sie nach einigem Nachdenken. »Ich bin gleich losgefahren mit meinem Rad, habe mich nicht weiter darum gekümmert.«

Kramer beobachtet, wie ihre Hand leicht zittert, als sie die Kanne zurück auf den Tisch stellt. »Kennen Sie noch jemanden mit so einem Corsa?«, fragt er.

Sie sieht ihn mit ihren großen Augen an, scheint zu spüren, dass er ihre Nervosität bemerkt hat.

»Nein, das war nur so ein Gedanke. Hat sich erledigt.«

»Sie können uns glauben«, versucht er, sie zu beruhigen, »dass wir den Täter überführen werden.«

Sie scheint etwas erwidern zu wollen, lässt es aber sein.

»Wir sind verpflichtet, alle Möglichkeiten einzubeziehen. Was können Sie uns zu dem Privatleben von Herrn Windich sagen?«

»Die Scheidung war der reinste Rosenkrieg. Damals arbeitete er in Recklinghausen. Seit seinem Wechsel nach Bochum vor einem halben Jahr hat er kaum etwas von sich erzählt. Als Dienststellenleiter wollte er nicht angreifbar sein. Deswegen war ich gestern so überrascht, als ich von der Verabredung erfuhr. Nina Reider und er, das passte nicht. Ihr Privatleben ist wie ein offenes Buch und er machte aus jeder Fliege ein Geheimnis.«

»Frau Reider scheidet als Täterin aus«, unterbricht Kramer energisch, nimmt dabei den vielsagenden Blick seines Kollegen wahr.

»So habe ich es nicht gemeint. Ich habe an ihren Exmann gedacht. Er lauert ihr seit der Trennung auf, beschimpft sie am Telefon und über SMS als Schlampe. Ruft sogar im Büro an. Vor der Trennung hat er sie übelst zugerichtet. Seitdem wohnt sie bei ihrer besten Freundin. Aber das kann sie Ihnen besser selbst erzählen. Entschuldigen Sie.«

Schulz setzt die Kaffeetasse ab. »Nein, nein. Beschreiben Sie uns Herrn Reider. Sie kennen ihn doch, oder?«

»Nur flüchtig. Ich habe ihn gesehen, als er sie mit seinem Corsa von der Dienststelle abholte. Er ist nicht sehr groß, so eins fünfundsiebzig, wirkt aber kräftig, sicher trainiert er regelmäßig in einem Sportstudio.«

»Er fährt einen Corsa?« Kramer lächelt.

»Ja, zumindest hatte er sie damit abgeholt.«

»Eher der sportliche Jeanstyp?«

Kramer ahnt, worauf sein Kollege hinauswill.

»Nein, gar nicht«, erwidert sie wie erwartet. »Eher der Anzugtyp mit Streifen.«

Bei ihren Worten sieht sie Kramer an und lacht.

»Gibt es noch etwas Auffälliges an ihm, an das Sie sich erinnern können?«, fragt Schulz.

Sie scheint zu überlegen. »Ja. Die Hornbrille. Und am Mittelfinger der rechten Hand trägt er einen Ring aus Silber mit Verzierungen.«

Kramer setzt die Befragung fort. »Frau Marler, Sie haben meinem Kollegen gestern von ihrem Kontrollgang erzählt. Irgendetwas war anders, oder? Jede Kleinigkeit ist für uns von Bedeutung. Lassen Sie sich Zeit, bevor Sie antworten.«

»Die Kollegen waren um sieben verschwunden. Ich kontrollierte die Fenster und das Licht auf den Toiletten und im Wartezimmer. Das habe ich Ihrem Kollegen schon berichtet.« Sie sieht zu Schulz, der ihr zustimmt.

»Was war anders?«, beharrt Kramer.

»Wie meinen Sie das?«, fragt sie verunsichert.

»Da ist etwas, was sie verschweigen. Wir sind über jeden Hinweis dankbar«, fügt er hinzu.

»Das Fenster im Wartezimmer war schon geschlossen, das Licht ausgeschaltet. Ich hatte es gegen achtzehn Uhr erst eingeschaltet und das Oberlicht geöffnet, um frische Luft hereinzulassen. Ich kann mich nicht erinnern, dass sich jemand anders dafür zuständig gefühlt hat.«

»Na also. Solche Details sind wichtig für uns«, muntert er sie auf. »Sie waren also nicht mehr im Wartezimmer, bevor Sie gingen?«

»Nein! Warum auch?«, erwidert sie so schnell, dass Kramer ahnt, dass es sie beschäftigt.

»Ich dachte, Kastas oder ein anderer Klient hätten das Fenster geschlossen, weil es ihnen zu kalt wurde. Es gibt sogar Klienten, welche die Zeitschriften auf dem Tisch ordnen. Da können sie auch das Licht ausschalten, oder?«

Kramer nimmt einen Schluck Kaffee und hält die Tasse in der Hand. »Sie werden sich denken, dass ich aus einem bestimmten Grund nachfrage.«

Sie sieht abwechselnd zu seinem Kollegen und ihm. »Gibt es Hinweise, dass jemand auf der Etage war?«

»Die Verlobte von Kastas hatte vor dem Gebäude einen Mann beobachtet, der sich auffällig verhielt. Er könnte ins Wartezimmer gelangt sein«, erläutert Kramer.

»Und sich hinter der Tür versteckt haben. Darauf wollen Sie hinaus.«

»Wir würden uns das Zimmer gerne ansehen«, sagt er. Sie gehen über den Flur zum Wartebereich. Kramer stellt sich hinter die Tür, bittet sie, die Fenster auf den Toiletten zu schließen und sich genauso zu verhalten wie am gestrigen Abend. Er spürt, dass sie vor der Tür steht. »So könnte es gewesen sein«, sagt er.

»Meinen Sie nicht, ich hätte ihn hinter der Tür bemerkt?«

Kramer versteht, dass sie sich gegen die Vorstellung wehrt, dem Täter so nah gewesen zu sein.

»Er wäre mir aufgefallen. Allein der Geruch. So einen Menschen riecht man doch.«

Kramer versucht, sich in den Täter hineinzuversetzen, wie er mucksmäuschenstill hinter der Tür stand und hoffte, dass sie nicht hereinkommt. Er erinnert sich, dass Briest einen Parfümgeruch wahrgenommen hatte. »Um in Ihrem Bild zu bleiben. Sind Sie sicher, keinen Moschusduft bemerkt zu haben?«

Sie errötet leicht. »Nein, bestimmt nicht. Wie kommen Sie darauf?«

»Ein Zeuge sprach davon. Gibt es einen Klienten, den Sie mit Moschus in Verbindung bringen würden?«, bohrt Schulz nach.

»Ja, Alois Degen«, erwidert sie nach kurzem Nachdenken. »Aber den habe ich gestern nicht gesehen, auch sein Parfüm nicht wahrgenommen.«

Schulz notiert sich den Namen auf seinem Block. »Wer ist dieser Degen? Ein Klient von Windich? Können Sie ihn uns beschreiben?«

»Ja, er wurde von Herrn Windich betreut. Unter dem Einfluss von Alkohol wird er schnell gewalttätig. Vor einigen Tagen hat er im Streit mit seiner Freundin den Fernseher aus dem zweiten Stock der Wohnung geworfen. Herr Windich hat ihn daraufhin besucht, um ihn zur Rede zu stellen. Es hat nichts gebracht. Windich hat dem Gericht eine Krisenintervention in einer forensischen Klinik vorgeschlagen. Sehen Sie sich den Bericht in der Akte an.«

»*Alois Degen*. Wir werden ihn heute noch vernehmen«, meint Kramer.

Schulz geht ein paar Schritte zur Seite, nimmt sein Handy und gibt eine Personenfahndung durch. »Name und Adresse sind bekannt«, sagt er zu seinem Kollegen.

Kramer bittet Frau Marler, ihm ins Wartezimmer zu folgen, und weist mit der Hand in eine Ecke. »Stand auf dem Hocker eine Pflanze?«

»Die Birkenfeige ist seit heute Morgen verschwunden. Gibt es einen Zusammenhang mit dem Mord?«

»Kommen Sie bitte mit!« Kramer führt sie zum Büro von Windich, öffnet die versiegelte Tür und bittet sie, einen Blick auf die Grünpflanze zu werfen.

»Wie ist sie in das Büro gekommen?« Sie wendet sich ab.

Kramer schließt die Tür wieder. »Gab es in seinem Büro sonst keine Pflanzen?«

»Nach dem Umzug hat er sich immer vorgenommen, sein Büro wohnlicher zu gestalten. Er wollte es an einem Wochenende streichen und einrichten. Man verbringt hier so viel Zeit, sagte er. Aber es blieb dabei.«

»Warum hat der Täter die Pflanze in das Büro geschleppt?«, fragt Kramer seinen Kollegen. »Was gibt das für einen Sinn?«

»Wir sollten uns die Wohnungen der Klienten ansehen«, erwidert Schulz. »Vielleicht entdecken wir irgendwo eine besondere Vorliebe für Grünpflanzen.«

Zurück in ihrem Büro fragt Kramer: »Wenn ich Sie richtig verstanden habe, wurde Herr Windich vor einem halben Jahr Dienststellenleiter in Bochum. Gab es Konkurrenten?«

»Da fragen Sie meinen Kollegen Fröbel«, erwidert sie. »Er hatte ihn als Praktikanten ausgebildet und sich für die Einstellung in Recklinghausen eingesetzt.«

»Ich dachte, Konkurrenz am Arbeitsplatz gäbe es unter Sozialarbeitern nicht«, lacht sein Kollege.

»Die gibt es überall, Herr Schulz. Die meisten fühlen sich besser für eine Leitungsfunktion geeignet als andere.«

»Sie auch?«

»Da bin ich ein bisschen zu jung, finden Sie nicht?«

Kramer lacht. »Warum wurde Herr Windich für Bochum ausgewählt, wenn er in Recklinghausen arbeitete?«

»Er hielt guten Kontakt zur Verwaltung. War ehrgeizig und versuchte, weniger engagierte Kollegen zu motivieren.«

»Zu motivieren oder zu kontrollieren?«, fragt Schulz mit einem Lächeln.

»Zu motivieren. Das wird bei Ihnen nicht anders sein. Außerdem wird es gerne gesehen, wenn jemand bereit ist, für eine Aufgabe die Dienststelle zu wechseln.« Sie tritt ans Fenster. »Udo Fröbel hatte den früheren Dienststellenleiter während einer langen Krankheit vertreten, aber er ist nicht besonders ehrgeizig, möchte auch nicht in eine andere Stadt wechseln. Kurz gesagt, deswegen bringt keiner einen Kollegen um.«

»Nennen Sie uns weitere Bewerber um die Stelle«, fordert Schulz sie auf.

»Walter Hahn hatte sich Hoffnungen gemacht, er ist unser Dienstältester. Aber er kommt mit dem Computer und der neuen Zeit nicht klar.«

»Können Sie sich weitere Gründe für einen Mord vorstellen?«, fragt Schulz.

»Wie meinen Sie das?« Sie sieht ihn unsicher an. »Konkurrenz ist bei uns kein Mordmotiv.«

Kramer lenkt ab. »Sie kennen die Klienten aus der Vertretung. Wem würden Sie es außer Briest und Degen zutrauen?«

»Ich würde es niemandem zutrauen. Sonst könnte ich nicht hier arbeiten. Unsere Vertretung beschränkt sich auf aktuelle Notlagen.«

»Trotzdem! So was spricht sich herum. Gibt es gefährliche Gewalttäter unter Windichs Klienten außer Alois Degen?« Schulz sieht sie eindringlich an.

»Herr Windich hatte bevorzugt Gewalttäter genommen, er hat sich die Ermittlungsakten kommen lassen, um die Klienten mit den Bildern der Geschädigten zu konfrontieren. Es sind oft verheerende Aufnahmen, das brauche ich Ihnen nicht zu erzählen.«

Sie spart sich die Erklärungen, denkt Kramer. »Welche Akte hatte er zuletzt angefordert?«

»Alois Degen«, sagt sie nach einiger Überlegung.

»Würden Sie kurz nachfragen, ob Frau Reider im

Büro ist«, fragt Schulz.

Sie wählt die Nummer der Geschäftsstelle. Nach einem kurzen Telefonat bestätigt sie, dass Frau Reider auf sie wartet.

Kapitel 20

Nina Reider traut sich kaum, die Dienststelle zu betreten. Warum hat sie nicht auf Anna gehört und sich krankgemeldet? Weil sie dem Hauptkommissar von der Eifersucht ihres Exmannes berichten möchte, bevor er es von anderen hört. Sie schleicht über den Flur, möchte keinem Mitarbeiter begegnen. Mitleid ist das Letzte, was sie braucht. Sie meldet sich an der Stempeluhr an. Sofort kommt ihre Kollegin Nicole Wende aus der Geschäftsstelle und drückt sie. Erzählt ihr, dass die Beamten die Akten von Alexander schon abgeholt haben und Mitarbeiter der Mordkommission bei Marie hocken.

Im Geschäftszimmer möchte die Kollegin alles über den gestrigen Abend wissen. Bei ihren Schilderungen kommen Nina die Tränen. Sie lenkt sich ab, indem sie den Computer hochfährt und Kaffee aufsetzt. Der ist gerade durchgelaufen, als Marie anruft und die Beamten der Mordkommission ankündigt, die kurz darauf ins Geschäftszimmer kommen. Sie rückt zwei Stühle vor ihren Schreibtisch und holt zusätzliche Tassen.

»Schon der zweite Kaffee«, sagt Kramer lächelnd.

»Da war Frau Marler wohl schneller«, antwortet Nina lächelnd. »Sie müssen ihn nicht trinken.«

»Warum?«, erwidert Schulz. »Mein Kollege trinkt gerne zwei Tassen.«

»Ein wenig von dem Schock erholt?«, fragt Kramer.

Sie empfindet ein Lachen in seinen grünen Augen. »Wenn ich ehrlich bin, fühle ich mich noch nicht in der Realität angekommen. Meine Freundin hat mich eingeladen, das Wochenende mit ihr im Sauerland zu verbringen. Ohne sie hätte ich gestern nicht gewusst, nach Hause zu kommen.«

»Es hätten sich Wege gefunden«, versichert er.

Seine Fürsorglichkeit war ihr schon gestern aufgefallen. Sie nimmt den Blick von Nicole wahr, die zwischen ihr und Kramer hin- und hersieht.

»Meinen Sie, er hat Herrn Windich zur Beschaffung seiner Drogen umgebracht?«, fragt Nicole aus dem Hintergrund die Beamten.

Sie drehen sich zu ihr um. »Wir vermuten, dass hinter den Messerstichen mehr steckt als Beschaffungskriminalität«, erwidert Schulz.

»Ich glaube auch nicht, dass Lukas zu so etwas fähig ist. Meinen Sie, dass es sich bei dem Täter um einen Psychopathen handelt?«

Bei Nicoles Nachfrage denkt Nina automatisch an Wolle. Wie kommt sie dazu, ihren Exmann für einen Psychopathen zu halten? Sie hat zehn Jahre mit ihm Tisch und Bett geteilt. Doch seit der Trennung und seinen ständigen Nachstellungen traut sie ihm alles zu. Erst gestern hat er sie am Telefon beschworen, zu ihm zurückzukehren, und sie bei ihrer Zurückweisung beschimpft, schließlich gedroht, sie werde schon sehen, was sie davon habe. Ihre Nachfrage, was er damit meinte, hat er nicht beantwortet, sie eine Hure genannt und aufgelegt.

»Falls es sich um einen Psychopathen handelt, müssen wir ihn finden, bevor er weiter mordet«, sagt Kramer zu Nicole. Dann wendet er sich Nina zu. »Sie wirken so nachdenklich, Frau Reider. Haben Sie einen Verdacht?«

Nina erwidert seinen Blick. »Entschuldigung. Ich war mit meinen Gedanken nicht bei der Sache. Ich bin sofort wieder da, muss nur kurz zur Toilette.« Sie verschwindet aus dem Büro. Während sie am Spiegel ihr Make-up auffrischt, überlegt sie, ob sie ihren Exmann hineinziehen soll. Sie würden ihn auf der Wache vernehmen und wieder laufen lassen. Sie könnte mit der Angst leben, dass er ihr auflauert.

Zurück im Geschäftszimmer ruft sie die elektronische Akte von Alois Degen auf und druckt den Beamten den letzten Bericht aus. Herr Windich hatte ihn ihr diktiert.

In der Führungsaufsichtssache Alois Degen wird die Unterbringung in einer psychiatrischen Klinik im Rahmen einer Krisenintervention angeregt.
Gründe:
Seine manische Störung ist akut, eine medikamentöse Einstellung in einem stationären Setting vor dem Hintergrund seiner bisherigen Gewaltstraftaten geboten. Die Symptome drücken sich durch eine gestörte Selbstwahrnehmung aus. So hält sich Herr Degen im Gespräch für den mächtigsten Menschen, den stärksten Kämpfer, den besten Psychotherapeuten. Niemand könnte ihm etwas

anhaben, er sei unantastbar und habe allein das Recht,
andere Menschen zu befehligen und über sie zu richten.
In der Sprechstunde machte er deutlich, dass er berech-
tigt sei, seine Rechte mit Gewalt durchzusetzen. Die
»Schwarz- und Weißkittel« würde er alle umbringen für
das, was sie ihm angetan hätten. Die Medikamente habe
er schon abgesetzt. Sie wären allein Mittel zu dem Zweck
gewesen, ihn zu unterdrücken. In seine Morddrohungen
schloss er den Unterzeichner ein, wenn der versuchen
sollte, ihn wieder in einer Klinik unterzubringen. Vorher
würde er in einem Amoklauf alle mit in den Tod reißen.
Dabei machte er kein Geheimnis daraus, Drogen
(Kokain, Amphetamine) zu konsumieren. Dies sei ihm
erlaubt.

Die Rücksprache mit dem zuständigen Facharzt für
Psychiatrie, Herrn Dr. Kriem, ergab, dass Degens mani-
sche Entwicklung unweigerlich zu erheblichen Straf-
taten führt, wenn nicht zeitnah eine medikamentöse Ein-
stellung erfolgt. Er sprach von einer »tickenden Zeit-
bombe«.

Zusammenfassend zeigt Herr Degen keine Bereit-
schaft, sich freiwillig einer ambulanten oder stationären
Behandlung zu unterziehen. Eine akute Verschlechterung
seines Zustandes ist eingetreten. Es besteht eine erheb-
liche strafrechtliche Rückfallgefahr. Die LWL-Klinik
würde ihn im Rahmen der Kriseninvervention aufnehmen
und medikamentös neu einstellen.

Windich

»Können Sie uns etwas zu den Straftaten von Herrn

Degen mitteilen?«, fragt Kramer, nachdem er mit seinem Kollegen den Bericht überflogen hat.

Nina ruft das Urteil im Computerprogramm auf.

»Gefährliche Körperverletzung und versuchter Totschlag. Hier!« Sie dreht den Bildschirm zu den Beamten und weist auf einen Absatz hin.

Es kam es zu einem Streit zwischen dem Angeklagten und einem Bekannten. Der Angeklagte warf diesem in dessen Wohnung vor, mit seiner Lebensgefährtin ein intimes Verhältnis aufgenommen zu haben während seiner Montagetätigkeit. Der Bekannte leugnete. Der Angeklagte zog ein Faustmesser, welches er am Gürtel bei sich trug, und stieß es dem Zeugen mehrmals in Tötungsabsicht ohne rechtfertigenden Grund mit Wucht in die linke Körperseite. Dann verließ er den Geschädigten. Nur durch Glück wurde eine Nachbarin aufmerksam und verständigte gerade noch rechtzeitig Polizei und Rettungsdienst. Bei der Notoperation wurden keine Verletzungen der inneren Organe festgestellt.

»Herr Hahn ist in der Vertretung für Herrn Degen zuständig«, stellt Nina fest, denkt dabei, dass sie von Wolle erzählen sollte.

»Frau Marler hat uns bereits auf Herrn Degen hingewiesen. Die Fahndung wurde eingeleitet«, meint Kramer mit einem anerkennenden Lächeln.

»Gibt es außer dem Bericht über Degen etwas, das für uns von Bedeutung sein könnte?«, fragt Schulz.

»Irgendeine Begebenheit in der Dienststelle, ein Klient, der sich in letzter Zeit auffällig verhielt? Jemand aus dem privaten Umfeld?«

Dabei sieht er sie seltsam an. Jetzt wäre der Zeitpunkt, ihren Verdacht anzusprechen.

»Um den Täter zu finden, müssen wir sein Motiv verstehen«, ergänzt Kramer.

Nina spürt, dass Marie ihnen schon von ihrem eifersüchtigen Exmann erzählt hat. »Herr Windich hatte mich zum Essen eingeladen. Natürlich habe ich darüber nachgedacht, ob mein getrenntlebender Ehemann davon erfahren hat. Sie müssen wissen, dass er mir seit der Trennung vor vier Wochen nachstellt.«

Ein Knall am Schreibtisch von Nicole. Sie drehen sich automatisch zu ihr um.

»Nichts passiert«, ruft sie, »mir ist nur eine Akte aus der Hand gefallen. Nicht von Windich, die haben ja schon Ihre Kollegen geholt.« Sie guckt entschuldigend.

Kramer bestätigt Ninas Vorahnung. »Frau Marler hat es angedeutet. Hatten Sie eine Anzeige gegen ihn erstattet? Er soll gewalttätig geworden sein.«

Nina hält seinem Blick stand. »Er wurde arbeitslos, fing an zu trinken. Es wurde immer schlimmer. Wenn ich von der Arbeit kam, beschimpfte er mich, bis ich mich genauso elend fühlte wie er. Deswegen blieb ich länger auf der Arbeit als nötig. Er rief im Büro an, tauchte kurz vor Feierabend auf, um mich abzuholen. Es eskalierte, als ich nach einer Shopping-Tour mit meiner Freundin erst am späten Abend nach Hause kam. Er schlug wild auf mich ein. Ich konnte ins Badezimmer fliehen und durch das Fenster entkommen. Seither wohne ich bei meiner Freundin und habe die Scheidung eingereicht. Ich hoffe, dass er mich irgendwann in Ruhe lässt. Eine Anzeige habe ich nicht erstattet, obwohl mir dazu geraten wurde.«

»Wir werden ihn uns vornehmen«, meint Kramer. »Trägt Ihr Exmann einen Ring?«

»Sie meinen den Silberring.« Das kann nur von Marie kommen. »Ja, den trägt er Tag und Nacht.«

»Ich nehme an, er hat eine Brille?«

»Ja, eine Hornbrille.«

»Noch eine Frage zum gestrigen Abend. Sie erreichten die Bewährungshilfe, sahen Licht in Windichs Büro, stiegen die Treppen hoch, passierten die Glastür. Haben Sie in dem Moment einen Geruch wahrgenommen?«

Nina überlegt. Tatsächlich hatte sie beim Betreten der Etage einen Duft bemerkt. Ihr erster Gedanke war, Alexander hätte sich für das Treffen parfümiert, aber dafür war er nicht der Typ. »Ich hatte es bei der Aufregung vergessen. Es stimmt, im Flur roch es nach Moschus.«

»Das klingt, als wären Sie erleichtert.«

Woher nimmt Kramer die Beobachtungsgabe? Hat sie bei einem Mann noch nicht erlebt. Sie versucht, den Gedanken zu verdrängen, schließlich geht es sie überhaupt nichts an. »Ja, ich bin erleichtert. Mein Exmann hat sich nie parfümiert. Aber Alois Degen. Ich kam einmal zufällig ins Büro von Herrn Windich, als Herr Degen anwesend war. Ich musste mir die Nase zuhalten.

Auch die Kolleginnen lachten über die Parfümwolke.«

»Das kann ich bestätigen«, mischt sich Nicole ein.

Schulz trinkt den Kaffee aus. »Sie haben uns sehr geholfen, Frau Reider, auch Sie, Frau Wende. Wir werden Herrn Degen, auch Herrn Reider überprüfen. Eine Frage noch, Frau Reider. Wenn ich Ihren Arbeitsplatz betrachte, fallen mir die Grünpflanzen auf.«

»Ja, ein Tick von mir. Es sind alles Ableger.« Sie stockt. Spürt den Blick von Kramer. »Stimmt, die Birkenfeige aus dem Wartezimmer stand in Windichs Büro. Ich habe mich auch gewundert. Hat das was zu bedeuten?«

»Ihr Exmann …«

»Nein, er hat kein Interesse an Pflanzen. Herrn Degen kenne ich nicht so gut. Wenn der Täter sie ins Büro getragen hat, muss er wirklich verrückt sein.«

Kramer nickt zustimmend.

»Ein Psychopath! Sag ich doch«, tönt es vom hinteren Schreibtisch.

»Warten Sie!«, ruft Nina. »Am Mittag rief ein Klient von Herrn Windich an. Er sprach undeutlich … ich habe ihn kaum verstanden. Nur, dass er es bis sieben Uhr nicht schaffen würde … Herr Windich möchte auf ihn warten.«

»Haben Sie Herrn Windich darüber informiert?« Kramer lehnt sich über den Schreibtisch zu ihr.

»Ja, natürlich«, bestätigt sie.

»Wie war der Name des Anrufers?«, fragt Schulz.

»Ich hatte ihn nicht verstanden«, meint Nina. »Leider.

Als ich nachfragen wollte, legte er auf. Die Stimme klang seltsam verzerrt«, fügt sie hinzu.

Kramer spinnt den Faden weiter. »Also wollte der Anrufer, dass Herr Windich nach der Sprechstunde auf ihn wartet.«

»Um mit ihm alleine zu sein«, ergänzt Nina.

»Der anonyme Anruf könnte ein Indiz sein, dass die Tat nicht im Affekt begangen wurde, sondern geplant war.« Kramer erhebt sich vom Stuhl. »Würden Sie bitte nachfragen, ob Herr Fröbel in seinem Büro ist? Wir würden die Befragung gerne mit ihm fortsetzen.«

Nina wählt die Kurzwahl und bestätigt den Beamten nach einem kurzen Telefonat, dass er sie erwartet.

Kapitel 21

Kaum sind die Beamten aus der Tür, rückt Nicole damit heraus, dass Ninas Exmann am Morgen in der Geschäftsstelle angerufen hat.

»Was hat er für einen Eindruck gemacht? Eher manisch oder depressiv?«

»Glücklich klang er nicht, eher übertrieben hektisch, wenn du das meinst«, erwidert Nicole.

»Was hast du ihm gesagt?«

»Dass du später ins Büro kommst. Er wollte es über dein Handy versuchen.«

»Gott! Nein! Er soll mich in Ruhe lassen!« Nina hat absolut keine Lust auf ihn. »Meinst du, es hört auf, wenn er eine andere findet?«

»So wie er drauf ist, brauchst du dir vorläufig keine Hoffnung zu machen. Sag ihm, dass die Kripo ihn sucht. Vielleicht lässt er dich dann in Ruhe.«

»Eine gute Idee. Meinst du, er hat erfahren, dass ich mich mit Alexander treffen wollte?« Sie betrachtet Nicole.

»Ich glaube, dass es Degen war«, lenkt Nicole ab. »Dein Exmann hat sich nicht parfümiert.«

Ein heller Klingelton. Nina zuckt zusammen, sieht auf das Display ihres Smartphones. Eine WhatsApp von ihrer Freundin, die sich erkundigt, wann Nina nach Olsberg kommt. »Lass uns noch einen Kaffee im Gruppenraum trinken. Ich beantworte nur schnell die Nachricht von Anna.«

Komme Samstagmorgen gegen zehn. Bleibe bis Montag. Freu mich schon Nina

Kaum hat sie die Nachricht abgeschickt, meldet sich ein Anrufer. In Erwartung ihrer Freundin nimmt sie das Gespräch an, ohne auf die Nummer im Display zu achten.

»Wir müssen uns heute treffen. Ich hol dich ab.«

Ninas Puls schnellt nach oben. »Nein, ich habe keine Zeit. Außerdem ...«

»Dein Macker ist tot, das weiß ich, du Schlampe! Aber glaube mir, du kommst auch noch dran!«

Aufgelegt. Sie zittert am ganzen Körper.

»Was ist los?«, fragt Nicole. »Wer war das?«

Nina könnte schreien. Sie zwingt sich zur Ruhe. »Wolle!« Sie setzt sich auf den Drehstuhl. »Er wusste von der Verabredung mit Alexander.« Sie sieht das Schuldgefühl in den Augen ihrer Kollegin.

Nicole springt auf und kommt an ihren Schreibtisch. »Erzähl es den Beamten, bevor sie weg sind. Komm, sie sind noch bei Udo.«

»Nein, warte. Vielleicht wollte sich Wolle nur aufspielen. Er liebt es, mich in Angst und Schrecken zu versetzen.« In dem Moment summt das Handy erneut, dass beide zusammenfahren.

Mit einem Blick auf das Display atmet Nina auf. »Diesmal ist es Anna.« Sie drückt auf Verbindung, hört die vertraute Stimme.

»Wollte dir nur sagen, dass ich mich auf Samstag freue. Meiner Mama geht es besser. Da können wir ein paar Stunden in die Waldsauna gehen. Was sagst du?«

»Das wäre ideal.« Nina zittert die Stimme.

»Was ist los? Du hast doch was!«

»Gerade hat Wolle angerufen und geprahlt, dass er von meiner Verabredung wusste. Lass uns morgen darüber sprechen, nicht jetzt am Telefon.«

»Sag es der Mordkommission. Sei nicht leichtsinnig.«

Nicole steht vor ihr, hat die letzten Worte mitgehört.

»Da siehst du. Anna denkt genauso. Ich hole die Beamten.«

Eine Sekunde zögert Nina, schon ist Nicole aus der Tür und kommt kurze Zeit später mit Kramer zurück. Nina errötet, während sie von dem Anruf erzählt.

»Ich schlage vor, wir treffen uns nach der Arbeit. Es könnte ja sein, dass er Ihnen auflauert. Sagen wir um 18:00 Uhr im Café Konkret?«

Sie nickt zustimmend. Sein Kollege erscheint an der Tür. Degen sei gefasst. Sie müssten los und seien um 13:00 Uhr zurück, um die Befragung mit Herrn Hahn fortzusetzen.

Kapitel 22

Vor fünfzehn Jahren hatte Udo Fröbel den damaligen Praktikanten im Berufspraktikum ausgebildet. Sie hatten sich gut verstanden. Erst mit Alexanders Rückkehr nach Bochum und seinen Bemühungen um die richtige Distanz als Dienststellenleiter kamen Konflikte auf. Als Alexander ihm erklärte, den erforderlichen Abstand zu benötigen, um ihn wie jeden anderen Kollegen in der Arbeit zu behandeln.

Ninas Anruf reißt ihn aus den Gedanken. Sie kündigt ihm die Mitarbeiter der Mordkommission an. Kurze Zeit später klopft es an der Tür, stellen sich die beiden Beamten vor. Auf eine Tasse Kaffee möchten sie verzichten, erklären ihm, bei seinen Kolleginnen reichlich bewirtet worden zu sein.

»Hoffentlich wird der Täter schnell gefasst«, leitet Fröbel zum Thema über.

»Das hoffen wir auch«, bestätigt Schulz. Dessen Kollege Kramer studiert die Weltkarte an der Wand.

»Ist Ihnen in der Sprechstunde etwas aufgefallen, das uns weiterhelfen könnte«, fragt Schulz.

»Nein, ich hatte durchgehend Besuch und war pünktlich um sieben Uhr raus, um meine Tochter bei ihrer Freundin abzuholen.« Jana schafft es immer wieder, ihn als persönlichen Taxifahrer einzusetzen. Dabei hat sie mit ihrem Schüler-Ticket freie Fahrt mit den öffentlichen Verkehrsmitteln.

»Wir haben versucht, Sie gestern Abend telefonisch zu erreichen«, stellt der Beamte fest.

»Ich war mit meiner Tochter anschließend im Kino. Hatte es ihr zum Geburtstag versprochen. Wir leben alleine, seit ihre Mutter vor zwei Jahren zu einem Kollegen nach Hamburg gezogen ist. Sie ist Schauspielerin, hatte ein Engagement am Thalia Theater erhalten. Eine einmalige Chance.« Warum erzählt er es ihnen? Das hat nichts mit Alexanders Tod zu tun.

»Haben Sie den Klienten erkannt, der am Ende der Sprechstunde zu Windich kam?«

»Sie meinen Jannis Kastas. Ja, der Corsa seiner Freundin stand auf dem Parkplatz, als ich die Dienststelle verließ. Ich habe überlegt, ob er selbst fährt. Vor kurzem sah ich einen Klienten mit einem Benz davonfahren, der wegen Fahrens ohne Fahrerlaubnis unter Bewährung steht.«

»Haben Sie den Zettel an der Windschutzscheibe bemerkt?«, mischt sich Schulz ein.

»Ja, der Zettel beruhigte mich. *Bin kurz zu Rewe, ein paar Sachen einkaufen* oder so ähnlich. Ich habe nicht genau hingesehen, wusste ja nicht, dass es wichtig wird. Ich ging davon aus, dass die Nachricht von der Freundin war.«

»Ja, das haben wir schon herausgefunden«, meint Kramer.

»Wird Lukas Briest noch verdächtigt?«

»Kennen Sie ihn?«, fragt Schulz zurück.

»Ja. Er war vor drei Wochen mit seiner Freundin bei mir, als ich Bereitschaft hatte. Beide hinterließen einen stabilen Eindruck, wenn man das von einer Begegnung sagen kann.«

»Sie sagen es von einer Begegnung«, entgegnet Schulz.

»Mit der Zeit lernt man zu unterscheiden, wer sich stabilisiert und wer sich im Absturz befindet. Das ist wichtig in unserer Arbeit.«

»Gibt es eine Verbindung zwischen Kastas und Briest?«, fragt der Beamte weiter.

»Die haben zusammen keinen Raubmord geplant, wenn Sie darauf hinauswollen, dazu leben sie in zu verschiedenen Welten.«

»Es wurde uns bekannt, Herr Fröbel, dass Sie sich um die Stelle des Dienststellenleiters beworben hatten«, wechselt Schulz das Thema.

»Ein Mord ist eine Nummer zu groß für unser Konkurrenzgeplänkel. Das gibt es bei Ihnen sicher auch.«

»Sie wissen, dass wir jeder Spur nachgehen müssen. Hat es Sie gekränkt, dass ein ehemaliger Praktikant Ihnen vorgesetzt wurde.«

Der Blick von Schulz ist nicht zu deuten. »Es war sein Ding. Windich informierte über seine Arbeit getreu dem Motto: Tue Gutes und rede darüber! Wird so gewünscht, mir liegt es nicht.«

Kramer lacht und beendet das Thema. »Herr Fröbel,

können Sie sich vorstellen, dass ein Drogenkranker im Affekt dazu fähig wäre?«

Er schüttelt verneinend den Kopf. »Mord ist eine andere Hausnummer. Die Frage ist, woher der Täter wusste, dass Windich die Sprechstunde überziehen würde.«

Schulz stimmt ihm zu. »Deswegen waren wir zuerst bei Jannis Kastas. Er brachte uns auf eine Idee. Ein Anrufer hatte Windich ausrichten lassen, sich aus beruflichen Gründen zu verspäten. Frau Reider hatte den Anruf angenommen. Sie hat es uns bestätigt.«

»Ich nehme an, er hat keinen Namen genannt. Also war es geplant«, folgert Fröbel.

»Genau, er hatte aufgelegt, bevor Frau Reider ihn fragen konnte. Ist es üblich, nach der Sprechstunde auf einen Klienten zu warten?« Schulz sieht ihn neugierig an.

»Durchaus. Wenn jemand länger arbeitet und anruft, dass er kurz nach sieben kommt.«

Kramer beugt sich über den Tisch. »Unser Team prüft die Akten von Windich. Sie kennen die meisten Klienten, nehme ich an. Wem wäre eine solche Tat zuzutrauen?«

»Einen konkreten Verdacht habe ich nicht. Prüfen Sie zuerst die Akten, bei denen Windich einen Widerruf oder einen Strafantrag angeregt hatte. Mag sein, dass der Täter Windich die Schuld gibt, auf der Zelle misshandelt oder angefixt worden zu sein. Im Vollzug kann sich allerhand Hass aufbauen.«

»Lehnen Sie eine Gefängnisstrafe generell ab?«, fragt

Schulz.

»Das Verallgemeinern lehne ich ab. Bei den meisten Klienten wird die Strafe nach der Bewährungszeit erlassen, nur bei Einzelnen lässt sich die Verbüßung nicht vermeiden. Ich sagte vorhin, unsere Aufgabe liegt in der Unterscheidung. Natürlich müssen die Richter mitspielen.«

»Und die haben eine eigene Sichtweise und sitzen am längeren Hebel«, mischt sich Kramer ein.

Fast gleichzeitig klopft es an der Tür und klingelt ein Handy. Nicole Weber kommt herein, sie wirkt aufgeregt und bittet Kramer, ihr ins Geschäftszimmer zu folgen.

Gleichzeitig nimmt Fröbel die Worte von Schulz am Handy wahr: »In der Wohnung der Freundin festgenommen. Gut, wir kommen zur Wache.«

Auf seinen fragenden Blick erwidert Schulz: »Sie haben Alois Degen festgenommen. Wir fahren hin, um ihn zu vernehmen. Richten Sie Herrn Hahn aus, dass er sich zwischen dreizehn und vierzehn Uhr bereithalten soll.«

»Wird Degen verdächtigt?« Fröbel beobachtet den Polizeibeamten.

»Was können Sie uns zu ihm sagen?« Schulz verharrt in der Bewegung.

»Degen leidet unter Wahrnehmungsverzerrungen. Sie kommen in Schüben und sind gerade wieder akut. Zumindest wollte Herr Windich ihn im Rahmen einer Krisenintervention in einer forensischen Klinik unterbringen lassen.«

Kapitel 23

Fröbel platzt verspätet in die Dienstbesprechung, die jeden Freitag um elf Uhr im Gruppenraum stattfindet. Ausgestattet mit einer Küchenzeile, auf der Kaffee und Tee während der Besprechung bereitstehen. Der Raum ist wohnlich gestaltet mit Grünpflanzen auf den Fensterbänken, einem hellen ovalen Tisch in der Mitte und schwarzen Kippstühlen. Der Tod des Kollegen steckt allen in den Gliedern, zumindest empfindet Fröbel eine Beerdigungsstimmung.

»Wir haben beschlossen, die Fallverteilung ausfallen zu lassen und die Dienststelle bis Montag für die Klienten zu schließen«, sagt Walter Hahn, der Älteste in der Runde.

»Weißt du, wo die Beamten so eilig hinwollten?«, fragt Marie Marler, die junge Kollegin, die noch in einem befristeten Vertrag steckt.

»Zur Wache, sie haben Alois Degen festgenommen. Alexander hatte eine Krisenintervention angeregt.« Marie gefällt Fröbel mit ihrem frechen Blick, dem kurzen blonden Haar und burschikosen Auftreten. »Nachher bist du dran«, wendet er sich an Walter Hahn.

Nina Reider stürmt herein. »Die Richterin hat angerufen. Lukas Briest wurde entlassen. Er soll sich in der nächsten Woche hier melden.«

»Der ist auch überhaupt nicht der Typ für sowas«, meint Marie.

»Was meinst du, Nina?«, fragt Fröbel. »Du hast ihn im Flur angetroffen.«

»Ich glaube, er hatte Alexander vor mir im Büro gefunden. Deswegen war er so aufgeregt, als er mich sah. Er wollte damit nichts zu tun haben.«

»Gestern am Telefon klang es anders«, sagt Fröbel. »Du warst überzeugt, den Täter erwischt zu haben.«

»Es war der Schock.« Nina ist die Angst noch anzusehen. Udo Fröbel fragt sich, warum sie zur Arbeit erschienen ist. Sie hätte sich für den Tag krankmelden können. Vielleicht braucht sie die Gemeinschaft, um mit dem Geschehen fertig zu werden. Jeder erlebt so etwas anders. Auch Marie scheint unter dem Vorfall erheblich zu leiden, ihre Gesichtszüge, ihre Stimme wirken gespannt. Er wundert sich über die eigene Gelassenheit. Hat ihn die tägliche Arbeit so abstumpfen lassen oder ist es die Ruhe vor dem Sturm? Der Tod des Kollegen ist noch nicht in sein Gefühlsleben vorgedrungen. Er hat den Eindruck, als würde Alexander gleich hereinkommen. Er äußert es und wird von besonders von Walter bestätigt.

»Es darf nicht sein, dass ein Bewährungshelfer allein auf der Etage ist«, meint Walter Hahn. »Wir werden die Sprechstunde zukünftig um neunzehn Uhr beenden. Es wäre schön, wenn sich alle daran halten würden.«

»Was ist mit Samstagen und Sonntagen, an denen wir Klienten einladen, die wochentags auf Montage sind?

Was ist mit Hausbesuchen? Sollen wir zu zweit raus-fahren wie die Polizeibeamten?«, fragt Udo.

»Alles denkbar. Hauptsache, wir gehen nicht so ein-fach zur Tagesordnung über.«

Mit seinen wirren Haaren, dem Backenbart und den hellblauen Augen wirkt Walter auf Udo Fröbel wie Rasputin. Der Eindruck wird noch durch seine weiten Pullover und Schlabberhosen verstärkt.

»Gestern hat mir ein Klient einen Drogenrückfall gebeichtet«, sagt Marie. »Er hielt das Schweigen nicht aus, redete über die Misshandlung in seiner Kindheit, die ihn immer wieder in den Abgrund zieht.«

»Worauf willst du hinaus?« Udo versteht den Zusammenhang nicht.

»Im Gerichtsbeschluss wurde ein Drogen- und Alko-holverbot auferlegt mit regelmäßigen Kontrollen. Soll ich nun sein Vertrauen opfern, indem ich den Weisungs-verstoß berichte? Mit dem Ergebnis, dass ein Strafantrag gestellt wird? Oder soll ich den Rückfall verschweigen mit dem Risiko, dass er im Rausch erneut straffällig wird?«

Udo nimmt die kritischen Blicke im Raum wahr. Noch ist keinem so richtig klar, was das Beispiel mit dem Tod von Alexander zu tun hat.

Marie wird lauter: »Versteht ihr nicht? Es kann sein, dass der Mörder sich an Alexander gerächt hat, weil er sich hintergangen fühlte.«

»Das Doppelmandat von Hilfe und Kontrolle gehört zu unserer Arbeit, Marie. Das weißt du. Deswegen ist noch keiner umgebracht worden.« Walter ist es sichtlich schwergefallen, Marie ausreden zu lassen.

»Alexander ist tot, da wird man sich wohl Gedanken machen dürfen, wer dahinter stecken könnte.«

Walter Hahn verlässt den Raum mit seinem Kaffeepott. Zurück bleibt ein betretenes Schweigen. Fröbel unterbricht die Stille.

»Das bleibt im Raum, ja! Wir sind alle völlig durcheinander. Da wird schon mal das eine oder andere gesagt.« Er wendet sich an Nina. »Die Polizei meinte, ein Anrufer habe nach neunzehn Uhr in Alexanders Sprechstunde kommen wollen.«

»Ja, er hatte seinen Namen nicht genannt. Die Verbindung wurde unterbrochen, bevor ich nachfragen konnte.«

»Willst du nicht von deinem Exmann erzählen?«, mischt sich Nicole Wende plötzlich ein. »Eifersucht ist immer noch ein Grundmotiv für einen Mord.«

Nina rauscht aus dem Gruppenraum und stößt beim Hinausgehen mit Walter Hahn zusammen, der fragt, ob er noch gebraucht wird, sonst würde er Klienten besuchen und am frühen Abend einen Massagetermin wahrnehmen.

»Ich habe vorhin schon gesagt, dass sie nach dem Mittagessen mit dir sprechen wollen«, hält Fröbel ihn auf.

Kapitel 24

Auf dem Weg ins Präsidium wird Kramer von seinem Kollegen angestoßen. »Gefällt dir wohl, die Reider?«

»Wie meinst du das?«, entgegnet er überrascht.

»Sie hat Ähnlichkeit mit Alina. Außerdem bekommt dir das Single-Dasein mit deiner Katze nicht. Wirst immer einsilbiger.«

»Du kennst meine Gründe«, entgegnet Kramer. »In einer Beziehung bliebe die Angst vor einer Wieder-holung.«

»Dein Bruder hat auch Familie. Also, habt ihr euch verabredet?«

»Nicht blind, aber taub«, entgegnet Kramer, nimmt dabei den wissenden Blick seines Kollegen wahr.

»Lasst euch nicht von dem gehörnten Exmann erwi-schen. Reider war am Ende der Sprechstunde am Tatort. Da bin ich mir sicher. Eifersucht ist …«

»Ja, ja!«, unterbricht Kramer, um das Thema nicht vor dem   Treffen mit Nina zu vertiefen. »Ich glaube nicht an ein Eifersuchtsdrama. Es war ein Klient, der sich in was hineingesteigert hatte, wie Fröbel es formulierte. Viel-leicht räumt dieser Degen die Tat ein, wenn wir ihn damit konfrontieren. Warten wir es ab. Nach Windichs Bericht würde es mich nicht wundern. Wer wirft schon einen Fernseher aus dem Fenster?«

»Du meinst, so einer ersticht auch den Bewährungshelfer. Klingt plausibel. Ich bin gespannt«, entgegnet Schulz.

Kramer parkt direkt vor dem Präsidium. »Vermutlich wollte er ihn nicht erstechen. Das Messer kam ins Spiel, weil es auf dem Schreibtisch lag. Windich hatte es Lukas Briest abgenommen. Wir müssen nach einem Schlagstock oder Baseballschläger suchen. Damit hatte der Täter zuerst zugeschlagen. Windich wollte sich wehren. Die Situation eskalierte.« Im Moment des Aussprechens wird ihm klar, dass es sich genau so zugetragen hat. Im Blick des Kollegen spürt er die Zustimmung. Auf der Etage wartet Oberstaatsanwalt Sawetzky, um sich über den aktuellen Sachstand zu informieren.

»Keine weitere Schlappe vor der Presse!«, stöhnt er. »Nach Ihrem Bericht hat die Freundin von Kastas einen Tatverdächtigen auf dem Parkplatz beobachtet. Er könnte in die Dienststelle gelangt sein, als ein anderer Klient sie verließ. Veranlassen Sie bitte eine Gegenüberstellung mit Degen. Vielleicht erkennt sie ihn wieder.«

»Die Beschreibung passt mehr auf den Exmann der Justizbeschäftigten«, meint Schulz.

Kramer dachte, das Thema Reider hätten sie im Auto auf Eis gelegt. »Degen hat Windich bedroht«, pflichtet er dem Oberstaatsanwalt bei. »Außerdem ist er wegen versuchten Totschlags vorbelastet, bei dem er ein Messer als Tatwaffe einsetzte. Und Zeugen haben sein Parfüm am Tatort wahrgenommen.«

»Außer Marie Marler«, sagt Schulz. »Sie hätte den

Geruch wahrnehmen müssen, als sie vor dem Warte-zimmer stand. Wir gehen davon aus, dass er sich zum Ende der Sprechstunde hinter der Tür versteckte«, erläutert er dem Oberstaatsanwalt.

Sawetzky zieht die Stirn in Falten, als hätte er eine schwere Rechenaufgabe zu lösen. »Möchten Sie andeuten, Herr Schulz, dass sich der Mörder erst kurz vor der Tat einsprühte, um Herrn Degen zu belasten?«

»Ich meine nur, Frau Marler hätte den Moschusduft wahrnehmen müssen.«

»Wenn es stimmt, hat er Degen gekannt. Nicht nur das, er hat ihn gehasst. Sonst würde er ihn nicht derart belasten. Konfrontieren Sie ihn damit! Fragen Sie ihn nach Feinden in seinem Bekanntenkreis.«

Alois Degen wartet bereits im Verhörraum. Kramer stellt sich und seinen Kollegen vor und belehrt ihn über seine Rechte und Pflichten, auch über die Aufzeichnung des Gesprächs.

Degen verzichtet auf einen Anwalt, er habe sich nichts vorzuwerfen. Kramer betrachtet ihn: kurze hellblonde Haare, mittelgroß, untersetzt, ausgefranste Jeansjacke und Hose, kein Ring an den Händen. »Herr Degen, wie verfällt man auf die Idee, mit einem Schlagstock seinen Bewährungshelfer anzugreifen?«, fragt sein Kollege.

»Da müssen Sie den Täter fragen, nicht mich«, entgegnet Degen ebenso scharf. »Mit so etwas beschäftige ich mich nicht. Wenn ich also gehen dürfte? Ich habe noch einiges zu erledigen.«

»Sie haben den Bewährungshelfer bedroht. Das haben

uns die Mitarbeiter bestätigt«, fährt Schulz sachlich fort. »Sie wollten ihm einen Denkzettel verpassen. Windich wehrte sich. Sie waren schneller, haben das Springmesser vom Schreibtisch genommen und zugestochen. Bei einem Geständnis wird Ihr Rechtsanwalt mit der Staatsanwaltschaft über Totschlag im Affekt verhandeln. Bei Mord lautet das Urteil lebenslänglich.«

Degen macht Anstalten, aufzuspringen. Kramer sieht es kommen, geht um den Tisch, setzt sich neben ihn und fragt, wie sein Verhältnis zu Windich war.

»Er hat die Unterbringung beantragt, weil ich im Streit mit meiner Freundin mal laut war. Klar, ich hatte getrunken, das sehe ich ein. Ich habe Windich versprochen, abstinent zu bleiben, aber er ließ nicht mit sich reden.«

»Sie hatten den Fernseher aus dem Fenster geworfen«, erklingt die sachliche Stimme des Kollegen.

»Ja, weil Indra mir vorwarf, ich würde nur auf den Bildschirm gucken. Da habe ich die Glotze aus dem Fenster geschmissen. Ende! Ich bin darauf nicht angewiesen. Auch nicht auf Alkohol. Ich trinke nichts mehr, nehme die Tabletten, die mir der Arzt verschrieben hat. Was wollt ihr noch? Dienstag ist die Anhörung vor Gericht. Mein Rechtsanwalt begleitet mich. Dr. Kriem ist als Gutachter geladen. Er will mir noch eine Chance geben. Ich lege in der Wohnung meiner Freundin Laminat und werde mir eine Arbeit suchen. Auch bei einer Leihfirma, ist doch egal. Das habe ich Indra versprochen nach dem ganzen Theater. Es ist alles in Ordnung. Kein

Grund, mich an Windich zu rächen. Wozu auch? Was sollte das bringen?«

»Wo waren Sie gestern zwischen neunzehn und einundzwanzig Uhr?«, hakt Schulz nach.

»Bei meiner Freundin. Wir haben das Wohnzimmer ausgeräumt. Fragen Sie Indra, wenn Sie mir nicht glauben.«

»Nachname, Adresse!« Schulz beugt sich zu ihm vor, schreibt sich die Angaben auf. »Wird sie Ihre Aussage bestätigen?«

»Sicher! Es ist die Wahrheit … darf ich gehen? Das Wohnzimmer wartet.« Degen scheint die veränderte Stimmung zu spüren.

Kramer startet einen Versuch. »Darf ich fragen, was Sie für ein Parfüm benutzen?«

»Was hat das mit der Sache zu tun?« Degen sieht ihn zweifelnd an.

»Nennen wir es ein persönliches Interesse«, meint Kramer. Degen holt ein Fläschchen aus der Jackentasche. »Meine Freundin steht darauf, sonst würde ich es nicht benutzen.«

Kramer nimmt es ihm aus der Hand, riecht daran, reicht es seinem Kollegen. Schulz lässt das Parfüm in einen Plastikbeutel gleiten.

»Dürfen Sie das?«, fragt Degen mit erregter Stimme.

»Ja. Zur Sicherstellung von Beweismitteln. Nach der Tat wurde auf der Etage dieses Parfüm wahrgenommen«, sagt Schulz.

»Meinen Sie, mit so einem Unsinn können Sie das

Gericht überzeugen? Wissen Sie, wie viele dieses Parfüm verwenden? Richten Sie Ihre Aufmerksamkeit auf den Richtigen und verplempern nicht Ihre Zeit.«

»Es wäre vorstellbar, dass der Richtige Ihr Parfüm benutzte, um Sie zu belasten. Haben Sie Feinde, die Sie für lange Zeit hinter Gittern sehen möchten?«, fragt Kramer.

Degen beugt sich über den Tisch und stützt seinen Kopf mit den Händen ab. Er scheint ernsthaft nachzudenken, zumindest wirkt es so.

»Keine Ahnung. Wirklich nicht. Klar gab es den einen oder anderen Streit … aber mich belasten, um mich in den Knast zu bringen … wenn ich den erwische.«

»Dann rufen Sie uns an!« Kramer reicht ihm seine Visitenkarte und bringt ihn zur Pforte.

Bei der Rückkehr trifft er auf Sawetzky und Kriminaldirektor Weiß. Sie haben die Vernehmung am Bildschirm verfolgt.

»Die Freundin wird seine Angaben bestätigen«, meint Sawetzky. »Da bin ich mir sicher.«

»Beim Aktenstudium wurden einzelne Klienten herausgesucht«, sagt Weiß. »Wir sollten sie schnellstens aufsuchen. Die Akten liegen auf dem Tisch.« Damit lässt er Kramer stehen.

Kapitel 25

Christian Kramer erinnert Nina telefonisch an die Verabredung und lässt sich mit Walter Hahn verbinden. Er
erklärt ihm, die Befragung in der Dienststelle erst
Montag um neun Uhr fortzusetzen. Hahn scheint erfreut,
so könne er einen anderen Termin wahrnehmen. Trotz
der Eile spürt Kramer, dass der Bewährungshelfer ihm
etwas mitteilen möchte. Er spricht es an und Hahn rät
ihm, sich mit Dr. Kriem bei der Ambulanz in Verbindung
zu setzen. Dort nachzufragen, ob ein Patient im Laufe
des Tages nach einem Beruhigungsmittel verlangt hat.
Kramer notiert sich die Telefonnummer des Arztes.

»Noch eine Frage, Herr Hahn. Sie sind am längsten
dabei. Gehen wir von einem Klienten aus. Wie entsteht
so eine tödliche Wut?« Einen Moment bleibt es still im
Hörer. Kramer lauscht gespannt.

»Solange wir den Klienten zuhören und ihnen helfen,
ihren Weg zu finden, gibt es keine Probleme. Die entstehen mit dem Missbrauch von Vertrauen und dem Versuch der Bevormundung.«

»Und Windich hat seine Klienten bevormundet?«,
setzt Kramer nach.

Hahn lacht. »Zumindest könnte der Täter es so empfunden haben. Schwer traumatisierte Klienten sind emp-
findlich. Erkundigen Sie sich bei Dr. Kriem. Er kann

Ihnen mehr darüber sagen.«

Kramer gibt den Auftrag an die Kollegen der Mordkommission weiter, bevor er mit Schulz das Präsidium verlässt. Auf Drängen seines Kollegen willigt er ein, zuerst Wolfgang Reider aufzusuchen. Den Dienstwagen parken sie vor dem zurückliegenden Mehrfamilienhaus. Beim ersten Schellen öffnet sich die Haustür.

»Nanu«, sagt Schulz. »Wartet er auf uns, um ein Geständnis abzulegen?«

»Was soll das? Was wollt ihr?« Reider kommt aus der Wohnungstür im Parterre, hat sie gleich als Polizeibeamte erkannt. »Habt ihr einen Beschluss? Sonst könnt ihr gleich verschwinden.« Er funkelt die Beamten böse an. »Ich kenne meine Rechte.«

»Jetzt mal ruhig, Reider«, trumpft Schulz auf. »Wir können Sie auch mit zur Wache nehmen.«

»Warum? Was wollt ihr mir anhängen, he? Ich habe nichts verbrochen.« Er schließt die Wohnung ab, ist schon an der Haustür, reißt sie auf. Kramer wirft sich dagegen. Die Tür fällt zurück ins Schloss. Reider holt mit der Faust aus. Kramer fängt den Schlag ab. Dreht ihm den Arm auf den Rücken.

Schulz legt ihm Handschellen an. »Können Sie uns erklären, was das Theater soll?«

»Fragen Sie meine Frau«, keucht Reider. »Sie ist an allem schuld. Ihre Affären …«

»Wir sind von der Mordkommission und nicht wegen Ihrer Ehestreitigkeiten hier. Sie werden verdächtigt, den Bewährungshelfer Windich aus Eifersucht in seinem

Büro ermordet zu haben.«

Reider sieht abwechselnd zu Schulz, zu Kramer. »Nein! Das lasse ich mir nicht anhängen. Keinen Mord. Ich kannte den Windich überhaupt nicht.«

»Sie kannten Windich nicht?« Kramer öffnet die Haustür, schiebt Reider hinaus. »Das haben wir anders gehört.«

»Von wem? Sagen Sie es mir. Wer erzählt so etwas?«

»Die Mitarbeiter Ihrer Exfrau«, erwidert Schulz. »Die haben uns von Ihren Kontrollanrufen berichtet. Gestern Nachmittag noch. Da haben Sie von der Verabredung mit Windich erfahren. Am Ende der Sprechstunde wurden Sie vor der Dienststelle gesehen.«

»Die Zeugen haben Sie eindeutig beschrieben, sogar Ihren Ring«, fügt Kramer mit Blick auf die Hand hinzu.

»Ja, sie sind alle gegen mich. Aber Sie ahnen ja nicht, was ich durchgemacht habe. Sie rennt jedem Mann hinterher. Dabei hatte ich sie aufgenommen, als sie völlig am Ende war. Ich habe für alles bezahlt. Für alles gesorgt.«

»Damit meinen Sie, alle Rechte an ihr erworben zu haben, oder was?«, fragt Kramer entrüstet und überlegt, wie Nina es mit dem Typen ausgehalten hat. Reider springt auf, will Kramer treten, doch er weicht dem Angriff aus.

»Es hat keinen Sinn«, meint Schulz. »Wir bringen ihn zur Wache. Auf der Zelle wird er sich beruhigen.«

Sie führen ihn zum Auto, bugsieren ihn auf die Rückbank. Schulz setzt sich neben ihn, Kramer steuert den

Wagen. Auf der Wache lassen sie ihn von Uniformierten auf eine Zelle bringen.

Beim Mittagessen in der Kantine schlägt Kramer dem Kollegen vor, die Freundin von Kastas, Jasmin Gerritz, für eine Gegenüberstellung zu holen. Sie hatte Reider zur Tatzeit vor der Dienststelle gesehen. Vielleicht würde er sich verunsichern lassen. Doch er hatte es nicht abgestritten. Schulz möchte erst nach einer erneuten Vernehmung weitere Schritte planen. Er scheint von der Eifersuchtstat abgerückt zu sein.

Bei der Anhörung informiert ihn Kramer über seine Rechte und die Aufzeichnung des Gesprächs.

»Ich bestreite nicht, an dem Abend vor der Bewährungshilfe gewesen zu sein«, betont Reider sofort, als hätte er das Gespräch in der Kantine belauscht. »Aber mit dem Mord habe ich nichts zu tun. Ich war nicht in dem Büro.«

»Erzählen Sie von Anfang an«, fordert Schulz ihn auf. »Von dem Moment an, als Sie über das Treffen Ihrer Exfrau mit Herrn Windich erfuhren.«

»Ich wollte Nina von der neuen Arbeitsstelle erzählen. Ihre Kollegin meinte, ich solle sie in Ruhe lassen. Sie sei von ihrem Chef zum Essen eingeladen worden.«

»Also entschlossen Sie sich, die beiden nach der Sprechstunde abzupassen«, stellt Kramer fest. Reider hat die Zeit auf der Zelle augenscheinlich beruhigt.

»Ich wollte mit ihm sprechen. Von Mann zu Mann. Verstehen Sie? Wollte ihm von meiner Arbeitslosigkeit erzählen und der neuen Chance. Meine Güte, das sind

Sozialarbeiter, die werden das verstehen.«

»Herr Windich zeigte kein Verständnis. Da sind Sie durchgedreht. War es so?«, unterbricht Schulz.

»Nein, so war es nicht. Ich hab doch gesagt, dass ich nicht im Büro war. Und Windich kam überhaupt nicht heraus. Die anderen stiegen in ihre Fahrzeuge und fuhren davon.«

»Da haben Sie geschellt.« Schulz beugt sich zu ihm vor.

»Nein, verdammt! Ich habe auf das Licht in seinem Büro geachtet. Er musste irgendwann kommen.«

»Kannten Sie sich auf der Etage aus?«, fragt Schulz. Kramer wundert sich immer wieder, dass bei der ruppigen Art seines Kollegen keiner die Vernehmung abbricht oder zumindest einen Anwalt verlangt.

»Nina hatte mir ihren Arbeitsplatz gezeigt, als unsere Ehe noch bestand. Verstehen Sie, ich wollte so tun, als würde ich ihm zufällig begegnen.«

»Wenig glaubwürdig am Ende der Sprechstunde, dazu genau vor der Dienststelle.« Schulz lacht.

Kramer spürt das Zittern in Reiders Stimme. »Deswegen habe ich mich auf der anderen Straßenseite versteckt. Ich wollte ihm folgen und den richtigen Zeitpunkt abpassen.«

»Was haben Sie von Ihrem Beobachtungsposten gesehen«, mischt sich Kramer ein. »Von dem Moment an, als die Frau den Corsa verließ, um einzukaufen.«

»Ein junger Typ mit einer Kappe ging rein. Kurze Zeit später verließ jemand die Dienststelle, nahm den Zettel von der Windschutzscheibe und wartete an dem Corsa. Der Typ mit der Kappe verließ die Dienststelle, unterhielt sich mit ihm und ging die Straße hinauf. Ich dachte, jetzt kommt Windich, doch er kam nicht.«

»Erzählen Sie weiter«, fordert Schulz ihn auf.

»Die Frau aus dem Corsa kehrte zurück. Sie stiegen ein und fuhren davon.«

»Was geschah dann? Lassen Sie sich nicht alles aus der Nase ziehen«, fährt sein Kollege ihn an. »Jetzt wird es interessant.«

»Es kam jemand aus der Dienststelle … er lief über die Straße. Ich hatte ihn vorher nicht gesehen, er musste die ganze Zeit in dem Gebäude gewesen sein. Ich hatte kein gutes Gefühl, wenn Sie wissen, was ich meine.«

»Nein, das wissen wir nicht. Das müssen Sie uns erklären.« Schulz kriecht mit seinem Blick förmlich in ihn hinein. Kramer hält sich zurück, um nicht zu lachen.

»Ich kann es nicht erklären. Manchmal hat man ein Gefühl, dass etwas nicht stimmt.«

»Können Sie uns den Mann beschreiben?«, kommt ihm Kramer freundlich entgegen. Wenn Reider den Täter beim Verlassen der Dienststelle beobachtet hat, ist er ein wichtiger Zeuge, den sie nicht verärgern sollten.

»Bei den Lichtverhältnissen konnte ich das Gesicht nicht genau erkennen. Ich möchte auch nichts Falsches sagen. Er trug einen Anorak oder so etwas Ähnliches. Jedenfalls setzte er eine Kapuze auf, als er die Dienststelle verließ.«

»Nachdem er Sie in der Einfahrt gesehen hatte?«,

setzt sein Kollege nach.

Er zuckt mit den Schultern. »Das könnte sein.«

»Wo ging der Mann hin?«, fragt Kramer.

»Er lief die Straße rauf in Richtung Ampel. Ich dachte, jetzt müsste Windich kommen. Stattdessen kam der Typ mit der Kappe zurück und ging in die Dienststelle. Dann sah ich Nina, wollte sie im ersten Moment aufhalten, mit ihr sprechen, ließ es aber sein. Kurze Zeit später flüchtete der Typ mit der Kappe aus dem Gebäude, er rannte auf dem Bürgersteig fast einen älteren Herrn um. Ich wollte nach Nina sehen, da kam sie und schrie, man solle ihn festhalten, er habe den Bewährungshelfer umgebracht. An den genauen Wortlaut erinnere ich mich nicht. Jedenfalls war kurze Zeit später alles voller Menschen. Polizeibeamte begleiteten Nina in die Dienststelle. Ich mischte mich unter die Schaulustigen und zog schnell weiter. Ich wollte nicht in die Sache reingezogen werden.«

»Noch einmal zu dem letzten Besucher, der die Dienststelle verließ, bevor der Typ mit der Kappe zurückkam.« Kramer zieht die Stirn kraus. »Können Sie ihn uns beschreiben? Ist Ihnen irgendetwas an ihm aufgefallen?«

»Das Gesicht konnte ich nicht erkennen. Er war normal groß, schlank, so ein Meter achtzig. Wenn ich darüber nachdenke, kam mir irgendetwas bekannt vor. Vielleicht sein Gang. Ich zerbreche mir den Kopf, ich erinnere mich nicht.« Reider schüttelt den Kopf.

»Wenn Sie sich erinnern, rufen Sie uns bitte sofort an.

Gut möglich, dass Sie den Täter gesehen haben.«
Kramer gibt ihm eine Visitenkarte, notiert einen Termin
für Dienstag um vierzehn Uhr im Polizeipräsidium. »Wir
werden mehrere Klienten für eine Gegenüberstellung
vorladen. Vielleicht erkennen Sie ihn darunter. Noch
etwas. Lassen Sie Ihre Exfrau in Ruhe! Sonst gibt es
Ärger, das verspreche ich Ihnen.«

Reider fährt mit einem zornigen Blick herum. »Hat sie
Ihnen Geschichten über mich aufgetischt? Sie übertreibt
wie alle Frauen.«

»Sagten Sie nicht, Sie wollten sie mit der neuen
Arbeitsstelle zurückgewinnen?«, fragt Schulz.

Reider wendet sich mit einem Schulterzucken ab.
»Kann ich jetzt gehen?«

Kramer öffnet die Bürotür und führt ihn zum Ausgang. Auf dem Weg lässt er sich die aktuelle Handynummer geben. »Wir werden Sie anrufen, wenn sich der
Termin zur Gegenüberstellung erledigt hat oder sich ver-
schiebt. Herr Reider …«

Der dreht sich zu dem Polizisten um.

»Wenn Sie etwas wissen, sagen Sie es uns. Solange
der Täter frei herumläuft, besteht die Gefahr, dass er
erneut zuschlägt. Vielleicht hat er Sie erkannt. Seien Sie
vorsichtig.«

Reider schüttelt den Kopf. »Ich werde schon mit ihm
fertig.«

»Ich kann Ihnen nur raten, uns anzurufen, wenn Sie
sich erinnern. Unsere Handynummer haben Sie.«

Kapitel 26

Sie erzählt ihm von der Schwangerschaft. Sie umarmen sich, wollen alles besser machen. Laden Windich ein. Besorgen Kuchen beim Bäcker um die Ecke, kochen Kaffee.

So hat er Sandra lange nicht gesehen. So eine Zuversicht. Sie will es perfekt haben, putzt die Fenster, staubsaugt, wischt alles ab, bis die Wohnung glänzt. Sie wählt die blaue Tischdecke, weiße Kerzen mit silbernen Ständern, ein Milchkännchen, weißes Geschirr, Servietten.

Windich entschuldigt sich an der Tür, er habe nicht viel Zeit mitgebracht. Sie überreden ihn zu einem Stück Kuchen, einem Kaffee, sind doch so aufgeregt. Platzen fast gleichzeitig mit der Neuigkeit heraus, beobachten, wie sich seine Gesichtszüge verhärten. Sie sollen sich überlegen, ob es der richtige Zeitpunkt ist, sie dem Kind ein stabiles Zuhause bieten können.

Die Stimmung kippt. Schweigen breitet sich aus. Windich verabschiedet sich schnell. Sie wirft den Kuchen und die Kerzen in den Abfall, räumt das Geschirr in die Spülmaschine. Die Zuversicht ist verschwunden. Die Depression kehrt zurück. Sie will das Kind nicht mehr, sondern wieder arbeiten. Sie streiten. Die Flamme ist erloschen, sie lässt sich nicht mehr entfachen. Sie spüren es beide. Sie lässt es abtreiben. Geht wieder auf die

Straße.

Er wacht auf. Sieht auf die Digitaluhr: 08:50. Zwei Stunden geschlafen. Er denkt an den Traum, an Sandra mit ihren langen braunen Haaren. Er hatte Erfahrungen mit Frauen, als er sie kennenlernte. Er muss sich korrigieren, es war für ihn das erste Mal. Sie hat ihn nicht ausgelacht. Hat ihn gestreichelt. Es war ein schönes Erlebnis. Sie beichtete ihm, von Männern Geld genommen zu haben. Es machte ihn an, wenn sie davon erzählte. Sie wollte für ihn anschaffen gehen, wollte nicht, dass er sie verlässt. Sie kannte die Plätze. Er fuhr sie nach Essen. Sie nannte den Preis, stieg in fremde Autos, kam mit dem Geld zurück. Es gefiel ihr, hart angefasst zu werden. Er sollte ihr mit dem Schlagstock drohen, damit sie das Geld mit ihm teilte. Sie liebte es, auf den Strich zu gehen. Kaufte kniehohe Stiefel und einen Lederminirock. Er zwang sie nicht, Tabletten und Alkohol zu nehmen, sie wollte es.

Er nimmt die Fernbedienung, zappt durch die Programme, bleibt bei den Nachrichten hängen. In dem Mordfall ist der Hauptverdächtige entlassen worden. Die Ermittlungen würden auf das private Umfeld des Opfers ausgedehnt. Es gäbe Hinweise auf eine Eifersuchtstat. Reicht ihnen der Raub als Motiv nicht? Die Angestellte hatte Lukas auf der Etage ertappt. Sie haben die Tatwaffe, das erbeutete Geld, mit dem er Drogen kaufen wollte. Hat er einen Verwandten bei Gericht, der seine Hand über ihn hält? Oder arbeitet er als Spitzel für die Bullen und soll sich in der Szene umhören? Er hatte an das Gerücht nicht geglaubt, konnte sich Lukas nicht als Spitzel vorstellen. Er ist so aufgeregt, dass er sich nicht rühren kann. Die Bullen sind ihm auf der Spur. Der Mann in der Einfahrt, die Bewährungshelferin im Taxi. Seine Gedanken vermischen sich, Realität und Traum. Geräusche von draußen machen ihn rasend. Er schwitzt stark, spürt den Drang, sich mit dem Nächstbesten zu schlagen. Er braucht die Tabletten. Hat gestern die letzten *Tavor* genommen. Als Sandra noch lebte, gab es immer einen Vorrat. Mit Mühe rafft er sich auf, wäscht sich, zieht sich an.

Es klopft an der Wohnungstür. Er denkt voller Panik an die Bullen. Nicht in dieser Verfassung. Er sieht durch den Spion. Die Nachbarin mit den Zwillingen. Er öffnet die Tür einen Spalt, bemerkt die verweinten Augen der Mutter.

»Ich muss zum Jobcenter«, sagt sie. »Würden Sie noch einmal aufpassen? Eine gute Stunde, dann bin ich zurück.«

Er zögert mit einer Antwort.

»Ich hatte einen Termin versäumt. Jetzt wollen sie die Leistung kürzen. Wenn es nur um mich ginge, aber für die Kinder brauche ich jeden Cent.«

Er nickt zustimmend.

»Ich habe sie aus der Schule abgeholt«, ergänzt sie. »Die restlichen Stunden sind ausgefallen.«

Schon sind die Mädchen in seiner Wohnung, bedankt sich die Mutter und verschwindet durch die Haustür. Er hat Toast und Nutella, die Zwillinge sind begeistert. Die kleine Küche verwandelt sich in einen Saustall. Sie möchten mit ihm spielen. *Uno* und *Mensch ärgere dich nicht.* Er will sich rausreden, dass er die Spiele nicht mehr habe. Sie glauben ihm nicht, wissen, wo er sie versteckt hat, kramen sie hervor. Er kann sich nicht konzentrieren, verliert ein Spiel nach dem anderen. Sie spüren, dass etwas nicht stimmt, sehen ihn seltsam an, fragen ihn, ob er wieder träumt oder krank ist. Er bestätigt, einen Termin beim Arzt zu haben. Sie sind nicht mehr so ausgelassen wie zu Beginn, warten auf ihre Mutter. Flitzen zur Tür, als sie endlich klingelt, flüstern mit ihr.

»Sind Sie krank?«, fragt sie. Jetzt, wo sie ihre Sachen erledigt hat, fällt es ihr auf.

»Kopfschmerzen, Schwindel. Ich gehe zum Arzt, lasse mir was aufschreiben.«

»Und ich halse Ihnen die Kinder auf, das tut mir leid. Sie haben vorhin nichts gesagt.«

»Das ist in Ordnung. Machen Sie sich keine Gedanken. Schließlich sind wir Nachbarn und Kinder lenken mich ab.« Er hat sich wieder unter Kontrolle. »Konnten Sie die Kürzung Ihrer Leistung abwenden?«, fragt er freundlich.

»Ja. Gut, dass ich hingefahren bin. Jetzt sehen Sie zu, dass Sie zum Arzt kommen.« Sie folgt den Mädchen, die vorgelaufen sind, dreht sich noch einmal um: »Ich möchte Sie am Dienstag zum Frühstück einladen, so um neun Uhr. Ich würde mich freuen, wenn Sie kommen.«

Er stimmt zu, meint, dass er gerne frühstückt und sich

darauf freut.

Kaum ist sie aus der Tür, könnte er schreien, gegen die Wand rennen. Er muss etwas tun, jetzt, sofort. Aber was? Er braucht die Benzos, um sich zu beruhigen. Das ist es.

Kapitel 27

Engel verlässt die Wohnung. Er nimmt die Bahn zur Ambulanz, bleibt an der Tür, um schnell wieder aussteigen zu können. Schon an der nächsten Haltestelle hält er es nicht mehr aus und läuft den restlichen Weg zu Fuß. Ist froh, die Ambulanz zu erreichen. Die Arzthelferin schickt ihn ins Wartezimmer. Er stößt fast mit dem langen Kastas zusammen, der in den Behandlungsraum geht. So nannte ihn Windich gestern, als er vor dem Büro lauschte. Ist er wegen ihm hier?

»Unsinn«, zischt er. Hält sich den Mund zu. Hat jemand mitgehört? Soll er fliehen? Sich auf der Toilette verstecken? Er sieht in die Gesichter der Patienten. Sie starren vor sich hin oder blättern in Zeitschriften. Niemand beachtet ihn. Sie haben eigene Probleme, denkt er und nimmt sich eine Ausgabe vom Stern, liest die Überschrift. *Verletzte Seele. Wie traumatische Erlebnisse unser Leben beeinträchtigen.*

Er kann sich nicht auf die Titelgeschichte konzentrieren, hält die Zeitschrift vor sein Gesicht, könnte ja sein, dass Kastas noch einmal hereinkommt. Er darf sich nicht in solche Ängste hineinsteigern, sondern muss einen klaren Kopf bewahren, sonst kriegen sie ihn. Kastas hatte ihn auf der Etage nicht gesehen. Der kann doch nicht durch Türen sehen.

Die Sprechstundenhilfe ruft ihn. Er erschrickt zu Tode, dabei soll er nur ins Behandlungszimmer gehen. Er braucht die Tabletten, schildert Dr. Kriem Sandras schrecklichen Selbstmord, den er nicht verarbeiten kann. Er berichtet vom Knast, dem Tod seiner Oma, von furchtbaren Panikanfällen und Schlafstörungen. Er spürt das Verständnis des Arztes, aber auch dessen mangelnde Zeit zu einem ausführlichen Gespräch. Er lenkt ab, fragt nach einem Rezept, er möchte eine größere Packung, 50 Tabletten a 2,5 mg. Der Arzt erhebt Einwände, verweist auf die Nebenwirkungen, die Gefahr einer Abhängigkeit. Engel wird schwindelig, er bekommt einen Schweißausbruch. Zittert wie auf Bestellung, übertreibt nur geringfügig. Eine Panikattacke erklärt er dem Arzt, doch was gibt es da zu erklären. Er verspricht, vorsichtig mit den Tabletten umzugehen, nicht mehr als eine am Tag zu nehmen. Dr. Kriem verschreibt ihm die gewünschte Menge. Engel verlässt die Ambulanz.

In der Apotheke um die Ecke fühlt er eine erneute Angstattacke, zurück an der frischen Luft nimmt er sofort eine Tablette und irrt durch die Straßen. Nach einer halben Stunde traut er sich, einen Friseurladen aufzusuchen mit wenig Kundschaft und wird sofort bedient. Er lässt sich die Haare super kurz schneiden. Später am Hauptbahnhof schluckt er noch eine Tablette, bevor er das Schließfach öffnet und den Rucksack herausholt. Er geht zum Waschsalon am Nordring, stopft die Sachen mit viel Waschpulver in einen Automaten. Während er wartet, bis alles fertig ist, überkommt ihn zum ersten

Mal so etwas wie Ruhe. Er wirft die Sachen in den Trockner und wartet erneut. Überlegt, ob er den Rucksack mitnehmen soll in seine Wohnung, doch traut sich nicht. Wenn die Bullen bei ihm auftauchen, wovon er überzeugt ist, möchte er nichts im Haus haben, was ihn mit Windich verbindet. Was ist mit dem Schlagstock? Den kann er nicht mitnehmen. Wegwerfen will er ihn auch nicht. Er bringt den Rucksack mit dem Schlagstock zurück zum Bahnhof. Das Schließfach ist belegt. Seine Hände zittern. Was soll er machen? Es sind alle Schließfächer besetzt. Das gab es noch nie. Ein Zeichen? Er geht in die Bahnhofsbuchhandlung, blättert in den Zeitschriften. Sieht zwischendurch zu den Schließfächern. Eine ältere Dame mit einem kleinen Hund biegt um die Ecke. Schon ist er da, beobachtet, wie sie ein Schließfach öffnet, einen Koffer herausnimmt. Sie lächelt ihm zu und verschwindet. Er schiebt den Rucksack hinein, hat abgezähltes Geld, zieht den Schlüssel ab. Auf dem Rückweg fühlt er sich besser, wenn nur die Müdigkeit nicht wäre. Es sind die Tabletten. In der Wohnung wird er sich ausruhen. Er hat viel geschafft, darf sich nicht überfordern. Vor der Haustür fällt ihm ein Fahrzeug auf. Zwei Männer beobachten die Straße. Warten sie auf ihn oder redet er es sich ein? Er könnte rumlaufen, bis sie verschwunden sind, möchte aber nicht, dass sie bei der Nachbarin schellen, um sich nach ihm zu erkundigen. Er geht ins Haus, in seine Wohnung, betrachtet im Bad seine neue Frisur. Schon klingelt es an der Tür.

Er gurgelt mit einer Mundspülung. Sagt sich, dass er Ruhe bewahren muss. Kommen Sie nur zu ihm oder besuchen sie alle Klienten von Windich? Nur gut, dass er die Sachen im Schließfach gelassen hat. Der Schlüssel, wo ist der Schlüssel? Er kramt ihn aus seiner Jacke, zieht den Schuh aus, um ihn in einem Strumpf verschwinden zu lassen. Zwängt den Fuß eilig zurück in den Schuh. Es schellt schon wieder. Sie haben ihn beobachtet, als er kam, wissen, dass er zuhause ist. Er betätigt die Toilettenspülung. Drückt die Haustür auf, mustert die beiden Beamten durch den Spion, bevor er sie hereinlässt.

»Entschuldigung. Ich war auf der Toilette.«

Sie weisen sich aus, sehen sich in der Wohnung um. Es gefällt ihm nicht. Der schäbige PVC-Boden ist vom Vormieter, die Fenster sind nicht geputzt und Kleidungsstücke fliegen überall herum. Die Schlafcouch hat er lange nicht eingeklappt, das Bettzeug müsste gewaschen werden. Die Wohnung ist für drei ausgewachsene Männer viel zu klein. Gibt es irgendwas, das ihn mit dem Mord in Verbindung bringen könnte? Seine Pflanzen! Die fallen in dem Schmutz auf. Warum hatte er die Birkenfeige in das Büro geschleppt? So ein Wahnsinn! Die Beamten werden einen Zusammenhang herstellen. Er muss vorsichtig sein. »Fällt wenig Tageslicht herein«, entschuldigt er sich. Warum eigentlich? Warum entschuldigt er sich? Schon plappert er weiter: »Ich bin auf der Suche nach Arbeit, möchte mich nicht auf Bochum festlegen, verstehen Sie? Das Ruhrgebiet verliert Arbeitsplätze, da bin ich ein gebranntes Kind, habe bei Opel gearbeitet. Sicher, es kommt Ersatz, aber wer nimmt mich mit der Vorstrafe? Heute muss man zu einem Ortswechsel bereit sein. Sobald ich weiß, wohin es mich verschlägt, miete ich dort eine Wohnung an, größer und vor allem heller. Ich bin ungebunden, mobil! Möchte es auch bleiben.« Warum schweigen die Bullen? Sie glotzen ihn nur an. Das verunsichert ihn, er hält es nicht aus, redet weiter: »Sie werden verstehen, dass ein Umzug vorher keinen Sinn macht. Ich fahre nicht gerne endlos zur Arbeitsstelle hin und her. Es schädigt auch die Umwelt.«

Sie antworten nicht, dabei hat er gut argumentiert. Sie stehen nur da, um ihn zu verunsichern. Er sollte fragen, warum sie hier sind, statt ihnen zu erklären, warum er in dieser Absteige wohnt. Mit seinen Rechtfertigungen macht er sich noch verdächtig. Erst mal hören, was sie zu sagen haben. Er bittet sie, ihm in die Küche zu folgen.

»Entschuldigen Sie mein Gerede. Die Enge in der Wohnung stört mich. Aber deswegen sind Sie nicht gekommen. Darf ich fragen, weswegen Sie hier sind?«

»Wir möchten mit Ihnen über den gewaltsamen Tod Ihres Bewährungshelfers sprechen«, sagt Kramer in einem freundlichen Ton.

»Ja, das habe ich mir gedacht. Schrecklich! Ich bin geschockt. Deswegen rede ich so viel. Ich kann mich nur entschuldigen.« Wie er das so ruhig sagen kann. Gut, dass er bei Dr. Kriem war. Er darf sich nicht zu sicher fühlen, sollte nur ihre Fragen beantworten. *Zweiundzwanzig, dreiundzwanzig …* zählt er leise vor sich hin.

Schulz fragt ihn: »Waren Sie gestern bei Ihrem Bewährungshelfer? Sie werden verstehen, dass wir alle Klienten danach fragen müssen.«

»Nein, ich wollte ihn in der nächsten Woche aufsuchen, um ihm eine Bescheinigung über meine geleisteten Sozialstunden vorzulegen.« Auf der Etage hatte ihn keiner gesehen, da ist er sich ganz sicher. Oder? Was ist, wenn er jemand übersehen hat?

»Sind Sie mit einem DNA-Test einverstanden?«, fragt Schulz.

Er lässt sich darauf ein. Ungern. Aber wenn er ablehnt, macht er sich verdächtig, dann besorgen sie einen richterlichen Beschluss. Im Büro von Windich werden sie Spuren von allen Klienten finden. Außerdem hatte er sich mit der Verkleidung geschützt und Windich keine Gelegenheit zur Gegenwehr gelassen.

»Aus den Akten geht hervor, dass Ihre Bewährung in Recklinghausen widerrufen wurde, weil Sie keinen Kontakt zu Ihrem Bewährungshelfer hielten. Auch kamen Sie den Sozialstunden nicht nach.«

Er spürt den scharfen Blick von Schulz. Hoffentlich fragt der nicht nach einer Bescheinigung über die geleistete Arbeit. Als gäbe es nichts Wichtigeres als diese verdammten Sozialstunden. Daran krankt alles, an diesen Nebensächlichkeiten. Er sucht nach einer Ausrede. Leere im Kopf.

»Wir besuchen zuerst die Klienten, deren Aussetzung der Strafe auf Antrag des Bewährungshelfers widerrufen wurde«, ergänzt der freundliche Bulle.

»Da bin ich nicht der Einzige.« Viel zu schnell, denkt er. Warum beruhigen ihn die Tabletten nicht?

»Wie meinen Sie das?«, fährt der andere Bulle ihn an, dass ihm für den Moment schwindelig wird.

Zweiundzwanzig, dreiundzwanzig. »Ich meine, dass Herr Windich nicht lange fackelte, wenn jemand gegen gerichtliche Auflagen verstoßen hat. Dafür war er bekannt. Bei mir ist es einige Zeit her, da ist die Wut verraucht. Außerdem verabscheue ich Gewalt. Ich setze uns mal einen Kaffee auf. Dabei können Sie ruhig Ihre Fragen stellen.« Jetzt nicht zittern, nur nicht zittern. Sechs Löffel in den Filter. Wasser dazu. Einschalten. Sich ihnen zuwenden. Lächeln.

»Also war Herr Windich schuld, dass Sie in den Knast mussten«, sagt Schulz in einem Ton, als würde er davon sprechen, wie sich die Äste im Wind biegen.

»Wenn Sie meinen.« Engel hat sich gefangen. Offenbar halten sie ihn für dumm. Das ist seine Chance. Er wendet sich an den anderen. »Es lag an meinem Verhalten, nicht an Herrn Windich, so einfach mache ich es mir nicht. Ich war überfordert. Meine Freundin litt an Depressionen und Angstzuständen, sodass ich ständig bei ihr sein musste. Von der Schwangerschaft erhofften wir uns neuen Lebensmut. Im nächsten Moment trieb sie ab. Verstehen Sie? Ohne mir ein Wort zu sagen. Ich habe mich hängen lassen, bin nicht mehr zum Grünflächenamt gegangen, auch nicht zum Bewährungshelfer. Es war mir alles egal. Irgendwann kam der Widerruf, später die

Ladung zum Strafantritt. Ich habe die Post zerrissen. Ihre Kollegen holten mich zur Haftverbüßung ab. Ich habe mich nicht versteckt, sondern auf sie gewartet. Zum ersten Mal im Knast. Die Zeit war hart. Ich habe viel daraus gelernt. Es wird mir nicht mehr passieren.«

»Es ist Ihnen passiert! Sie sind wieder straffällig geworden.« Schulz glotzt ihn immer noch an. Er nimmt ihm übel, sich so geschickt herausgeredet zu haben.

Ruhig bleiben, ganz ruhig. »Ja, eine Dummheit. Mein Notebook war nach meiner Entlassung verschwunden. Ich hatte nicht genug Geld, um mir ein Neues zu kaufen, wollte auch nicht darauf verzichten. Was soll ich Ihnen sagen, es gibt keine Entschuldigung. Ich habe dem Richter alles gestanden, mit Glück die Bewährung erhalten. Diesmal erfülle ich die Auflagen. Herr Windich versprach, mir nach den Sozialstunden bei der Arbeitssuche zu helfen.« Genial! Wenn auch nicht ganz stimmig mit den überregionalen Bewerbungen. Er blickt zu den Bullen, sie scheinen es nicht bemerkt zu haben. Aber selbst wenn, er kann sich immer noch herausreden, eine Arbeit in Bochum wäre ihm lieber.

»Die Beziehung zu der depressiven Freundin zerbrach während der Haft«, stellt Schulz fest. »Habe ich das richtig verstanden?«

Die Sprünge setzen ihm zu. Er kann nicht so schnell umschalten, muss sich seine Antworten genau überlegen. Woher wissen die Bullen von Sandra? Sie scheinen im Vorfeld recherchiert zu haben. Keine vierundzwanzig Stunden vergangen, schon haben sie sein Leben durchleuchtet. Oder hatte er es selbst in Verbindung mit dem Notebook erwähnt? Er muss sich konzentrieren, wenn nur der Schwindel in seinem Kopf nicht wäre. Wenn er den Selbstmord verschweigt, nageln sie ihn darauf fest. Wenn er ihn andeutet, gibt es einen Grund mehr, ihn zu verdächtigen.

Nah an der Wahrheit bleiben, sonst verwickeln sie dich in Widersprüche, mahnt die innere Stimme.

»Ich sagte bereits, dass meine Freundin an Depressionen litt. Sie war bei Dr. Kriem in Behandlung. Erhielt Antidepressiva und Schlafmittel. Vielleicht hatte ich die Haft provoziert, um mich von ihr zu lösen, verstehen Sie? Ohne ein schlechtes Gewissen wegen ihrer Erkrankung zu haben. So eine Depression zieht einen in den Bann, das kann ich Ihnen sagen. Ich konnte ja nicht damit rechnen, dass sie sich von der Brücke stürzt, wenn ich nicht mehr bei ihr bin. Sie fuhr gerne in die Altstadt nach Hattingen. Auf dem Rückweg ist es passiert. Sie wollte nicht in die leere Wohnung, so stelle ich es mir vor.« Er macht eine Pause, sieht die beiden Beamten an. Zählt: *zweiundzwanzig, dreiundzwanzig.*

»Wollen Sie damit andeuten, dass Ihre Freundin während Ihrer Haftverbüßung Selbstmord beging?«

Er nickt Kramer zu, ohne ein Wort zu sagen, sieht zu Boden und reibt sich die Augen.

»Sicher ein schwerer Schock für Sie.«

Was für eine Heuchelei. Als würde er darauf hereinfallen. Nein, er lässt sich nicht einwickeln, da können sie sich noch so verständnisvoll geben. »Ich erhielt nicht mal Ausgang für die Beerdigung. Weil ich mich nicht zum Strafantritt gestellt hatte, das war die Begründung der Anstaltsleitung. Fluchtgefahr! Aber es ist vorbei. Das Thema hat sich für mich erledigt. Auch wenn Sie das als herzlos empfinden. Man kann die Vergangenheit nicht zurückholen, das hatte Herr Windich auch gesagt, als ich ihn in Bochum wiedersah. Er zeigte Verständnis für meine Situation.« Er will sich für seinen geschickten Schachzug loben, da holt Schulz aus.

»Erzählen Sie nichts! Das war der totale Albtraum, Windich in Bochum wiederzusehen. Ausgerechnet der Bewährungshelfer, der Sie in Recklinghausen in den Knast gebracht hatte.«

Engel entgleitet das Mienenspiel. Er könnte dem aufgeblasenen Bullen mit der Faust ins Gesicht schlagen, dreht sich zum Schrank um und hat sich nach wenigen Sekunden wieder unter Kontrolle. Er stellt die Tassen auf den runden Tisch, holt Milch aus dem Kühlschrank, Zucker aus dem Hängeschrank. Bewundert seine ruhigen Hände.

»Ehrlich? Ich hatte mich gefreut, Herrn Windich in Bochum zu sehen. Das werden Sie nicht verstehen. Sie haben eine Familie, Freunde. Ich war allein, als ich aus dem Knast kam. Da freut man sich über ein bekanntes Gesicht, braucht seine Geschichte keinem Fremden zu erzählen. Windich hatte meine Freundin gekannt, mit ihm konnte ich über ihre Krankheit sprechen. Er zeigte Verständnis dafür, dass ich meine Kraft verloren habe.« Ist er von Sinnen? Sich auf das Thema einzulassen.

Bremsen, bremsen. Er darf nicht zu dick auftragen, sonst spüren sie die Wut hinter seinen Worten. Als hätte sich Windich jemals für ihn interessiert. Er würde die Bullen am liebsten rausschmeißen, aber muss sich beherrschen, immer wieder sagen, es geht vorbei, und zählen: *zweiundzwanzig, dreiundzwanzig.*

»Möchten Sie Milch oder Zucker zum Kaffee?« Er gießt die Tassen ein, könnte sie in das andere Zimmer führen, ihnen eine Sitzgelegenheit auf seiner Couch anbieten. Nein, sie verschwinden früher, wenn sie den Kaffee im Stehen trinken müssen. Außerdem mag er keine fremden Leute auf der Schlafcouch, zugeklappt oder nicht.

»Warten Sie.« Er holt eine Dose Plätzchen aus dem Schrank, öffnet sie, stellt sie in die Mitte des Tisches.

»Nehmen Sie Medikamente?« Der gute Bulle trinkt einen Schluck Kaffee.

Engel ist im ersten Moment verdutzt. Merkt man es ihm an? Sind seine Reaktionen verlangsamt? Das kann nicht sein, für ihn geht alles zu schnell. Trotzdem ist es besser, es zuzugeben. »Ich bin in Behandlung bei Dr. Kriem. Er verschreibt mir was zur Beruhigung, wenn es notwendig ist. Ich möchte nicht wieder mit Drogen anfangen.«

»Wann waren Sie das letzte Mal bei Dr. Kriem?«

Der böse Bulle hat seinen Kaffee noch nicht angerührt. Ein Zeichen, dass er ihn verdächtigt. Die Frage ist tückisch. Soll er zugeben, dass er am Morgen dort war? »Vor einigen Wochen«, rutscht es ihm heraus. Er spürt im gleichen Moment, dass es ein Fehler war. Er hat sich vorgenommen, nah an der Wahrheit zu bleiben. Am Ende hat der lange Kastas es den Bullen gesteckt. Nein, unmöglich, er kennt ihn gar nicht. Er zieht die Stirn in Falten.

»Heute waren Sie nicht bei Dr. Kriem?«

Die Frage von Schulz hämmert in seinem Kopf. Seine Lippen zittern. Der Bulle weiß es. Wenn es Kastas nicht war, kann es nur bedeuten, dass die Ambulanz überwacht wird. Wie konnte er die Möglichkeit übersehen? Sie rechnen damit, dass der Täter sich Medikamente holt, ist doch klar. »Ja, der Tod des Bewährungshelfers hat mir zugesetzt. Als ich die Nachrichten im Fernseher sah, konnte ich nicht mehr schlafen, dachte an den Tod von Sandra und meiner Oma. Die Menschen um mich herum sterben, verstehen Sie? Ich habe Dr. Kriem gesagt, dass ich die Tabletten nur einnehme, wenn ich nicht zur Ruhe komme. Sie können ihn fragen.« Noch einmal die Kurve gekriegt, hofft er.

»Was hat Dr. Kriem Ihnen verschrieben?«, fragt Kramer. Gleich will er die Dose sehen und feststellen, dass zwei Tabletten fehlen. Aber ist es wichtig?

»*Tavor*, ein Benzodiazepin! Ich habe eine Tablette genommen, als ich von der Ambulanz zurückkam. Wollte mich auf die Couch legen, um zu schlafen. Eine Stunde Schlaf wirkt Wunder. Die Geschichte regt mich zu sehr auf.« Sie kriegen mich nicht, freut er sich.

»Dürfen wir einen Blick in die einzelnen Zimmer werfen?«, fragt Schulz.

»Ja. Sicher. Außer der Küche und dem Bad habe ich nur das Wohnzimmer mit der Ausziehcouch.« Engel zwingt sich, einen Schluck Kaffee zu trinken. »Sehen Sie sich in aller Ruhe um.« Er versucht ein Lächeln.

Der böse Bulle geht ins Wohnzimmer und ins Bad. Kramer bleibt bei ihm in der Küche.

»Kennen Sie einen Wolfgang Reider?«

Engel zieht die Stirn in Falten, als würde er überlegen. Seit der Schließung von Opel hat er ihn nicht mehr gesehen. Er muss vorsichtig sein. »Wolfgang Reider? Wer soll das sein? Ich habe kein gutes Namensgedächtnis. Vielleicht, wenn ich ihn sehe.«

»War nur eine Idee. Hätte ja sein können.«

Der andere Bulle kommt aus dem Wohnzimmer zurück. »Engel. Ist das Ihr Spitzname?«

Wie kommt der Bulle darauf? Sie gönnen ihm keine Zeit zum Nachdenken.

»Das Herz vor dem Fenster. Die Gravur. Von Ihrer verstorbenen Freundin?«

»Ja. Das Herz ist von ihr. Entschuldigen Sie!« Er wendet sich ab, der Schreck steckt ihm in allen Gliedern. Er nimmt ein Taschentuch aus dem Schrank, als wollte er bei dem Gedanken an Sandras Herz Tränen abwischen.

»Das war schon alles«, sagt Kramer an der Wohnungstür. »Wenn wir noch Fragen haben, hören Sie von uns. Danke für den Kaffee.« Der andere folgt ihm. Engel will aufatmen, da dreht sich Schulz zu ihm um.

»Wir haben eine Gegenüberstellung im Polizeipräsidium mit einzelnen Klienten geplant. Dienstag um vierzehn Uhr an der Uhlandstraße. Seien Sie bitte pünktlich! Sie bleiben doch bei Ihrer Aussage, gestern nicht bei Herrn Windich gewesen zu sein?«

Der Beamte will ihn provozieren. »Ich war nicht bei Herrn Windich. Gottseidank nicht!«

Der andere dreht sich an der geöffneten Wohnungstür zu ihm um. Ein leichtes Zittern überfällt ihn. Er hatte wirklich gedacht, sie würden verschwinden. Dazu kommen Geräusche auf dem Hausflur. Fehlt noch, dass die Nachbarin mit den Kindern dazukommt und ihn vor den Bullen auf den neuen Kurzhaarschnitt anspricht. Er prescht vor und schließt die Wohnungstür.

»Alois Degen kennen Sie, oder?«, fragt Kramer.

Der Bulle hat Degen auf dem Foto im Flur erkannt. Jetzt packen sie die richtigen Fragen aus. »Sandra kannte seine Freundin. Neben ihm auf dem Foto. Es ist einige Zeit her.« Ob sie etwas von dem Parfüm wissen? Kramer sieht aus, als würde er eins und eins zusammenzählen.

»Im Bad haben Sie prächtigen Farn vor dem Fenster. Bedarf die Pflanze einer besonderen Pflege?«

Engel weiß sofort, worauf der Bulle anspielt. Er darf sich nichts anmerken lassen, kann es ja nicht wissen. »Farn wächst überall, wo es feucht ist. Meine Nachbarin kennt sich aus, sie berät mich.« Was erzählt er da? War es gut? Hauptsache, sie befragen nicht die Nachbarin.

»Die Hängepflanzen im Wohnzimmer wirken auch sehr gepflegt«, setzt Schulz nach.

»Danke. Ich habe einen grünen Daumen, meint die

Nachbarin. Aber wichtiger ist der Standort. Das habe ich von meiner Oma gelernt.« Wie kann er das zugeben? Daraus basteln sie in ihren Besprechungen eine Mordtheorie.

»Denken Sie an die Gegenüberstellung am Dienstag um zwei Uhr«, erinnert Schulz. »Bringen Sie Ihren Ausweis mit.«

Engel notiert den Termin demonstrativ auf einem Kalender im Flur.

»Falls Ihnen noch etwas einfällt, rufen Sie uns an.« Schulz reicht ihm eine Visitenkarte, bevor er mit seinem Kollegen die Wohnung verlässt.

Länger hätte er die Fassade nicht aufrechterhalten können. Er spürt die Müdigkeit im Körper, nimmt sich die Decke und legt sich auf die Couch. Die Gegenüberstellung behagt ihm gar nicht. Obwohl ihn keiner gesehen hat. Degen war nicht da, Briest kam nicht ins Wartezimmer. Der lange Kastas auch nicht. Oder geht es um den Unbekannten in der Einfahrt oder um die Bewährungshelferin an der Ampel? Er hat mit seiner Oma immer Schach gespielt, sie können ihm nichts vormachen. In den Medien hieß es, eine Angestellte hätte den toten Bewährungshelfer gefunden. Er versucht, sich an die Namen der Mitarbeiterinnen auf seiner Skizze zu erinnern. Reider und Wende. Er schreckt auf. Kramer hat ihn vorhin nach Wolfgang Reider gefragt. Der war für kurze Zeit sein Vorgesetzter, hatte sich wie ein Gott benommen und ihn ständig kontrolliert. Wenn es sich bei der Gegenüberstellung um Reider handelt, muss er sie unter allen Umständen verhindern. Dieser Kontrolleur wollte seine Frau auf frischer Tat mit Windich erwischen und hat ihn beim Verlassen der Dienststelle erkannt. Aber dann hätten die Bullen ihn festgenommen. Reider wird sich unsicher sein. Wird er ihn trotz Kurzhaarschnitt als den identifizieren, der die Bewährungshilfe vor dem Eintreffen von Lukas Briest verlassen und mit dem Keil das Schließen der Tür verhindert hat? Dann ist er verloren. Er muss die Gegenüberstellung verhindern. Es gibt kein Zurück mehr, wenn er nicht lebenslänglich hinter Gittern verschwinden will.

Kapitel 28

Nina Reider hat endlose Zeit vor dem Spiegel verbracht, um die richtigen Sachen, das richtige Make-up für die Verabredung zu finden. Nicht zu bieder, nicht zu auffällig. Rock oder Hose? Auf keinen Fall die Sachen von gestern. Keine Erinnerung daran aufkommen lassen. Schwarzer Pulli, Jeans und Chucks, dazu ihre helle Lederjacke.

Wolle war an ihrer Aufmachung nie interessiert, schimpfte höchstens, wenn sie sich zu reizvoll kleidete. Es reichte ihm, sie zu besitzen. Einsperren, fertig! Das will er offensichtlich immer noch. Sie verlässt die Wohnung, sieht sich nach ihrem Exmann um. Er scheint nicht da zu sein. Sie läuft zur nächsten Haltestelle, steigt in die Bahn.

Im Café Konkret ist kein Christian Kramer zu sehen. Warum ist sie immer pünktlich und die Herren nicht? Sollte das nicht umgekehrt sein? Sie stellt sich an einen Stehtisch, nimmt sich vor, genau eine halbe Stunde zu warten. Da sieht sie ihn an der Tür. Lederjacke, Jeans. Er kommt auf sie zu, führt sie zu einem freien Tisch am Fenster und bietet ihr gleich das Du an. Die Kellnerin nimmt die Bestellung auf. Milchkaffee, Wasser, eine Kleinigkeit zu essen. Sie reden über den Verstorbenen, die Arbeit bei der Bewährungshilfe und der Mordkommission. Das Essen wird serviert. Der Abend verfliegt. Mal erzählt er, mal sie, als gäbe es eine geheime Vereinbarung. Dazwischen bestellen sie Altbier. Sie plaudert Sachen aus, die sie Wolle nie anvertraut hatte, nur ihrer besten Freundin. Sie schwärmt von Anna. »Wir verbringen die meiste Zeit zusammen. Das war schon früher so, unsere Eltern ließen uns gewähren. Meine Mama kümmerte sich um den kranken Bruder. Papa war ständig beruflich unterwegs. Irgendwann interessierten wir uns für Jungs. Mit vierzehn passierte es. Ich hatte auf einer Fete zu viel getrunken. Blieb mit ihm zusammen. Papa regte sich auf, als er meine Pillendose fand. Warum erzähle ich das alles? Reden wir über dich.«

»Da gibt es nicht so viel zu erzählen. Ich habe in dem Alter Fußball gespielt in einem kleinen Verein in Linden.«

»Wie kommt ein Fußballer zur Polizei?«

Er zögert. Schweigen. Dann: »Mein Vater hatte einen Banküberfall beobachtet. Statt wegzulaufen, hat er sich den Flüchtigen in den Weg gestellt. Sie haben ihn erschossen.«

»Schrecklich! Und deine Mutter?«

»Sie ist drei Jahre später an Krebs gestorben. Hat seinen Tod nicht verkraftet. Mein Bruder und ich haben uns bei der Polizei beworben, er arbeitet in Düsseldorf, ich in Bochum, wie du weißt. Wir sehen uns regelmäßig. Wahrscheinlich versuchen wir immer noch, die Täter zu fassen, die unsere Eltern auf dem Gewissen haben, obwohl die längst hinter Gittern sind. Wann hast du Wolfgang Reider kennengelernt?«

»Nachdem ich die Beziehung zu dem ersten Typen endlich beendet hatte. Ich war sechzehn. Er war älter, mich interessierten nur Ältere. Ohne Wolle weiß ich nicht, wo ich gelandet wäre. Er drängte sich in mein Lolita-Leben. Es reichte ihm, mit mir ins Kino zu gehen, oder mich im Schwimmbad im Bikini zu sehen. Es gefiel mir nach den anderen Abenteuern, ich stellte ihn meinen Eltern vor. Mit achtzehn zogen wir zusammen, als ich die Ausbildung bei der Justizverwaltung aufnahm. Seine Kontrollwut nahm erst nach der Schließung von Opel absurde Formen an, als er arbeitslos wurde. Ich durfte mit keinem mehr sprechen. Er prüfte mein Handy, meine Kommunikation im Internet. Rechnete mir vor, wann ich von der Arbeit, von einem Einkauf zurück sein musste. Jede Wartezeit an der Kasse brachte mich ins Schwitzen. Zuletzt fing er an zu saufen, da wurde es ganz schlimm.« Sie erzählt Christian von den Schlägen und ihrem spontanen Entschluss, zu Anna zu ziehen. »Ich glaube, ich werde sie nicht mehr verlassen. Was hat Wolle bei der Anhörung gesagt?«, fragt sie schließlich.

»Er weckte nicht den Eindruck eines Mörders«, wenn du das meinst. »Doch er war am Tatort und hat den Täter beim Verlassen der Dienststelle gesehen. Wir hoffen auf eine Gegenüberstellung mit einigen Klienten.« Kramer sieht sie an.

Sie nimmt allen Mut zusammen. »Wartet jemand auf dich oder lebst du allein?«

»Karla. Sonst niemand.« Ein Lachen in seinen Augen.

Das war ihr klar, dass solche Männer eine Frau an der Seite haben. »Seid ihr schon lange zusammen?«

»Meine Freundin hat die Katze zurückgelassen, als wir uns trennten.«

Sie lacht und boxt ihn. Sie schlendern zum Schauspielhaus. »Lässt du Karla viel allein?«

»Wenn ich unterwegs bin, passt eine Nachbarin auf.« Er besteht darauf, sie zu ihrer Wohnung zu begleiten. Wolle könnte ihr auflauern. Sie ist heilfroh darüber und fragt ihn an ihrer Haustür, ob er noch einen Absacker mit ihr trinkt. Von ihrer Angst, in der Wohnung allein zu sein, spricht sie nicht. Er lässt sich überreden. Im Wohnzimmer reicht sie ihm eine Flasche Wein und einen Öffner. Er gießt die Gläser ein. Sie reden, hören Musik im Hintergrund. Es schellt an der Tür. Über die Sprechanlage meldet sich Wolle, er will unbedingt mit ihr sprechen.

»Auf keinen Fall«, entgegnet sie. »Ich schlafe schon, fahre morgen in aller Frühe zu Anna. Sie ist im Sauerland bei ihrer Mutter.« Sie ärgert sich, das ausgeplaudert zu haben.

Wolle schreit los, beschimpft sie, beleidigt sie über die Sprechanlage. »Wen hast du heute mitgenommen? Du weißt, dass ich alles rauskriege.«

»Das geht dich nichts an. Versteh endlich, dass unsere Beziehung vorbei ist!« Sie geht zurück zu Christian.

»Ist er das?«, fragt Kramer.

»Ja, er ahnt, dass jemand hier ist. Ich habe ihm verraten, dass Anna im Sauerland ist.«

»Halte ihn hin, wenn er noch mal schellt. Ich flitz runter und nehme ihn für eine Nacht in Gewahrsam.«

»Würde es dir etwas ausmachen, bei mir zu übernachten? Auf der Couch meine ich. Ich möchte nicht allein sein.«

»Überhaupt nicht!«, lacht er.

Sie gibt ihm eine Zahnbürste und ein Handtuch, zieht sich ins Schlafzimmer zurück. Fremde Geräusche schrecken sie auf. Sie überlegt, ob sie die Balkontür geschlossen hat und ob da jemand hochklettern kann. Sie hastet ins Wohnzimmer, erkennt ihren Exmann. Er stürzt sich mit einem Stock auf Christian, der geschickt ausweicht, den Stock ergreift und Wolle gegen die Wand schleudert. Alles passiert in wenigen Sekunden.

»Bist du durchgedreht?«, ruft sie Wolle zu. »Das wird ein Nachspiel haben, darauf kannst du dich verlassen!«

»Den bring ich zur Wache«, keucht Kramer. »Da kann er seinen Rausch ausschlafen.«

»Was ist das für eine Nummer? Bist du mit dem Bullen zusammen? Verdammte Scheiße!«, stottert Wolle.

Kramer greift nach seiner Jeans, die vor dem Bett liegt. Wolles Stimme klingt weinerlich.

»Ich habe nichts verbrochen.«

»Und Ihr Auftritt eben? Ich kann Ihnen sagen, da kommt einiges zusammen. Hausfriedensbruch. Einbruch. Körperverletzung.«

Kramer verheddert sich bei der Jeans. Das reicht.

Wolle rennt in den Flur, aus der Wohnung. Kramer will hinterher, stolpert über die Hosenbeine, fällt auf die Couch. Nina hört, wie Wolle die Treppe hinunterläuft. Sie sieht Christian an, kann einen Lachanfall nicht unterdrücken. Er rappelt sich auf, knöpft die Jeans zu.

»Der ist über alle Berge«, lacht Nina. »Denk nicht, du könntest mich jetzt allein lassen. Nicht vor morgen früh. Echt nicht.« Sie lacht, hat das Bild vor Augen, wie Christian über die eigenen Hosenbeine stolperte.

»Hast du noch ein Bier im Kühlschrank?«, findet er seine Sprache wieder.

»Aber sicher«, lacht sie. »Ich hole dir eins. Lass uns zusammen noch einen Film gucken, ja? Schlafen kann ich jetzt nicht mehr.« Sie einigen sich auf eine Komödie.

Kapitel 29

Samstagmorgen. Christian Kramer hat Brötchen beim benachbarten Bäcker gekauft, Nina in der Zeit den Frühstückstisch gedeckt und Eier gekocht.

»Ich hätte versuchen sollen, ihn noch zu erwischen«, meint Christian. »Habe kein gutes Gefühl, dass er draußen rumläuft. Über sein Handy ist er nicht zu erreichen.«

»Hast du die richtige Nummer?«, fragt sie.

»Ich habe sie mir auf der Wache von ihm geben lassen.«

Nina entschuldigt sich. »Ich bin schuld. Meine verdammte Angst, allein zu sein. Ich hoffe, dass sie sich wieder legt. Aber ehrlich, du hättest ihn gestern Nacht nicht mehr erwischt. Der war über alle Berge.« Sie lacht, denkt daran, wie Christian sich beim Anziehen der Jeans verhedderte und auf die Couch fiel.

»Schadenfroh bist du nicht, oder?«

»Entschuldige, ich darf nicht dran denken.« Sie kann sich kaum beruhigen. Verschluckt sich. Er klopft ihr kopfschüttelnd auf den Rücken.

Nach dem Frühstück packt Nina ein paar Sachen ein. Über das Telefon informiert sie ihre Freundin, dass es etwas später wird. Vor ihrem Twingo umarmt sie Christian und bedankt sich für den Abend. »Hoffentlich ist

Wolfgang noch zu der Gegenüberstellung bereit.«

»Wir werden ihm anbieten, auf eine Anzeige wegen gestern Abend zu verzichten, wenn er mit uns kooperiert und dich in Ruhe lässt.«

Auf der Autobahn fällt ihr ein schwarzer Corsa im Rückspiegel auf. Wolle hatte so ein Auto, es aber wegen seiner Arbeitslosigkeit verkaufen müssen. Oder hat er sie belogen und auf ihr Mitleid spekuliert? Sie hatte ihm gestern gesagt, dass sie ins Sauerland fährt, da wäre ihm zuzutrauen, dass er vor der Tür wartete. In der Nähe von Werl biegt sie auf die Raststätte: *Am Haarstrang* ab und sieht in den Rückspiegel. Tatsächlich. Der schwarze Corsa folgt ihr. Sie fährt an den Zapfsäulen vorbei zu den Parkplätzen. Der Corsa bleibt an der Tankstelle stehen. Im Rückspiegel erkennt sie ihren Exmann. Wenn er tankt, wird sie Vollgas geben, um sich einen Vorsprung zu verschaffen. Oder wäre es besser, ins Restaurant zu laufen und Christian anzurufen? Vor den anderen Gästen würde er sie nicht angreifen. Sie nimmt ihr Handy, will gerade den Schlüssel herausziehen, da wird die Tür aufgerissen. Wolle reißt ihr das Handy aus der Hand. Versetzt ihr eine Ohrfeige, dass sie Sterne sieht.

»Was sollte das?«, schreit er, greift nach ihrer Jacke und versucht, sie aus dem Twingo zu zerren. »Du kannst deinem Beschützer sagen, dass ich deine Liebhaber nicht umbringe. Da hätte ich viel zu tun.«

»Du sollst dich bei ihm melden«, findet sie ihre Stimme wieder und reißt sich mit aller Kraft los. »Sie suchen dich, mach es nicht noch schlimmer.« Sie nutzt den Moment, tritt die Kupplung durch und startet den Motor. Wolle weicht einen Schritt zurück. Das nutzt sie aus, gibt Vollgas und lässt die Kupplung los. Mit quietschenden Reifen schießt der Wagen los. Im Rückspiegel sieht sie, wie er ihr droht und zu der Zapfsäule läuft. Sie atmet auf. Fährt auf die Autobahn. Verflucht! Er hat ihr Handy. Wie soll sie Christian erreichen? Sie muss warten, bis sie in Olsberg ist. Sie blickt in den Rückspiegel. Der Corsa taucht nicht auf. In seiner Schusseligkeit hatte er bestimmt nicht genug getankt. Ihr Glück! Aber er wird ihr folgen, er kennt die Adresse in Olsberg. Sie waren zusammen bei der Feier zum sechzigsten Geburtstag von Annas Mutter. Es ist ihr schleierhaft, wie sie mit Wolle zusammenleben, ja, sogar ein Bett mit ihm teilen konnte. Der Sex mit ihm ist lange her, mit der Arbeitslosigkeit hat er das Interesse verloren und ihr hatte es nie Spaß gemacht. Sie betrachtet ihre schmerzende Wange im Spiegel, den roten Abdruck. Denkt an gemeinsame Urlaube, wo er noch bei Opel arbeitete. Damals hielt sie seine Eifersucht für Liebe. Das Navi leitet sie von der Autobahn herunter. Die weitere Strecke verläuft über Landstraßen. Immer wieder blickt sie in den Rückspiegel, verflucht jede Kreuzung, an der sie warten muss, rechnet jeden Moment mit dem schwarzen Corsa. Vor einer Baustelle springt die Ampel auf Rot. Sie drückt das Gaspedal durch. Jetzt wird er sie nicht mehr einholen, bevor sie bei Anna ist. Es sei denn, er braust bei Rot über die Ampel, zutrauen würde sie es ihm.

Vor dem Haus in Olsberg findet sie einen Parkplatz.

Blickt sich um, springt aus ihrem Twingo, saust zur Haustür, schellt Sturm. Sie fällt der Freundin um den Hals. Die Spannung löst sich, sie weint hemmungslos, erzählt, dass Wolle sie verfolgt hat und vermutlich gleich auftauchen wird. Sie deutet auf ihr Gesicht. Anna sieht sie erschrocken an.

»Er ist durchgedreht … hat mir auf dem Rastplatz ins Gesicht geschlagen … und das Handy aus der Hand gerissen. Ich habe Gas gegeben … bin ihm entkommen.«

»Wir rufen die Polizei. Die Wache ist nicht weit, sie werden in zehn Minuten hier sein.« Nach dem Notruf beruhigt Anna ihre Freundin. »Sie sind unterwegs.«

»Kann ich Christian anrufen, um ihn zu informieren?«, fragt Nina. »Wolle hat mein Handy.«

Anna gibt ihr das Telefon. Nina lässt in der Zentrale ausrichten, dass Herr Kramer sie im Mordfall *Windich* dringend zurückrufen möchte. Sie gibt ihnen die Nummer ihrer Freundin. Nach wenigen Minuten meldet sich ein besorgter Christian Kramer. Nina schildert ihm den Vorfall an der Raststätte, teilt ihm mit, dass Wolle die Adresse in Olsberg kennt. Christian rät, niemandem zu öffnen, bis die Polizeistreife da ist. Es schellt. Sie sausen zum Fenster, sehen den schwarzen Corsa. Ein Geräusch am Briefkasten. Durch das Fenster beobachten sie, dass Wolle zurück in den Corsa steigt und davonfährt.

»Er wird ahnen, dass die Polizei unterwegs ist«, sagt Nina. Anna öffnet den Briefkasten. »Dein Handy«, ruft sie und schüttelt den Kopf. »Ein Brief für dich mit einer

Packung *Mon Chéri*.«

Nina informiert Christian, der noch am Telefon wartet, reißt den Brief auf und liest die Zeilen für Anne und Christian laut vor.

Für Nina!

Mit dem Mord habe ich nichts zu tun! Ich wollte Windich vor der Dienststelle ins Gewissen reden, aber er kam nicht. Dafür habe ich den letzten Besucher gesehen. Ich werde um zwanzig Uhr in unserer Wohnung sein mit einer Flasche Sekt zur Versöhnung. Keine Minute früher. Wenn du kommst, verrate ich dir den Namen. Nur dir, nicht den Polizisten.

In Liebe Wolle

In dem Moment schellt es erneut. Nina schreckt auf. Anna beruhigt sie, es ist die Polizei. Sie schildern den Uniformierten die Entwicklung, zeigen ihnen den Brief. Die Beamten versprechen, für alle Fälle in der Nähe zu bleiben. Christian besteht am Telefon darauf, dass Nina nicht zu dem Treffen fährt. Sie würden ihren Exmann um zwanzig Uhr an der Haustür in Empfang nehmen und auf der Wache so lange ins Gewissen reden, bis er den Namen herausrückt.

Später beim Abendessen fragt Anna: »Meinst du, Wolle will sich wichtigmachen oder hat er ihn tatsächlich gesehen?«

»Wenn er sich in der Einfahrt versteckt hielt, um Alexander abzufangen, kann es schon sein, dass er den Täter gesehen hat. Christian glaubt es auch«, erwidert Nina.

»Dann werden sie den Namen aus ihm herauslocken. Da bin ich sicher.«

Nina erzählt von Wolles Auftritt in der Nacht. Sie lacht dabei so ansteckend über den Sturz von Christian, dass Anna und ihre Mutter mitlachen müssen. Irgendwann zieht sich Annas Mutter zum Lesen auf die Couch zurück und schickt sie in die Sauna.

Sie fahren mit Annas Mercedes zur Waldsauna. Der schwarze Corsa ist auf der Straße nicht zu sehen, also wird Wolle wirklich nach Bochum zurückgefahren sein. Nina ist erleichtert, sie hofft, dass Christian ihn am Abend erwischt. Sonst taucht er wieder in Olsberg auf und belästigt sie. Ihr Handy wird sie nach zwanzig Uhr abstellen und Christian sagen, er soll bei Anna anrufen. Während der Saunagänge schildert sie ihrer Freundin die Einzelheiten des gestrigen Abends mit Christian. Nennt ihr den alten Film mit Julia Roberts, den sie ausgesucht hatten: *Notting Hill.* Nähergekommen wären sie sich nicht. Sie wüsste nicht, ob sie nach der Erfahrung mit Wolle überhaupt noch an Männern interessiert sei. Dabei sieht sie ihre Freundin an und spürt eine leichte Verlegenheit.

Kapitel 30

Engel hat wiederholt geschellt. Nichts rührt sich. Er hat den Rucksack mit der Maske dabei, den schwarzen Umhang um. Seine Digitaluhr zeigt: 16:10. Er wird warten, bis Reider kommt. Und wenn er den ganzen Abend vor dem Haus verbringt. Es bleibt ihm keine Wahl. Wer die Dose der Pandora geöffnet hat, muss mit den Folgen leben. Es gibt kein Zurück. Wie hatte der eifersüchtige Schwachkopf damals von seiner Frau geschwärmt. Das konnte nicht gutgehen, es war von Anfang an zum Scheitern verurteilt. Frauen wollen nicht umschwärmt werden, sie wollen schwärmen wie Sandra. Ohne Windich wäre alles anders verlaufen, hätte Sandra das Kind ausgetragen und würde noch leben. Windich hat ihr Leben zerstört, dafür seine Strafe erhalten.

Jemand kommt die Treppe herunter. Engel läuft zur Garageneinfahrt. Versteckt sich. Die Maske hält er in der Hand, um sie im richtigen Moment aufzusetzen. Ein Mann um die vierzig verlässt mit einer rundlichen Blondine das Haus. Sie steigen in einen grauen Mercedes, brausen davon. Gut so, sie werden nicht stören, wenn Reider kommt. Engel schellt erneut. Keine Reaktion. Er wechselt die Straßenseite. Um 16:30 Uhr nähert sich ein schwarzer Corsa dem Haus. Er erkennt Reider am Steuer. Kein Zweifel. Er spürt das Adrenalin, versteckt sich hinter einem Baum mit guter Sicht auf die Einfahrt. Reider steigt umständlich aus, er hält Einkaufstaschen in beiden Händen und geht auf die Haustür zu. Es muss schnell gehen, bevor jemand stört. Engel setzt die Maske auf, nimmt den Schlagstock in die rechte Hand, ein mitgebrachtes Messer in die andere. Er beobachtet Reider, der mit dem Schlüssel an der Haustür hantiert, dabei die Einkaufstüten in der anderen Hand hält. Es ist der richtige Zeitpunkt. Kein Auto, kein Fußgänger ist in Sicht. Er schleicht sich von hinten heran, schlägt mit aller Kraft zu. Gerade in dem Moment, als Reider die Einkaufstaschen durch die Haustür schaffen möchte. Mit einem Schrei dreht er sich um. Blitzschnell stößt Engel ihm das Messer ins Herz. Noch einmal. Reider lässt die Taschen fallen und sinkt zu Boden. Glas splittert. Im Nu gleicht der gepflegte Hausflur einem Schlachtfeld.

Engel rennt in den nahegelegenen Park. Dreht sich um, erkennt Umrisse von Nachbarn hinter den Scheiben. Er läuft weiter, bis er sicher ist, dass ihm niemand folgt. Erreicht sein Fahrrad, nimmt den Rucksack, wechselt die Kleidung. Als Kontrast ein weißes Hemd, eine hellgraue Kappe und blaue Jeans. Er fährt mit dem Rad zu der einsamen Bank, die er ausgesucht hat, um die anderen Sachen in dem Papierkorb zu verbrennen. Die Jugendlichen auf der Bank stören ihn, vor ihnen steht ein voller Bierkasten. Er möchte nicht gesehen werden, nicht auffallen und fährt schnell weiter zum angrenzenden Waldgebiet. Dort findet er eine menschenleere Bank und wirft die Sachen in den Papierkorb. Er hat eine kleine Flasche

Benzin dabei, tränkt die Sachen und zündet sie an. Erfreut sich an der Stichflamme und wartet, bis alles bis zur Unkenntlichkeit verbrannt ist. Er fährt zum Wildgehege im Weimarer Holz, vergräbt den Schlagstock und das Messer abseits vom Zaun, legt einen Stein darüber, um die Stelle zu markieren. Er hat seine Aufgabe erfüllt, empfindet stolz über seine Entschlossenheit. Er lässt sich nichts gefallen, mit ihm muss man rechnen. Zurück in seiner Wohnung nimmt er eine Tablette aus der Dose, duscht und räumt auf. Am liebsten würde er sich völlig neu einkleiden, um schon rein äußerlich mit seinem früheren Leben abzuschließen. Keine Erinnerung mehr an seine Eltern, seine Oma und an Sandra. Mit dem Tod von Reider ist das Kapitel für ihn beendet.

Kapitel 31

Christian Kramer hört im Radio die Übertragung der Bundesligaspiele. Sein Smartphone stört. Er springt von der Couch auf, holt es aus seiner Jackentasche und drückt auf Verbindung. Die Zentrale meldet einen Todesfall. Er will sich aufregen, dass er keine Bereitschaft habe, stattdessen um zwanzig Uhr einen wichtigen Termin wahrnehmen müsse, da erklärt ihm die Zentrale, dass ihn die Kollegin Sander mit Oberstaatsanwalt Sawetzky am Tatort benötigten. Im selben Moment spürt Kramer, dass er einen Fehler begangen hat. Er lässt sich den Namen des Toten geben und setzt sich zurück auf die Couch. Karla springt auf seinen Schoß. Er streichelt sie in Gedanken. Warum hatte er die Möglichkeit nicht einkalkuliert? Reider hatte seiner Exfrau geschrieben, erst um zwanzig Uhr in der Wohnung zu sein. Wie konnte er sich darauf verlassen? Vorwürfe helfen nicht. Er hatte Reider gewarnt, doch nicht wirklich damit gerechnet. Er teilt seiner Nachbarin mit, zu einem erneuten Tatort zu müssen. Karla spürt es und läuft in die Nachbarwohnung.

Bei seinem Eintreffen am Tatort liegt der Tote im Hauseingang in einer Blutlache. Rundherum sind Scherben von Sektflaschen vermischt mit Lebensmitteln zu erkennen. Reider wollte seinen Einkauf in die Wohnung bringen, als der Täter ihn aus einem Hinterhalt überfiel. Wie soll er Nina das beibringen? Er betrachtet die Kollegen in den weißen Schutzanzügen, die dabei sind, jedes Detail mit ihren Kameras aufzunehmen. Seine Kollegin Sander kommt mit Oberstaatsanwalt Sawetzky auf ihn zu.

»Der Nachbar vom ersten Stock hat uns alarmiert«, erklärt sie und deutet auf einen Mann um die dreißig auf der Treppe nach oben. Der Schreck ist ihm anzusehen.

»Ich bin von einem Aufschrei im Hausflur und dem Splittern von Glas aufgeschreckt worden«, sagt er. »Beim Blick aus dem Küchenfenster habe ich eine dunkle Gestalt in Richtung Wiesental laufen sehen. Im Hausflur habe ich dann die Bescherung gesehen. Für den Nachbarn kam jede Hilfe zu spät.«

Der Rechtsmediziner bestätigt, dass eine lebenswichtige Arterie am Herzen getroffen wurde. Sichtbare Abwehrspuren des Opfers seien nicht ersichtlich, der Täter habe ihm vor dem Messerstich einen heftigen Schlag mit einem Gegenstand auf den Kopf versetzt, um ihn wehrlos zu machen. Näheres könne erst nach der Obduktion der Leiche mitgeteilt werden.

Ein Kollege der Spurensicherung kommt dazu. Es gäbe bisher keine verwertbaren Spuren, die auf den Täter schließen ließen.

»Zwei Todesfälle im Umfeld der Bewährungshilfe«, sagt Sawetzky und wendet sich an Kramer. »Wollte sich jemand für den Mord an Windich rächen oder haben wir es mit dem gleichen Täter zu tun?«

»Reider hatte vor der Bewährungshilfe auf Windich gewartet, dabei seinen letzten Besucher gesehen und wohl auch erkannt. Bei der Anhörung erinnerte er sich nicht an den Namen. Der Täter verfügte offenbar über ein besseres Gedächtnis.«

»Gibt es noch weitere Zeugen, die sich nicht erinnern können? Wir sollten sie rechtzeitig schützen, bevor der Täter sie erwischt.«

Kramer beobachtet die Schaulustigen hinter der Absperrung, die den Tatort fotografieren. »Mir ist kein weiterer Zeuge bekannt«, sagt er.

»Was ist mit Reiders Frau? Könnte der Täter auf die Idee kommen, dass sie eingeweiht ist?«

»Sie hat sich vor einem Monat von Reider getrennt. Und ist gerade mit ihrer Freundin in Olsberg, um sich von dem Schock zu erholen.«

»Wir dürfen kein weiteres Risiko eingehen, Herr Kramer.«

»Ich werde hinfahren«, mischt sich Frau Sander ein.

»Wir fahren zusammen«, korrigiert Kramer. Hört selbst die Härte in seiner Stimme und versucht, sie durch ein Lächeln abzumildern.

»Vorher treffen wir uns zur Besprechung im Präsidium«, bestimmt Sawetzky.

Kramer nimmt die Kollegin in seinem Golf mit. Auf dem Weg ins Präsidium informiert er sie über den Sachstand im Fall Windich.

»Hast du die Handynummer von Frau Reider? Wir sollten sie vorwarnen«, sagt sie.

»Wir können ihr am Telefon unmöglich sagen, dass ihr Exmann ermordet wurde.«

»Aber dass sie sich einschließen soll, bis wir da sind.«

»Sie wird nach dem Grund fragen«, überlegt Kramer laut.

»Lass dir was einfallen, sonst rufe ich sie an. Das ist mir zu gefährlich. Der Täter ist unberechenbar.«

Kramer nimmt sein Handy, wählt Ninas Nummer. Nach mehrmaligem Anklopfen meldet sich der Anrufbeantworter.

»Hallo Nina. Ich bin es. Christian. Rufe bitte zurück. Es ist dringend.« Zu seiner Kollegin sagt er: »Sie wollte mit ihrer Freundin in die Waldsauna in Olsberg gehen.«

Vor dem Polizeipräsidium klingelt sein Handy. Im Display erkennt er die Nummer und drückt auf Verbindung. »Hallo Nina.«

»Ich hatte erst nach acht mit deinem Anruf gerechnet. Die Waldsauna ist die pure Entspannung. Jede Stunde ein Aufguss, ein Saunagarten mit Springbrunnen und Teich, Solebecken, das Richtige nach dem Stress. Aber deswegen hast du nicht angerufen. Was ist passiert?«

»Wir müssen uns treffen. Noch eine kurze Besprechung im Präsidium, dann fahre ich los. In knapp zwei Stunden bin ich in Olsberg. Schließt euch bis dahin ein. Keine geöffneten Balkontüren, bitte.«

»Halt! Warte! Du jagst mir den totalen Schrecken ein und willst mich zwei Stunden schmoren lassen. Ist Wolle als Mörder überführt und geflohen? Hat er gedroht, mich ins Jenseits zu befördern?«

»Nein, ich kann dir am Telefon nicht mehr sagen. Vertrau mir.« Er lässt sich die genaue Adresse geben und beendet das Gespräch.

»Ich konnte ihr nicht sagen, dass wir zu zweit kommen«, sagt er zu seiner Kollegin. »Sie wird jetzt schon mit ihrer Freundin herumspekulieren.«

»Hauptsache, sie ist gewarnt und verschließt Fenster und Türen.«

Im Besprechungsraum des KK11 setzen sie sich zu den Mitarbeitern. Kramer betrachtet seinen Kollegen, der sich offensichtlich den Abend anders vorgestellt hatte. Zumindest lässt der gestreifte Anzug mit weißem Hemd und Krawatte darauf schließen. Sawetzky steht neben Kriminaldirektor Weiß vor dem Tisch.

»Das durfte nicht passieren«, sagt Weiß. »Ich hoffe, da sind wir uns einig. Die Presse wird uns zerreißen, wenn wir ihnen nicht sofort den Täter liefern.«

Schulz räuspert sich. »Noch steht nicht fest, dass es sich um denselben Täter handelt.«

»Es gibt genügend Anhaltspunkte dafür«, mischt sich Sawetzky ein. »Was meinen Sie, Herr Kramer?«

»Die gleiche Vorgehensweise. Ein heftiger Schlag auf den Kopf, um die Gegenwehr zu brechen, dann gezielte Stiche mit einem Messer ins Herz. Im Fall Windich war das Vorgehen durch das bereitliegende Messer zufällig, im Fall Reider erfolgte die Tat nach einem zuvor gefassten Plan.« Kramer empfindet die Zustimmung der anderen.

218

»Was wissen wir über das Motiv?«, fragt Weiß.

»Im Fall Windich gehen wir von einem Racheakt aus, im Fall Reider beseitigte der Täter einen Zeugen. Sie müssen sich zumindest flüchtig gekannt haben.«

»Was unternehmen Sie, Herr Kramer, bevor ein weiterer Zeuge beseitigt wird?«, unterbricht ihn der Kriminaldirektor. Kramer spürt, wie alle Augen auf ihn gerichtet sind. »Frau Sander und ich fahren sofort nach Olsberg, um Frau Reider über den Tod ihres getrenntlebenden Ehemannes zu informieren und sie zu warnen.«

Kapitel 32

Zwanzig Uhr. Ninas Blick schweift durch das Wohnzimmer. Rustikale Möbel und ein schwerer Orientteppich erinnern an vergangene Zeiten. Lediglich der große Flachbildschirm an der Wand wirkt modern. Auf die Tagesschau im ersten Programm kann sie sich nicht konzentrieren. Seit dem Anruf beobachtet sie die Zeiger der Wanduhr. Sie scheinen stillzustehen.

»Es wird sich gleich alles aufklären«, sagt die Oma. »Am Telefon durfte der Kriminalbeamte nichts sagen. Wer weiß schon, wer da mithört.«

»Er hätte zumindest andeuten können, was passiert ist. Was meinst du, Anna?«

»Keine Ahnung, ehrlich.« Anna sieht an ihr hoch. »Willst du dich nicht umziehen? Er wird gleich hier sein.«

»Dazu bin ich nicht in der Lage. Zu aufgeregt!«

»Sie will ja nicht auf eine Party«, wird sie von Annas Mutter unterstützt. »Wenn der Kriminalbeamte den Weg von Bochum nach Olsberg auf sich nimmt, wird er sich nicht an Äußerlichkeiten stören.«

Nina bemerkt das Schmunzeln auf dem Gesicht der Freundin.

»Bin gespannt, ob sie Wolle verhaftet haben«, lenkt Anna ab. »Ich setze mal einen Kaffee auf. Kommst du mit in die Küche?«, fragt sie Nina. »Wir haben noch Brötchen und Aufschnitt vom Frühstück. Die können wir ihm anbieten, wenn er Hunger hat.«

»Wenn es euch nichts ausmacht, bleibt mit ihm in der Küche. Mir könnt ihr morgen alles erzählen. Heute ist es schon spät für mich, es regt mich zu sehr auf«, sagt ihre Mutter.

In der Küche legt Nina los. »Da ist was Schreckliches passiert. Das habe ich an seiner Stimme erkannt. Ich wollte es vor deiner Mutter nicht sagen.«

»Meinst du, Wolle hat versucht, Polizist zu spielen und sich verhoben?«, fragt Anna vorsichtig.

»Kann ich mir nicht vorstellen. Mit seinem angeblichen Wissen wollte er mich zurückholen. Er akzeptiert nicht, dass es aus ist.« Sie schüttelt den Kopf. »Ich kann es mir überhaupt nicht mehr vorstellen. Der Sex mit ihm war eklig. Ich weiß nicht, ob ich überhaupt auf Männer stehe.«

Sie meint, ein Leuchten in den Augen ihrer Freundin zu sehen.

»Es klingt, als wenn er tot wäre. Machst mir richtig Angst«, sagt Anna.

Es schellt. Sie laufen zur Tür und betätigen die Sprechanlage.

»Christian Kramer und Leonie Sander.«

»Sie sind zu zweit! Das bedeutet nichts Gutes.« Anna öffnet die Wohnungstür. Nina hält sich im Hintergrund. Sie betrachtet die Frau an seiner Seite, die ihren Dienstausweis zeigt und sich vorstellt. »Leonie Sander. Kriminalhauptkommissarin, PP Bochum. Herrn Kramer kennen Sie ja bereits. Wir haben eine traurige Nachricht. Dürfen wir hereinkommen?«

Nina sieht Christian an. Was ist los, warum sagt er nichts? Sie ahnt, dass sich ihre Vorahnung bestätigt. Aber warum? Warum?

»Kommen Sie bitte in die Küche. Wir haben eine Kleinigkeit vorbereitet, wussten allerdings nicht, dass sie zu zweit kommen.« Anna geht vor. »Meine Mutter hat sich im Wohnzimmer auf die Couch gelegt. Sie ist gestürzt und braucht Ruhe. Wir kümmern uns um sie, bis die Nachbarin aus einem Kurzurlaub zurück ist.«

Frau Sander entschuldigt sich. »Wir hatten uns entschieden, zusammenzufahren, da es auch mein Fall geworden ist.«

Sie setzen sich um den Esstisch. Nina versucht, in Christians Augen die Antwort zu lesen. Warum ist es auch ihr Fall geworden? Weil der Kollege ausgefallen ist oder es einen zweiten Toten gibt. Sie hält es nicht aus. »Was ist passiert?«, fragt sie ihn.

»Dein Exmann. Wir haben ihn im Hausflur seiner Wohnung gefunden. Ein Nachbar hatte uns verständigt. Wir hätten das Haus bewachen sollen, aber hatten uns auf zwanzig Uhr eingestellt. Offenbar wusste er wirklich mehr. Aber der Täter war schneller.« Er schüttelt den Kopf.

Nina starrt ihn an. Die Worte dringen in ihr Bewusstsein. Sie hat es geahnt, aber versucht, es sich auszureden.

»Der Täter hat ihn mit dem ersten Stich tödlich getrof-

222

fen.« Die klare Stimme von Frau Sander, über jeden Zweifel erhaben.

Anna stellt das Tablett mit der Thermoskanne, den Tassen und Brötchen zurück auf den Küchenblock. Sie setzt sich zu ihrer Freundin auf die gepolsterte Bank, drückt sich an sie.

Nina schüttelt den Kopf. Sie will es nicht wahrhaben, jetzt, wo es Gewissheit geworden ist. Klar hat Wolle sie genervt mit seinen Nachstellungen, dem Einbruch in der vergangenen Nacht, dem Überfall auf dem Rastplatz. Trotzdem hatte sie daran geglaubt, dass er sich irgendwann mit der Trennung abfindet und sie sich aussprechen können. In ihrem Inneren ist ihr klar, dass zum Scheitern einer Beziehung zwei gehören. Der Tod hat etwas Endgültiges. Die Stimme von Frau Sander dringt zu ihr wie aus einer anderen Welt.

»Wir gehen davon aus, dass Ihr Exmann Windichs Mörder kannte. Sein Schweigen wurde ihm zum Verhängnis.«

»Kann ich ihn sehen?«

»Sicher«, erwidert Frau Sander. »Nach der Obduktion. Wen sollen wir über den Tod informieren?«

»Seine Mutter. Sie lebt allein, seit der Vater verstorben ist. Sie hatte nur den einen Sohn. Ich weiß nicht, wie man es ihr beibringen kann.«

»Wir werden uns darum kümmern«, sagt Frau Sander.

»Wir vermuten den Täter unter Windichs Klienten. Ihr Exmann scheint ihn beobachtet zu haben, als er die Bewährungshilfe verließ.«

»Wir möchten dich bitten, jeden einzelnen Klienten auf der Arbeit zu überprüfen, ob ein Kontakt zu deinem Exmann bestanden haben könnte«, ergänzt Kramer. »Privat, beruflich. Vielleicht ein gemeinsamer Sportverein, eine Arbeitsstelle. Vielleicht hat dein Exmann jemanden in irgendeinem Zusammenhang erwähnt.«

Frau Sander fragt genauer nach früheren Arbeitskollegen, Bekannten aus der Schulzeit, aus Fitnessclubs. Nina merkt, wie wenig sie ihren Mann gekannt hat, wie wenig sie sich in den letzten Jahren erzählt, wie wenig sie sich füreinander interessiert hatten. Anna schüttet Kaffee ein und stellt Brötchen auf den Tisch.

Kapitel 33

Am Dienstagmorgen frühstückt Engel bei seiner Nachbarin. Die Zwillinge sind in der Schule.

»Sie haben sich so nett um die Kinder gekümmert, obwohl Sie doch krank waren«, schwärmt sie. »Die Mädchen freuen sich, wenn sie mit ihnen spielen können. Sie vermissen ihren Vater.«

»Hält er keinen Kontakt zu ihnen?« Er merkt, wie es ihn ärgert, obwohl es ihn nichts angeht. »Ich möchte Ihnen nicht zu nahetreten«, entschuldigt er sich. Er wird die innere Unruhe nicht los, seit Samstag quält sie ihn trotz der Tabletten. Er will nicht zu viel davon nehmen, sonst läuft er herum wie ein Zombie, aber er wird seine Angst und die Unruhe nicht los.

»Mein Mann ist vor einem Jahr bei einem Autounfall ums Leben gekommen. Ich nahm mir die günstige Wohnung, weil mir alles zu teuer wurde.« Mit einem Blick auf seinen Teller unterbricht sie sich. »Nehmen Sie sich noch ein Brötchen. Ist alles frisch.«

Er greift zu, lobt die selbst gemachte Marmelade.

»Sie sind alleine mit den Kindern. Helfen zumindest Ihre Eltern mit?«

»Nein.« Sie lächelt. »Sie wohnen in Pritzwalk, das ist in Brandenburg. Mein Mann und ich hatten uns aus beruflichen Gründen zu dem Umzug ins Ruhrgebiet entschlossen. Nun fehlt mir der Mut, mit den Kindern zurückzukehren. Natürlich auch das Geld. Als die Zwillinge geboren wurden, war ich neunzehn, hatte keine Ausbildung. Vom Umzug versprachen wir uns eine bessere Zukunft für die Kinder.«

Engel nickt verständnisvoll. In Gedanken schmiedet er Pläne, mit ihr zusammen nach Brandenburg zu ziehen. Er hat sich eine Familie gewünscht, solange er denken kann. Sie wird in seinem Alter sein. Mit den Sorgenfalten auf der Stirn hatte er sie erst ein paar Jahre älter geschätzt. Kein Wunder, der Unfall des Mannes, das wenige Geld, die Verantwortung für die Kinder haben Spuren hinterlassen.

»Ich würde gerne aus dem Ruhrgebiet wegziehen in eine ländliche Gegend, um noch einmal neu zu starten. Hier hält mich niemand«, sagt er, um ihre Reaktion zu testen.

»Das können Sie uns nicht antun. Wir beginnen gerade, uns an Sie zu gewöhnen.« Sie lächelt ihn freundlich an. »Sie haben kaum Besuch. Sind Sie auch zugezogen?«

Sie scheint seine Gewohnheiten zu spüren. »Nein, mein Apartment ist zu klein. Ich treffe mich mit meinen Freunden in Cafés und Kneipen. Sobald ich über ein regelmäßiges Einkommen verfüge, werde ich eine größere Wohnung anmieten.«

»In zwei Monaten wird im ersten Stock etwas frei mit einem Zimmer mehr. Sie sehen, uns werden Sie nicht los«, lacht sie.

Plötzlich ist Sandra vor seinen Augen, hat er das irrationale Gefühl, sie zu betrügen. Er schwitzt, wischt sich mit den Händen über das Gesicht und sieht aus dem Fenster. Gerade rechtzeitig! Die Bullen von vergangenem Freitag steigen aus einem Passat und kommen auf das Haus zu. Was wollen sie? Ihm mitteilen, dass der Termin um vierzehn Uhr ausfällt? Er hat gedacht, der wäre automatisch erledigt, dabei kann er es nicht wissen. Er muss aufpassen, sich nicht zu verraten. Wie schafft er es, dass die Nachbarin nicht erfährt, dass die Bullen zu ihm wollen? Er entschuldigt sich, zeigt auf die beiden Männer, die auf das Haus zukommen. Er habe das Treffen völlig vergessen. Es sei wichtig. Er werde sich in der nächsten Woche mit einem Frühstück revanchieren. Sie bedauert den plötzlichen Aufbruch, nimmt die Einladung an und begleitet ihn in den Flur.

Er öffnet die Haustür, begrüßt die Beamten freundlich und nimmt sie mit in seine Wohnung. Er schließt schnell die Tür und führt sie in die Küche. Die Nachbarin wird ahnen, dass es Bullen sind. Unsinn! Sie hat keine Erfahrung damit. »Nachbarschaftshilfe«, sagt er. »Ich passe auf ihre Zwillinge auf, wenn sie Termine hat. Sonst hat sie niemanden. Ihr Mann ist vor einem Jahr tödlich verunglückt, die Familie lebt im Osten. Als Dankeschön hat sie mich zum Frühstück eingeladen. Ich revanchiere mich in der nächsten Woche. Ja, so geht das hier. Wir unterstützen uns.«

»Sie müssen entschuldigen, dass wir so reinplatzen«, sagt Kramer. »Wir waren in der Nähe und wollten Ihnen mitteilen, dass wir den heutigen Termin auf Freitag um die gleiche Uhrzeit verschieben müssen. Seien Sie um vierzehn Uhr im Polizeipräsidium. Alles wie gehabt. Bringen Sie Ihren Ausweis mit. Das ist alles. Wir wollten es Ihnen persönlich sagen.«

Engel ist erst einmal sprachlos. So eine Frechheit. Er überlegt, ob er sich dazu äußern soll. »Warum?«, fragt er. »Hat sich etwas Neues ergeben?«

»Sie haben sicher in den Medien von dem Todesfall in dem Hauseingang gehört. Wir sind rund um die Uhr beschäftigt, daher mussten wir den heutigen Termin verschieben«, erwidert Schulz.

Sie wollen ihn testen. Er zählt: zweiundzwanzig, dreiundzwanzig. »Ja, die Medien sind voll davon. Schrecklich! Ich wusste nicht, dass der Fall mit Herrn Windich zusammenhängt.« Er hofft, dass sie schnell verschwinden. Einen Kaffee wird er dieses Mal nicht anbieten.

»Das habe ich nicht gesagt«, erwidert Schulz und sieht ihn an, als hätte er ihn überführt. Engel lässt sich nicht darauf ein. »Entschuldigung. Ich habe es so verstanden, weil Sie den Termin verschoben haben. Ich bin am Freitagmorgen zum Beratungsgespräch beim Jobcenter. Es handelt sich um eine Berufsmaßnahme. Ich nehme alles an, in der Wohnung fällt mir die Decke auf den Kopf. Lieber qualifiziere ich mich weiter, als nichts zu tun. Um vierzehn Uhr bin ich bei Ihnen, wenn Sie es wünschen.«

Die Beamten nicken zustimmend. »Dann sehen wir uns am Freitag.« Sie verlassen die Wohnung.

Er nimmt die Pillendose aus dem Schrank. Schluckt eine Tablette mit Wasser aus dem Kran. Was hat das zu bedeuten? Bluffen sie oder gibt es weitere Zeugen? Was ist mit dieser jungen Bewährungshelferin im Taxi? Hat sie ihn gesehen? Hört das nie auf? Er hat bei der Nachbarin neuen Lebensmut gefasst, da kommen die Bullen hereinspaziert und zerstören alles. Er hätte Lust, ihnen nachzurufen, sie könnten sich den Termin in den Arsch schieben. Aber darauf warten sie nur. Er muss ruhig bleiben, mit dem Rad herumfahren, dabei eine Einladungskarte für das Frühstück mit der Nachbarin am nächsten Dienstag besorgen. Hätte er ihr das Du anbieten sollen? Sie heißt Hanna, das hat er längst von den Kindern erfahren. Den Vornamen wird er auf die Einladungskarte schreiben, am Montag seine Wohnung in Ordnung bringen und für das Frühstück einkaufen. Wenn nur der Freitag vorbei wäre. Der Gedanke an die Gegenüberstellung quält ihn. Sie haben es geschafft, ihm den Tag zu versauen.

Kapitel 34

Er überquert den Zebrastreifen an der Fußgängerampel.
Eine Menschenmenge befindet sich vor der Bewährungs-
hilfe. Das Gesicht in dem Taxi ist ihm zugewandt. Sie
zeigt auf ihn. Schaulustige laufen auf ihn zu. Sie bilden
eine Kette um ihn. Er versucht zu fliehen, kommt nicht
vorwärts. Er sieht sich um. Die beiden Mädchen halten
ihn fest. Sie wollen mit ihm spielen. Er muss sie
ablenken, kramt in seinen Taschen nach Süßigkeiten und
findet eine Tüte Haribo. Er möchte sie den Kindern
geben, doch sie fliehen vor den vermummten Gestalten,
die auf ihn zielen. Er erkennt die Bewährungshelferin.
Sie fordert ihn zur Aufgabe auf. Er sieht die Zelle vor
sich. Zieht eine Waffe, wird sich nicht kampflos ergeben.
Er spürt, wie die Kugeln ihn treffen und tief in ihn ein-
dringen. Sandra ist an seiner Seite oder ist es Hanna? Er
wacht auf.

Donnerstag. Der Traum lässt ihn nicht los. Es sind die
Träume, die ihm alle Kraft rauben. Immerzu hat er den
Tod vor Augen. Sandra, seine Oma, Windich, Reider.
Hanna gibt ihm neuen Mut. Er wird am Nachmittag die
Sprechstunde besuchen, um zu erfahren, ob die Bewäh-
rungshelferin ihn erkannt hat. Er wird eine andere Ein-
satzstelle für die Sozialstunden verlangen. Wird ihr

erklären, von Toten umgeben zu sein, dass keiner von ihm erwarten kann, auf dem Friedhof zu arbeiten. In ihren Augen wird er lesen, ob sie ihn verdächtigt. Er wird das Risiko eingehen, sich notfalls herausreden und sie verfolgen, um dem Ganzen ein Ende zu setzen. Was bleibt ihm für eine Wahl? Er muss es versuchen, bevor sie bei der Gegenüberstellung auf ihn weist. Die Aussicht auf eine Beziehung mit der Nachbarin verleiht ihm Kraft. Er kann nicht alleinleben. Er braucht jemand an seiner Seite, für die er da sein kann und die für ihn da ist. Er fährt mit dem Rad zum Weitmarer Holz, holt den Schlagstock und das Messer aus dem Erdloch, reinigt die Sachen. Eine neue Maske und Handschuhe hat er sich schon besorgt. Er verstaut alles in der Fahrradtasche.

Kurz nach siebzehn Uhr schellt er bei der Bewährungshilfe. Die Tür wird aufgedrückt. Ein Aushang an der Glastür weist auf die neue Regelung hin, den Besuch im Geschäftszimmer anzumelden. Er wartet mit zwei anderen vor der Tür. Das Herz schlägt ihm bis zum Hals. Er greift in die Innentasche der Jacke, holt eine Tablette heraus, sammelt genug Spucke im Mund, um sie ohne Wasser zu schlucken. Schon ist er an der Reihe, nennt der blonden Angestellten seinen Namen. Sie sieht im Computer nach, während ihre Kollegin seine Jackentaschen kontrolliert. Nur gut, dass er die Fahrradtasche nicht mitgenommen hat.

»Sicherheitsmaßnahmen«, erklärt die Blonde. »Sicher haben Sie von dem Vorfall in der vergangenen Woche gehört. Da müssen wir vorsichtig sein.«

Sie hat seine Tablettendose in der Hand. »Ich bin in Behandlung bei Dr. Kriem«, erklärt er. Sie gibt sie ihm zurück. »Die Kripo war schon bei mir und hat mir von dem schrecklichen Tod berichtet. Ich möchte nur kurz mit seiner Vertreterin sprechen, Frau Marler. Ist sie da?«

Wie die Reider ihn mustert. Soll er ihr sein Bedauern über den Tod ihres Exmannes ausdrücken? Nein, wozu Theater spielen? Soll sie froh sein, dass er ihn erledigt hat.

»Die Betreuungen wurden aufgeteilt. Warten Sie einen Augenblick. Sie werden abgeholt.«

Der Glatzkopf im Wartezimmer lästert gleich los. »Demnächst muss man Marken ziehen, um sich bei seinem Bewährungshelfer anzumelden.«

Er hat keine Lust, auf das dumme Gerede einzugehen, nickt ihm zu und nimmt sich eine Zeitung vom Tisch. Hoffentlich holt ihn die Marler ab. Ihn interessiert nur, ob sie ihn erkannt hat. Mit einem Mal überfällt ihn die ganze Sinnlosigkeit.

»Hat dir die Arbeit bei Unitymedia die Sprache verschlagen?« Die Stimme seines Nachbarn.

Er nimmt die Zeitschrift herunter und dreht sich zu dem Glatzkopf. Der Gast an der Theke. Er erinnert sich an die Kneipe und seine Story vom ersten Arbeitstag. »Entschuldige, ich bin völlig in Gedanken. Macht mich fertig, der Telefonjob.«

»Such dir was anderes! Bist nicht der Typ dafür, da helfen die kurzen Haare auch nicht.«

In dem Moment erinnert er sich an die äußerliche Veränderung. Wie soll die Bewährungshelferin ihn erkennen? Das sind alles Hirngespinste. Er sollte sich eine neue Einsatzstelle geben lassen und verschwinden. In dem Augenblick kommt Lukas mit einer Freundin ins Wartezimmer. Engel traut seinen Augen nicht, starrt die beiden an.

»Hallo, kennst du mich nicht mehr?«

»Doch, klar … Lukas …« Er schließt die Augen, als würde er nach dem vollständigen Namen suchen.

»Genau! Lukas Briest … Berufskolleg in Herne. Ist schon was her.«

»Ja, ich erinnere mich. Kaum warst du aus Herne verschwunden, gab es keinen vernünftigen Stoff mehr.« Engel sieht zu der Freundin, die ihn neugierig mustert. »Du nimmst keine Drogen, nehme ich an, oder?«, spricht er sie an.

»Nein«, bestätigt sie. »Lukas auch nicht mehr.«

»Hab gehört, er arbeitet als Spitzel für die Drogenfahndung.« Engel lacht. Zumindest bemüht er sich, es so wirken zu lassen und beobachtet den Glatzkopf, der Lukas feindselig anstarrt. Zumindest hat Engel geschafft, von seinem inneren Beben abzulenken.

»Das ist Unsinn«, empört sich Lukas. »Nur weil ich nichts mehr nehme, arbeite ich nicht für die Polizei.«

Ein älterer Bewährungshelfer mit wirren Haaren winkt dem Glatzkopf zu, um ihn ins Büro zu holen.

»Ist mir doch gleich, für wen du arbeitest. Meinetwegen sogar für die Bullen«, meint Engel, als der andere weg ist.

»Und was ist mit dir?«, entgegnet Lukas. »So wie du aussiehst, bist du ein Kandidat für eine Therapie.«

Will er ihn provozieren oder sieht man ihm die Benzos an? »Ich nehme keine Drogen mehr, seit ich im Knast war. Das habe ich mir auf der Zelle geschworen. Ich kann im Moment nur nicht schlafen. Der Tod von Sandra ... du hast bestimmt davon gehört. Dr. Kriem verschreibt mir ein Beruhigungsmittel.«

Lukas und seine Freundin wünschen ihm herzliches Beileid.

»Meine gesamten Sachen waren weg, als ich entlassen wurde. Auf dem Sperrmüll, meinte Sandras Vermieter. Ich musste mir alles neu aufbauen. Da wundern die sich, wenn man rückfällig wird. In den Knast gehe ich nie mehr, das habe ich mir geschworen.«

»Erkundige dich nach einem Darlehen«, meint Lukas. »Die Bewährungshilfe hat einen Förderverein.«

»Ich möchte nicht betteln, wäre überhaupt nicht hergekommen, wenn sie mir nicht mit den Sozialstunden auf die Nerven gingen. Immer der gleiche Scheiß.«

»Wer geht dir auf die Nerven? Ich meine, bei wem bist du?«

»Bei der Marler. Habe keinen Bock, für nichts zu arbeiten. Die rücken nicht mal das Fahrgeld raus und wundern sich, wenn man schwarzfährt. Braucht einen nur ein Kontrolleur in der Bahn zu erwischen, schon gibt's ein Verfahren wegen Beförderungserschleichung.«

»Das kennen wir«, mischt sich die Freundin ein. Lukas dreht sich zu ihr, zieht eine Grimasse.

»Haben sie dich erwischt?«, folgert Engel.

»Vergangene Woche. Das war eine Ausnahmesituation. Ich habe das erhöhte Fahrgeld sofort bezahlt. Da wurde keine Anzeige aufgenommen. Ich habe zumindest nichts davon gehört.«

»Glück gehabt.« Engel beruhigt sich langsam. Zumindest hegt Lukas keinen Verdacht gegen ihn.

»Warum bewirbst du dich nicht bei der Firma *Randstad?* Die suchen ständig Leute. Mich haben sie bei *Ikea* untergebracht im Europalager in Dortmund. Ich fange am Montag an.«

»Meinst du, ich hätte da eine Chance?« Engel lässt sich auf das Thema ein. Ist unverfänglich. Selbst wenn der Glatzkopf zurückkommt, kann er sich herausreden, dass er eine andere Arbeit sucht.

»Warum nicht?«, fragt Lukas zurück.

»Und die Sozialstunden?«

»Du lässt sie in eine Geldauflage umwandeln, die kannst du in monatlichen Raten bezahlen. Frage die Bewährungshelferin.«

Engel überlegt, ob Lukas es ernst meint. »Bei wem bist du eigentlich?«

»Bis zur letzten Woche war ich beim Windich. Hast bestimmt davon gehört. Eine schreckliche Geschichte. So was kann nur mir passieren. Hab schon gedacht, sie sperren mich auf ewig weg.«

Engel bestätigt kurz, davon gehört zu haben. Nur nicht auf das Gespräch einlassen, denkt er.

»Udo Fröbel hat meine Bewährung übernommen. Ich

kenne ihn aus einer Vertretung, da war er okay.«

»Hoffentlich kannst du bei ihm die Kappe auflassen.« Engel nimmt im Bruchteil einer Sekunde die Veränderung bei Lukas wahr. Er könnte sich auf die Zunge beißen, aber es ist raus.

»Woher weißt du das mit der Kappe?«, kommt prompt die Nachfrage.

Er muss sich schnellstens herausreden. Schon wird die Freundin aufmerksam, sieht zwischen Lukas und ihm hin und her. »Ich kannte Windich aus Recklinghausen. Da duldete er keine Kappen im Büro. Das hat er bei seinem Wechsel nach Bochum bestimmt nicht geändert. Oder?« Wie konnte er das Thema ansprechen? Sein Leichtsinn wird ihm das Genick brechen.

»Ja, sicher. Du warst total sauer auf ihn wegen der Schwangerschaft deiner Freundin. Sie hatte doch abgetrieben nach seinem Besuch.«

Wann hat er Lukas das erzählt? Engel erinnert sich nicht. »Das war wohl zu verstehen«, sagt er. »Windich hat ihr die Hoffnung auf das Kind genommen. Sie fiel zurück in ihre Depressionen. War nicht einfach für mich, das kann ich dir sagen. Hast du mal eine depressive Freundin gehabt?«

Lukas verneint.

Er muss das Gespräch von Windich ablenken. »Es ist vorbei. Ich versuche, nach vorne zu sehen. Gerade plane ich mit meiner Nachbarin einen Umzug nach Brandenburg. Sie hat ihren Mann bei einem Unfall verloren. Jetzt fühlt sie sich mit ihren kleinen Zwillingsmädchen allein.

Natürlich müssen wir erst Geld ansparen. Deswegen freu ich mich über deinen Tipp mit der Arbeit.« Lukas sieht ihn immer noch skeptisch an.

»Wie kommt ihr auf Brandenburg?«

»Ihre Familie lebt dort. Hier hält sie außer mir nichts mehr.« Er wendet sich an die Freundin. Wenn er ihre Sympathie gewinnt, wird sie Lukas den Verdacht ausreden. »Ihr seid schon so lange zusammen, dabei kenne ich nicht mal deinen Namen.«

»Natalie.«

»Ein schöner Name. Passt zu dir.«

»Danke. Deinen Namen kenne ich auch nicht.«

Er überlegt einen Moment. »Kannst mich Engel nennen, so nennen mich alle.« Er spürt ihren neugierigen Blick und fragt nach ihren beruflichen Plänen.

Sie erzählt von ihrer Arbeit im Kindergarten, dem Plan, mit Lukas Sozialarbeit zu studieren. Engel fällt keine Frage mehr ein.

Marie Marler kommt ins Wartezimmer, um ihn zum Gespräch zu holen. Er will sich schon freuen, doch begegnet dem nachdenklichen Blick von Lukas.

Kapitel 35

Engel sieht sich im Büro von Marie Marler um, bewundert die Blumengestecke und Bilder. Das Zimmer wirkt wohnlich, direkt zum Einziehen. In der Ecke steht ein buntes Fahrrad. Er lobt ihr Büro, Windichs habe er als kalt empfunden, unpersönlich. Er beißt sich auf die Zunge, um nichts Falsches zu sagen. Wer weiß, wie sie es aufnimmt, wenn er schlecht über den Toten spricht. Er denkt an die Birkenfeige, die er in offensichtlich geistiger Verwirrung über den Flur getragen hat, ebenso an die Äußerung gegenüber Lukas im Wartezimmer über Windichs Abneigung gegen Kappen.

Warum begeht er so gravierende Fehler? Er könnte sich schwarzärgern. Die Bewährungshelferin redet von dem schrecklichen Tod des Kollegen und informiert ihn über die Aufgaben und Angebote der Bewährungshilfe, als wären sie ihm fremd. Er darf sie nicht unterbrechen, lehnt sich auf dem Stuhl vor und nimmt Blickkontakt auf, um Interesse vorzutäuschen. Er hält dem Blick nicht stand und sieht aus dem Fenster. Die Aussicht auf den Hof mit den Bäumen im Herbst gefällt ihm besser als die Sicht bei Windich auf den Parkplatz.

»Warum antworten sie nicht?«

Er sieht wieder zur Bewährungshelferin, rückt den Stuhl noch näher an den Schreibtisch heran. »Entschuldigen Sie. Ich war mit meinen Gedanken woanders. Würden Sie die Frage wiederholen?«

Sie lacht. Es gefällt ihm. Sandra konnte so lachen, wenn sie von ihren Freiern erzählte und nicht ihre depressiven Schübe hatte. »Worüber lachen Sie?«, fragt er.

»Ich hatte gefragt, ob Sie mir zuhören. Ich wollte Ihnen eine Visitenkarte geben.« Sie reicht sie ihm über den Tisch. »Sie kannten Herrn Windich aus Reckling-hausen, wie ich der Akte entnommen habe. Nach einem Widerruf verbüßten Sie die Sache vollständig ab. Warum wurden Sie nicht mit einem Strafrest zur Bewährung ent-lassen?«

»Die Bedingung hieß Drogentherapie. Da habe ich die Endstrafe vorgezogen, auch wenn ich bis zuletzt weder Ausgang noch Urlaub erhielt.«

»Weil Sie nicht auf Drogen verzichten möchten oder weil sie es nicht können?«

»Weil ich mit Süchtigen nicht unter einem Dach leben möchte. Ich bin nicht gemeinschaftsfähig, schreiben sie das ruhig auf. Außerdem kann ich das Thema Drogen nicht mehr hören. Ich lebe allein und lasse mir ein Beruhigungsmittel verschreiben, wenn mir alles zu viel wird.« Mit seinen Antworten ist er zufrieden. Sie fragt, wie es nach der Haftverbüßung zu der erneuten Straftat kam, wirkt dabei interessiert. Er überlegt, ob er es erzäh-len soll.

»Es war keiner mehr da, als ich aus dem Knast kam. Mein Entlassungsgeld ging für die Kaution der Wohnung drauf. Der Jobcenter übernahm die Miete, aber verweigerte ein Darlehen. Ich spielte ein letztes Mal Schicksal und verlor.«

»Sie bestellten das Notebook im Internet, ohne es bezahlen zu können.«

»Ich hatte es schon einige Male gemacht. Früher. Ich gab einen falschen Namen an, eine andere Lieferanschrift und wartete vor dem Haus. Überklebte die obere Klingel bei der Ankunft des Lieferwagens mit dem falschen Namen.«

»Klingt durchdacht ...«

»Danke! Ging trotzdem schief. Es war eine letzte Warnung für mich, so sehe ich das. Der Hausmeister hatte mich beobachtet und die Polizei gerufen. Sie haben mich an Ort und Stelle festgenommen. Das Notebook und die anderen Sachen hat der Lieferservice mitgenommen. Jetzt sind Sie dran. Wie soll ich ohne Laptop und Drucker Bewerbungen schreiben?«

»Wir vereinbaren ein Gespräch außerhalb der Sprechstunde.« Sie sieht in ihren Kalender. »Bringen Sie dazu Ihre Zeugnisse und Beurteilungen mit, auch einen Lebenslauf. Notieren Sie alle Stellen, bei denen Sie sich bewerben wollen.«

Sie meint es ernst, notiert ihm einen Termin in der nächsten Woche, dazu die Unterlagen, die sie benötigt.

»Wir haben einen Förderverein. Ich werde nachfragen, ob es einen Zuschuss gibt für ein Notebook und einen Drucker.«

Engel sieht die Bewährungshelferin überrascht an.

»Das wäre ja super.«

»Was unternehmen Sie in der Freizeit? Haben Sie eine Freundin?«

»Meine Verlobte ist während der Haftverbüßung verstorben. In ihrer Wohnung befanden sich alle Sachen … Fernseher, Notebook, Drucker … es war nichts mehr da bei meiner Entlassung.« Seine Stimme wird unsicher, er stottert, spürt ihren warmherzigen Blick.

»Litt Ihre Verlobte an einer schweren Krankheit?«

»Ja, an Depressionsschüben. Als ich in den Knast kam, fühlte sie sich alleingelassen. Sie hatte sonst niemanden.« Er spürt, wie seine Augen feucht werden. Was ist mit ihm los? Es liegt an der Anteilnahme der Bewährungshelferin und ihrem Interesse. Er darf sich nicht gehen lassen, muss auf der Hut sein. Das Telefon erlöst ihn. Sie entschuldigt sich.

»Marie Marler. Ja, Udo. Ist gerade schlecht. Bin in einem Gespräch. Ja, ich werde um neunzehn Uhr die Dienststelle verlassen … wir alle zusammen. Ist noch eine knappe Stunde. Bis gleich.«

»Sicherheitsmaßnahmen«, sagt sie. »Keiner darf allein auf der Etage sein.«

Engel nickt verständnisvoll. »Wird vermutet, dass der Mörder wiederkommt?« Er unterdrückt ein Zittern.

»Keine Ahnung. Man weiß ja nicht, was in so einem Kopf vorgeht.«

»In der Zeitung war von einem Eifersuchtsdrama zu lesen.«

»Dazu darf ich nichts sagen. Ich möchte noch einmal

auf Ihre Verlobte zurückkommen. Sie fühlte sich einsam, als Sie im Gefängnis waren. Hatte sie keine Familie?«

Warum darf sie nichts sagen? Ihr Blick wirkt ruhig. Wenn sie ihn verdächtigen würde, wäre sie aufgeregter.

»Sandra war als Kind missbraucht worden. Sie hatte sich von der Familie losgesagt. Ich nehme an, darin lag der Grund ihrer Depressionen.«

»Und eine beste Freundin hatte sie nicht, die ihr beistehen konnte?«

»Die Freundin war mit dem Partner beschäftigt und kümmerte sich nicht um Sandra.«

»Wie ist sie gestorben?«

»Sie stürzte sich von der Kosterbrücke. War vorher in Hattingen, ihrem Geburtsort. Sie liebte die Altstadt. Wollte nicht zurück in die leere Wohnung, nehme ich an. Ich bekam nicht mal Hafturlaub zur Beerdigung. Meine Oma starb wenige Tage nach ihr, als hätten sie sich abgesprochen.«

»Schrecklich!«

»Das kann man wohl sagen, aber es ändert nichts. Waren Sie mal im Knast?«

»Nur zu Besuch.« Sie versucht ein Lächeln.

»Ich habe Pech gehabt, zu viel Scheiße erlebt. Verstehen Sie? Irgendwann dreht man durch. Die langen Nächte im Knast, die Eisentür verschlossen.« Er spürt erneut Tränen in seinen Augen. »Mit wem soll man reden, wenn nicht mit sich selbst? Es ist nicht immer der beste Umgang. Da staut sich Wut auf, das sage ich Ihnen. Wenn man rauskommt, ist schnell wieder was passiert.«

Er beobachtet, wie sie auf ihrem Stuhl zurückweicht und ihn mit ihren großen Augen ansieht. Wenn er weiter so redet, kann er gleich bei der Polizei ein Geständnis ablegen.

»Sie meinen die Sache mit dem Notebook. Oder gibt es noch etwas anderes?«

»Nein, ich meine die Bewährungssache.«

»Bei dem Termin in der nächsten Woche erstellen wir die Bewerbungen. Sie brauchen eine geregelte Tagesstruktur und eine Perspektive. Was ist mit den Sozialstunden?«

Hat sich ihre Stimme verändert oder spinnt er? »Die habe ich nicht geschafft. Ich weiß, ich sollte die Arbeitsaufnahme in der letzten Woche bestätigen.«

»Sie waren vergangenen Donnerstag hier? Es gibt keinen Vermerk.«

Sie rückt weiter vom Schreibtisch weg.

Gut, dass er den Notizblock von Windich eingesteckt hatte. »Ich hatte die Stunden nicht aufgenommen, wie sollte ich ihm da unter die Augen treten? Ich wollte in dieser Woche beginnen, um ihm etwas vorweisen zu können.«

»Zeigen Sie mir die Bescheinigung. Ich kopiere sie für die Akte.«

»Nach dem Bericht über seinen Tod habe ich es nicht geschafft, mich beim Friedhof zu melden. Deswegen bin ich ja hier. Um nach einer anderen Einsatzstelle zu fragen.«

»Sie können die Stunden am Montag bei der VIA in Harpen aufnehmen. Einverstanden?«

Er nickt gespielt erleichtert mit dem Kopf, holt tief Luft. »Das wäre gut.«

Das Telefon klingelt.

»Was gibt's, Nina? Nein, der Name sagt mir nichts. Was, ein Klient von Alexander soll das sein. Ich hab die Akte noch nicht gelesen, wenn du das meinst. Stell mal durch.« Sie entschuldigt sich mit einem Schulterzucken und schreibt einen Namen auf ihren Notizblock.

Engel entziffert: Jannis Kastas. Der Lange begegnet ihm überall. Er hört der Bewährungshelferin gespannt zu.

»Ja, nach dem Tod von Herrn Windich bin ich für Sie zuständig, das ist richtig. Ich bin aber gerade in einem Gespräch und habe keine Zeit, mir Ihre Geschichte am Telefon anzuhören. Kommen Sie nächsten Donnerstag in meine Sprechstunde.« Sie sieht Engel entschuldigend an und spricht in den Hörer. »Ja, ich schreibe mit.«

Sie kritzelt Buchstaben auf den Notizblock. Engel hat alle Mühe, sie aus seiner Position in einen Zusammenhang zu bringen. Dabei darf seine Neugier nicht auffallen. Er entziffert: Dr. Kriem … Risperdal ausschleichen … Fortsetzen der Gruppentherapie.

Kastas war also nicht wegen ihm in der Ambulanz, das erleichtert ihn etwas.

»Ja, ich habe es notiert. Sie kommen in der nächsten Woche mit Ihrer Verlobten in meine Sprechstunde. Mein Name ist Marler, richtig.«

Sie verdeckt den Notizblock und wendet sich ihm zu. »Besteht Kontakt zu Ihren Eltern?«

»Nein. Die habe ich ewig nicht gesehen. Seit dem Tod meiner Oma habe ich niemanden mehr.«

»Keine neue Freundin, keine Freunde?«

»Doch. Ich treffe mich mit der Nachbarin. Hannah. Sie ist alleinerziehend mit Zwillingen. Mädchen, sechs Jahre alt. Ich passe auf, wenn Hannah was zu erledigen hat. So wie vergangenen Freitag, da musste sie zum Jobcenter und ich habe auf die Kinder aufgepasst. Dafür war ich Dienstag bei ihr zum Frühstück. Nächste Woche lade ich sie ein.«

»Bahnt sich da eine neue Beziehung an?« Neugierige Augen mustern ihn.

»Noch nicht. Vielleicht später. Ich kann Sandra nicht vergessen. Denke immer an sie, verstehen Sie? Ich weiß nicht, ob ich das mit den Kindern hinkriege. Sie fragen mich manchmal, ob ich träume, wenn ich an Sandra denke.« Er beobachtet ein Lächeln, das um ihren Mund spielt.

»Ich notiere mir den Namen Ihres Hausarztes.«

»Ich bin in der Ambulanz bei Dr. Kriem, kenne ihn von Sandra. Er hatte ihr die Antidepressiva und Schlafmittel verschrieben.«

»Was verschreibt er Ihnen?«, fragt sie.

»Tavor. Ich nehme nur eine Tablette, wenn mich die Angst lähmt oder ich nicht schlafen kann. Ich vertrage es gut, habe vorher andere Medikamente probiert.« Er überlegt, ob es ihn verdächtig macht. »Zuletzt habe ich beim

Besuch der Mordkommission eine Tablette genommen. Ich dachte, sie würden mich mitnehmen. Weil ich die Sozialstunden nicht aufgenommen hatte.« Mit ihrer Art lockt sie die Antworten aus ihm heraus. Er muss aufpassen.

»Warum war die Kripo bei Ihnen? Haben die Beamten was gesagt?«

»Sie meinten, sie würden jeden Klienten von Windich besuchen, um sich ein Bild zu machen und einen DNA-Abstrich zu nehmen.«

Sie fliegt mit ihren Fingern über die Tastatur, der Drucker spuckt Formulare aus. »Ich werde morgen mit der zuständigen Mitarbeiterin der VIA sprechen. Melden Sie sich am Montag bis neun Uhr bei ihr, um den Einsatz zu besprechen. Ich schreibe Ihnen den Namen auf. In der nächsten Sprechstunde berichten Sie mir über die Arbeitsaufnahme.«

Er steckt die Formulare ein. »Haben Sie noch eine Frage? Sonst würde ich jetzt gerne zum Sport gehen.«

»Das überrascht mich«, sagt sie. »Was trainieren Sie denn?«

»Ich treffe mich mit der Nachbarin zum Lauftraining.« Das ist gelogen, doch er möchte das Büro sofort verlassen. Er hätte nicht herkommen dürfen. Er redet zu viel.

Sie nickt zustimmend. »Dann halte ich Sie nicht länger auf.« Er verlässt schnell das Büro.

Kapitel 36

Soll er auf sie warten? Um was zu tun? Alois Degen kommt mit seiner Freundin Indra aus dem Büro von Walter Hahn. Muss das ausgerechnet in diesem Augenblick sein? Engel hat keine Lust, ihnen zu begegnen, doch sie haben ihn gesehen und kommen auf ihn zu. Indra umarmt ihn, Alois schüttelt ihm die Hand. Moschusduft breitet sich aus.

»He Engel, wolltest du nicht Endstrafe machen, um die Bewährung los zu sein?«, fragt Degen und klopft ihm auf die Schulter.

»Ja, klar.« Er erzählt in kurzen Worten, warum er wieder eine Bewährungsstrafe hat.

Degen lacht. »Bei wem bist du denn?«

»Bei Marie Marler, die ist okay. Nicht wie Windich damals.«

»Da hast du Glück. Stell dir vor, der wollte mich in die Klapse stecken. Na, der hat sein Fett gekriegt. Schon okay, Engel. Nichts für ungut. Mach's gut.« Degen geht zum Ausgang.

Hat er ihn seltsam angesehen und ihm ein Auge zugekniffen? Oder hat Engel es sich eingebildet? Wenn das so weitergeht, entwickelt er einen Verfolgungswahn.

»Schrecklich, was mit Sandra passiert ist«, spricht Indra ihn an. »Es war sicher ein Schock für dich. Wir haben erst auf dem Weg hierher darüber gesprochen.«

»Ich komm nicht drüber weg, Indra. Ist blöd gelaufen.«

Sie drückt ihn. »Das tut mir so leid.«

Degen ruft sie von der Glastür aus. Sie läuft hin, gemeinsam verlassen sie die Etage.

Engel verschwindet auf der Toilette und sieht in den Spiegel über dem Waschbecken. Trinkt einen Schluck Wasser und spült sich die Augen. Warum hat Indra sich nicht um Sandra gekümmert, als er im Knast war? Schließlich war sie die einzige Freundin. Er hätte Degen gegönnt, wegen des Parfüms verdächtigt zu werden. Eine Woche ist es her, eine Ewigkeit. Er hört das Knarren der Glastür. Späht vorsichtig von der Toilette in den Flur hinein. Eine junge Frau geht zur Anmeldung, kommt zurück und verschwindet im Büro von Walter Hahn. Zwanzig nach sechs. Zwei Bürotüren sind angelehnt, die anderen verschlossen. Er schlüpft ins Wartezimmer. Stellt sich hinter die Tür. Erinnert sich an die vergangene Woche, wie er vom Bad ins Wartezimmer schlich. Wie die Marler vor der Tür stand. Ein Wunder, dass sie ihn nicht entdeckt hatte. Dann wäre alles anders verlaufen. Windich würde noch leben. Reider auch. Seine Jacke. Er erschrickt. Hat er sie bei der Bewährungshelferin gelassen? Nein, er hatte sie noch auf der Toilette, hat sie an den Haken neben dem Waschbecken gehängt. Er rennt hin, nimmt die Jacke an sich.

»Sie sind noch hier?« Marie Marler steht vor ihm. Wieso hat er sie nicht bemerkt? Er sieht zu ihren Füßen.

Die verdammten Turnschuhe. Er fühlt sich wie ein Schuljunge, dabei überragt er sie um eine Kopflänge.

»Ich hab eine Bekannte getroffen. Sie ist bei Herrn Hahn. Ich warte noch.« Wie auswendig gelernt, denkt er.

Sie weicht einen Schritt zurück. Er sieht die Zweifel in ihren Augen. »Wollten Sie nicht zum Sport mit Ihrer Nachbarin?«

In dem Moment öffnet sich Hahns Bürotür. Die Frau kommt heraus. Seine Rettung. Er hält ihr die Glastür auf, um sie durchzulassen, und schließt sich ihr an, ohne die Marler noch einmal anzusehen. Auf der Treppe besinnt er sich und winkt ihr zu, nimmt dabei ihren verwunderten Blick wahr. Sie ahnt etwas, es ist offensichtlich. Er hat sich verraten.

»Ist was?«, fragt die Frau neben ihm.

»Nein, alles okay«, sagt er. »Ich bin immer aufgeregt, wenn ich dahin muss.«

»Meinetwegen brauchst du nicht hinzugehen. Mach es gut.« Vor der Tür entfernt sie sich schnell in Richtung Stadt, hält ihn wohl für verrückt. Er nimmt sein Fahrrad, um den Rucksack aus dem Schließfach zu holen.

Kapitel 37

Marie Marler sieht mit Nina im Geschäftszimmer die Vermerke des letzten Klienten durch. Es war offensichtlich, dass mit ihm etwas nicht stimmte. Sie spürt leichte Kopfschmerzen, das Gespräch hat sie beunruhigt. Irgendetwas ist da passiert.

»Er kannte deinen Namen«, sagt Nina. »Was wollte er von dir?«

»Eine andere Einsatzstelle für die Ableistung der Sozialstunden. Auf dem Friedhof könnte er nach den Todesfällen in seiner Umgebung nicht arbeiten.«

»Welche Todesfälle?«

Marie sieht in aufgerissene Augen ihrer Kollegin. »Die Freundin stürzte sich während seiner Haft von der Kosterbrücke. Die Oma verstarb in der Zeit, jetzt noch Windich. Er hatte es im Büro plötzlich eilig, um mit seiner Nachbarin zu joggen. Dann wartete er an der Glastür auf eine Klientin von Walter. Ich glaube, er kannte sie gar nicht, sie kam nur zur richtigen Zeit, um meinen Fragen auszuweichen. Ich werde nicht schlau aus ihm. Er wirkt freundlich und zugleich furchterregend. Er hat von Zwillingen der Nachbarin gesprochen, die er zeitweise betreut.«

»Seid ihr morgen um elf Uhr im Haus?«, fragt Udo Fröbel, der dazukommt. »Die Verwaltung kommt. Sie wollen ein paar Worte zum Tod von Alexander sagen und das Thema Sicherheit ansprechen.«

Marie verspricht, rechtzeitig da zu sein, und holt ihr Fahrrad aus dem Büro.

»Du willst schon los?«, fragt er.

»Ja, ich habe Kopfschmerzen. Die frische Luft wird mir guttun.« Sie will die Glastür mit einem Keil aufstellen. Udo springt herbei und hält sie ihr auf.

»Möchtest du das Rad nicht stehen lassen?«, fragt er. »Ich informiere die anderen, dass ich dich mit dem Auto nach Hause bringe.«

»Nein, ehrlich. Eine halbe Stunde auf dem Rad ist genau das, was ich jetzt brauche.«

Er rennt die Treppe runter und hält ihr die Außentür auf.

»Danke Udo. Nächste Woche gehen wir nach der Sprechstunde was trinken, okay?«

»Ja, würde mich freuen.« Er beugt sich über den Vorderreifen des Rades, um den Druck zu prüfen. »Fühl mich irgendwie verantwortlich«, sagt er. »Soll ich nicht schnell mein Auto holen? Der Täter läuft frei herum. Außerdem sieht es nach einem Regenschauer aus.«

»Du hast nur Angst vor meiner Vertretung«, lenkt Marie ab.

»Stimmt, wir können keinen Ausfall verkraften. Komm, lass uns schnell das Rad in dein Büro tragen.« Er deutet zu ihrem Bürofenster. »Du kannst morgen zurückradeln.«

Marie schwingt sich auf den sportlichen Fahrradsitz.

»Nein, danke. Regen bringt mich nicht um. Ich nehme nach der Fahrt eine warme Dusche. Das entspannt mich am besten. Wir sehen uns morgen bei der Besprechung.« Sie winkt ihm zu, freut sich, standhaft geblieben zu sein.

»Pass auf dich auf, du wirst gebraucht«, hört sie seine Worte, bevor sie um die Ecke biegt.

Prompt setzt ein Regenschauer ein. Wie Udo es prophezeit hat. Dabei schien tagsüber die Sonne. Sie sollte sich unterstellen, aber ihre Sachen werden sowieso nass. Konnte sie nicht auf Udos Angebot eingehen? Sie ist so bescheuert. Wem will sie was beweisen? Sie erreicht die Königsallee, tritt kräftig in die Pedale. Der Wind pfeift ihr entgegen, der Regen scheint von allen Seiten auf sie niederzuprasseln. Kommt es ihr nur so vor oder ist es dunkler als sonst? Sie muss sich ablenken. Udo hat ihr Angst eingeflößt. Sie versucht, sich vorzu-stellen, wie sie zuhause ankommt und unter die Dusche steigt. Sie spürt das warme Wasser auf der Haut. Nach-her wird sie es sich vor dem Fernseher gemütlich machen. Die Couch ist so bequem, dass sie schon darauf eingeschlafen ist.

Ein Fahrradfahrer ist hinter ihr. Ein Wunder, dass bei dem Wetter noch jemand außer ihr unterwegs ist. Sie ver-langsamt die Fahrt, er soll sie überholen, doch er bleibt zurück, kommt nicht heran. Sie dreht sich um, erkennt eine dunkle Gestalt auf dem Rad. Sieht wieder nach vorne, um das Gleichgewicht zu halten. Sie mag es nicht, jemanden im Rücken zu haben.

Die Ampel vor ihr schaltet auf Rot. Sie fährt schnell

über den Zebrastreifen, bevor der Peugeot aus der Seitenstraße anfährt. Sie redet sich ein, damit den Verfolger abzuhängen. Sie denkt an den letzten Klienten. Warum hat sie Udo nicht gesagt, dass er ihr seltsam erschien?

Sie fröstelt am ganzen Körper, es ist nicht der Regen allein. Sie hat den Klienten vor Augen, wie er am vergangenen Donnerstag den Zebrastreifen überquerte, als sie im Taxi saß. Spinnt sie oder war er es wirklich? Er wollte zu ihr, das waren Ninas Worte. Sie weiß, warum das Gespräch sie so irritierte. Er räumte ein, Mist gebaut zu haben, und meinte dabei nicht die Bewährungssache. Er wollte prüfen, ob sie ihn im Taxi gesehen hatte. Und ist hinter ihr. Er kommt näher. Gleich wird er sie eingeholt haben. Sie kann ihm nicht davonfahren, er ist schneller. Soll sie auf die Straße ausweichen? Schreien: *Der Tod ist hinter mir her?* Ihre Oma hatte von völliger Klarheit vor dem Tod gesprochen, sie glaubte an ein Leben danach, seit sie einen Herzstillstand überlebt hatte. Ein gelbes Blinklicht weist auf die nächste Ampel hin. Kein Mensch ist auf dem Weg. Sie dreht sich um und blickt in eine schwarze Maske.

Kapitel 38

Nina geht ins Büro von Udo Fröbel. »Lukas ist mit seiner Freundin zurückgekommen. Er will unbedingt mit dir sprechen. Ich glaube, es ist wichtig. Er wartet mit seiner Freundin vor der Tür.«

»Hat er gesagt, was er will.«

Sie schüttelt den Kopf.

»Lass ihn rein.«

Schon stehen die beiden in seinem Büro. Die Aufregung ist ihnen anzumerken. Natalie schiebt sich an ihrem Freund vorbei.

»Ich weiß nicht, was mit ihm los ist«, legt sie los. »Als wir herkamen, war er gut drauf. Ehrlich! Plötzlich hüllt er sich in Schweigen und ist völlig angespannt. Im nächsten Moment will er unbedingt zu Ihnen zurück. Jetzt steht er da und sagt wieder kein Wort. Ich werde verrückt.« Sie verzieht ihr Gesicht zu einer Grimasse. »Wissen Sie, er bildet sich Sachen ein. Ich würde nichts darum geben ... doch meist treffen sie ein. Ein sechster Sinn, verstehen Sie?« Sie stellt sich vor ihren Freund, sieht an ihm hoch. »Erde an Raumschiff. Herr Fröbel ist anwesend und wartet auf die Botschaft.«

Briest Züge entspannen sich. »Die Zeitung schreibt, dass die Mordkommission für jeden Hinweis dankbar ist. Ich habe überlegt, selbst anzurufen ... mich aber entschieden, mit Ihnen zu sprechen. Jetzt weiß ich nicht, wie ich es sagen soll.«

Fröbels Gefühl bestätigt sich. Der Mörder ist hinter Marie her. Lukas ahnt es aus irgendeinem Grund. Er hat im Wartezimmer etwas bemerkt. »Wer ist es?«, fragt er nur. »Sag es mir schnell.«

»Ich kann mich nur an den Spitznamen erinnern: *Engel*. Wir haben ihn auf dem Berufskolleg so genannt. Er war eine Klasse höher. Ich überlege die ganze Zeit, wie sein richtiger Namen war. Auf jeden Fall war Herr Windich in Recklinghausen für ihn zuständig und beantragte einen Widerruf. Während der Haft nahm sich die Freundin das Leben.«

»Gab er Windich die Schuld?«

»Ja, ich glaube schon. Es ist eine lange Geschichte, die Freundin erwartete ein Kind, angeblich redete Windich es ihr aus. Herr Fröbel, Sie müssen etwas unternehmen, er ist Ihrer Kollegin gefolgt. Wir haben es draußen beobachtet.«

Fröbel greift zum Telefonhörer, wählt die Nummer von Kramer. Der ist nicht erreichbar. Die Zentrale will versuchen, ihn ausfindig zu machen.

»Als wir mit Engel im Wartezimmer waren, holte ein älterer Kollege einen Klienten ins Büro. Vielleicht kennt er den richtigen Namen.«

Fröbel wählt die Nummer des Kollegen.

»Bewährungshilfe. Hahn.«

»Walter. Lass alles liegen und komm rüber. Ich erkläre es dir.«

Es dauert nur ein paar Sekunden, bis Walter Hahn bei ihnen ist. »Was ist los, Udo?«

Er deutet auf Natalie und Lukas. »Weiß du, wer vorhin mit den beiden im Büro war? Sie nennen ihn Engel.«

»Augenblick.«

»Nicht der Glatzkopf, der andere«, ergänzt Lukas.

Hahn sieht ihn an. »Timo Bolt«, erwidert er. »Ich hatte ihn mal in der Vertretung. Er kam mit Degen, ich erinnere mich. Er schien nicht gut auf Windich zu sprechen zu sein. Meint ihr, er ...«

Nina und Nicole kommen dazu, haben im Geschäftszimmer die aufgeregten Stimmen gehört.

»Bolt wollte zu Marie«, meint Nina an der Tür.

»Er hatte nichts Auffälliges dabei«, ergänzt Nicole.

»Warum ruft Kramer nicht zurück?« Udo sieht beschwörend zum Telefon.

»Warte! Ich habe seine Handynummer.« Nina tippt die Kurzwahl ein, betätigt die Mithörfunktion.

»Rufe gleich zurück«, meldet er sich. »Bin in einer wichtigen Besprechung ...«

»Nein!«, schreit Nina in den Hörer. »Entschuldige, Christian. Ihr müsst sofort eine Streife zur Königsallee schicken. Die sollen alles andere abbrechen, Blaulicht und Sirenen einschalten.«

»Was ist passiert?« Kramers Stimme klingt elektrisiert.

»Der Mörder ist hinter Marie her. Sie ließ sich nicht davon abbringen, mit dem Rad zu fahren. Ich vermute, es ist wie bei Wolle, er bildet sich aus irgendeinem

Grund ein, sie könnte ihn überführen. Er war am Nachmittag in der Vertretung bei ihr. Es muss schnell gehen.«

»Bleib dran, ja.« Nach kurzer Zeit meldet er sich wieder. »Wer ist es?«

»Timo Bolt.«

»Scheiße! Eine der ersten Akten. Aber dein Exmann hatte von schulterlangen Haaren gesprochen. Bolt hatte kurze Haare, als wir ihn aufsuchten. Trotzdem haben wir eine Gegenüberstellung für morgen angesetzt. Wir wollten ihn in die Mangel nehmen.«

»Den Termin muss er mit Marie in Verbindung gebracht haben«, entgegnet Nina.

»Streifenwagen sind unterwegs. Wir brechen auch sofort auf und melden uns, sobald wir mehr wissen. Bleibt bitte dort«, beendet Kramer das Gespräch.

Kapitel 39

Engel stellt sich vor, mit der Nachbarin und ihren Kindern nach Brandenburg zu ziehen. Den Ort Pritzwalk hat er zwar noch nie gehört, doch er klingt interessant. Da kann er neu beginnen. Dienstag wird er Hanna beim Frühstück das Du anbieten und sie zu dem Schritt überreden. So richtig kann er nicht daran glauben. Ist es wegen Sandra? Weil er sie nicht vergessen kann? Oder hindert ihn die letzte Zeugin?

Woher willst du wissen, dass sie mit dem Rad fährt? Weil sie in der vergangenen Woche damit gefahren ist? Mach dich nicht lächerlich.

»Es stand im Büro«, erwidert er laut, um sich zu rechtfertigen. Erschrickt vor der eigenen Stimme, als wäre sie ihm fremd. Er sieht sich um, ist erleichtert, dass niemand in der Nähe ist. An der Ampel vor der Straßeneinmündung hält er an. Das kann nicht sein. Sie schiebt ihr Rad heraus. Jemand hält ihr die Tür auf. Er sieht auf die Uhr: 18:40 Uhr. Warum verlässt sie so früh die Sprechstunde? Eine Falle? Sie spricht mit dem Kollegen, der zum Fenster im ersten Stock deutet. Was hat das zu bedeuten? Sie schwingt sich auf den Sattel, fährt los, winkt dem Bewährungshelfer zu. Soll er den Termin bei den Bullen abwarten? Nein, dann kann es zu spät sein. Er folgt ihr in Sichtweite. Sie darf keinen Verdacht schöpfen. In der Stadt sind zu viele Menschen, er hofft, dass sie in eine einsame Straße abbiegt.

Sie fährt die Königsallee herauf, am Schauspielhaus vorbei. Wird im Stadtteil Wiemelhausen oder Stiepel wohnen. Es gibt ein dunkles Stück, wo der Radweg von der Straße getrennt ist. Da wird er sie einholen. Ein Schlag, ein gezielter Stich. Wie bei Reider. Weiterfahren, als wäre nichts geschehen. Er muss darauf achten, dass keiner in der Nähe ist. Aber wer ist bei dem Regen unterwegs? Die Maske wird er kurz vorher überziehen. Bis ein Autofahrer aufmerksam wird, ist er über alle Berge.

Sie verlangsamt das Tempo. Weil sie keine Kraft mehr hat? Nein, sie hat ihn bemerkt. Er ist zu nah herangefahren. Sie möchte, dass er sie überholt. Das könnte ihr so passen. Er reduziert seine Geschwindigkeit, bleibt zurück. Das scheint sie anzuspornen, sie überquert die Fußgängerampel bei Rotlicht vor einem anfahrenden Peugeot und erhöht das Tempo.

Du entkommst mir nicht! Er spürt eine bisher unbekannte Lust in sich. Ist es der Jagdinstinkt? Er lässt zwei Autos durch, nimmt den Schlagstock in die rechte Hand am Lenker. Das Messer steckt am Hosengurt. Die Straße ist frei. Er zieht die Maske über sein Gesicht und spurtet los. Der Radweg ist wie ausgestorben. Er holt auf, wird sie gleich erreicht haben. Sie dreht sich um. Panik in ihrem Blick. Sie stürzt, rutscht in den Graben neben dem Radweg. Er will sich auf sie stürzen, da erschallen Polizeisirenen. Blaulicht. Reifen quietschen auf der Gegenfahrbahn. Ein schmaler Fußgängerweg führt von der Königsallee weg. Seine einzige Chance. Da kommen sie mit dem Auto nicht durch. Er flieht, den Weg runter, die Straße entlang in einen angrenzenden Park. Er reißt sich die Maske vom Gesicht, wirft sie mit den Handschuhen und den anderen Sachen ins Gebüsch. Gleich kontrollieren sie alle Straßen. Er hat Fehler gemacht, verdammte Fehler. Es war zu früh. Er hätte nicht zur Bewährungshilfe gehen dürfen. Der Termin morgen bei den Bullen ist schuld. Es ist zu spät, sie werden eins und eins zusammenzählen. Er sieht die Zelle vor sich. Nein! Auf keinen Fall! Er erinnert sich an Sandra, wie sie ihm von dem Kind erzählte, wie sie Pläne schmiedeten.

Wir hätten das Kind abgegeben, wie deine Eltern dich abgegeben haben.

Warum schwieg er? Weil ihm die Kraft fehlte, gegen ihre Negativität anzukommen. Oder weil es stimmte? Auf Nebenstraßen erreicht er das Kloster in Stiepel. Schweiß läuft ihm über den Rücken. Alarmsirenen. Weiter, bevor sie ihn finden. In hohem Tempo rast er die Straße runter in Richtung Hattingen. Fühlt mit aller Macht seine Verbundenheit mit Sandra. Dabei dachte er, mit der Nachbarin neu beginnen zu können. Nein. Es ist zu spät. Er denkt an Sandras Musik, sie wollten zu einem Konzert von *Rammstein*. Sie hatte es aufgeschoben. Erst Geld verdienen. Immer das Geld. Er hatte sie auf den Strich geschickt. Was ist aus ihm geworden? Fast hätte er die junge Bewährungshelferin getötet. Dabei wollte sie ihm helfen. Warum denkt er daran? Er hat bisher nicht daran gedacht. Nicht eine Sekunde, seit sie ihm auf der Zelle von Sandras Selbstmord berichteten und er immer wieder mit dem Kopf gegen die Wand lief. Er erreicht die Kosterbrücke, klettert auf das Geländer.

Kapitel 40

Der Notarzt informiert Kramer, dass Marie zur Untersuchung und Beobachtung eine Nacht im Elisabeth-Krankenhaus bleiben muss. Sie wird gerade von Pflegern auf einer Liege in den Krankenwagen geschoben. Kramer sieht in ihre Augen, die ihn seltsam berühren. »Nur eine Frage«, bringt er heraus. »Haben Sie ihn erkannt?«

»Timo Bolt. Er trug eine schwarze Maske, aber er war es. Er hat mich von der Dienststelle aus verfolgt. Ich hatte ihn vergangenen Donnerstag in der Nähe des Tatorts gesehen, nur nicht in Verbindung mit dem Mord gebracht.« Sie nickt Kramer zu. »Ich weiß nicht, wie ich Ihnen danken soll. Es war in letzter Sekunde.«

»Danken Sie Lukas Briest und seiner Freundin«, erwidert Kramer.

»Warum Lukas Briest?«

»Er hatte Ihren Kollegen den entscheidenden Tipp gegeben. Sie haben uns alarmiert.«

Die blauen Augen ruhen auf Kramer. »Drücken Sie ihm meinen herzlichen Dank aus, sagen Sie ihm, dass ich mich noch persönlich bei ihm melde.«

Die Türen werden geschlossen, der Krankenwagen setzt sich in Bewegung. Kramer bleibt eigentümlich berührt stehen und sieht ihm nach.

»Vielleicht hat Engel in der Nähe einen Bekannten, zu

dem er geflüchtet ist«, holt ihn sein Kollege in die Gegenwart zurück. Er murmelt: »Gut möglich«, ist aber nicht bei der Sache. Er nimmt sein Handy und informiert Fröbel über die Rettung in letzter Sekunde. Hört, wie der Bewährungshelfer die Neuigkeit an die anderen im Raum weitergibt. Ein erleichterter Aufschrei folgt mit Applaus.

»Ist Lukas noch da?«, erkundigt sich Kramer. Schon hat er ihn am Telefon.

»Lukas Briest.«

»Frau Marler wird sich bei Ihnen noch persönlich bedanken, wenn sie aus dem Krankenhaus entlassen wird. Sie haben ihr Leben gerettet. Die Polizeistreife kam in letzter Sekunde.«

»Ist ihr was passiert?«, fragt Lukas.

»Sie ist bei der Flucht vor dem Täter in einen Graben gestürzt, wird über Nacht zur Beobachtung im Krankenhaus bleiben.«

»Wurde Engel festgenommen?«

»Er konnte uns mit dem Rad entkommen. Aber es ist eine Frage der Zeit, bis wir ihn haben. Die Streifenwagen durchkämmen die gesamte Umgebung. Zunächst sind wir froh, dass es dieses Mal glimpflich abgelaufen ist. Das haben wir Ihnen zu verdanken.« Kramer spürt, dass Lukas zu viel Lob peinlich ist. »Hast du eine Idee, wo sich Bolt aufhalten könnte?«, fragt er und ist selbst überrascht, Lukas plötzlich zu duzen.

»In der Nähe ist die Zeche, die Disco. Vielleicht hat er sich dahinter versteckt. Er kennt sich da aus.«

Kramer bittet Lukas, mit den anderen in der Dienststelle zu bleiben. Sie hätten noch Fragen und wären in ein paar Minuten da.

Kurze Zeit später treffen sie bei der Bewährungshilfe ein. Sie setzen sich zu den anderen um den ovalen Tisch im Gruppenraum. Kramer hat das Gefühl, das Knistern der Erwartungen hören zu können. Er muss sie enttäuschen. »Wir haben keine Spur von Bolt.« Er sieht zu Nina, die seinen Blick erwidert.

»Die Suche auf dem ehemaligen Zechengelände verlief ergebnislos«, informiert die Kollegin Sander, die mitgekommen ist. Sie fragt Briest, woher er den Täter kannte.

Lukas erzählt von dem gemeinsamen Schulbesuch. »Wir haben anfangs viel Zeit miteinander verbracht.«

»Später nicht mehr?«

»Es endete mit der Freundin. Sandra wollte ihn ständig um sich haben und versuchte, die anderen um ihn herum wegzubeißen. Ihre beste Freundin hatte sie verlassen, seit sie mit Alois Degen zusammen war. Er mochte Sandra nicht.«

»Deswegen das Parfüm«, mischt sich Kramer ein. »Er gab Degen die Schuld, dass Sandra während seiner Haft alleine war. Entschuldigung.« Er bittet Lukas, weiterzureden.

»Ich traf Engel erst heute im Wartezimmer wieder. Er hatte sich verändert mit den kurzen Haaren. Ich habe ihn erst nicht erkannt, er trug früher immer lange Haare. Er sah krank aus, ich habe ihn gefragt, ob er eine Therapie braucht.«

Kramer sieht zu seinem Kollegen. »Erinnerst du dich? Reider hatte den Verdächtigen mit langen Haaren beschrieben. Bolt war beim Friseur, er hat uns ausgetrickst. Wie bist du oder sind Sie auf ihn gekommen«, fragt Kramer.

»Ist schon okay mit dem Du«, meint Lukas.

»Er hat im Wartezimmer eine Bemerkung über seine Kappe fallen lassen«, mischt sich Natalie ein. »Ich habe gesehen, wie du in dem Moment von ihm weggerückt bist. Ich glaube, er hat es bemerkt.«

»Ja, er erwähnte, dass ich meine Kappe vor Windichs Besuch abgenommen hatte.« Lukas deutet auf seinen Kopf. »Das kann er nur am vergangenen Donnerstag beobachtet haben. Ich nahm sie an der Glastür ab. Windich empfand es als respektlos und ich erhoffte mir von ihm ja das Fahrgeld nach Dortmund. Engel spielte genau auf diese Situation an. Also war er im Wartezimmer.«

»Haben Sie eine Ahnung, warum er Reider umgebracht hat?«, fragt Frau Sander.

Lukas zuckt mit den Schultern. »Vielleicht kannte er ihn von der Arbeit. Er hatte bei Opel und bei Unitymedia gearbeitet, bevor er wieder zur Schule ging.«

Nina mischt sich ein. »Mein Exmann war bis zur Schließung bei Opel.«

Die anderen sehen sie überrascht an.

»Wo könnte er sich verstecken haben?«, fragt Frau Sander in die Runde.

»Ich kann mir denken, was er plant«, meldet sich

Walter Hahn zu Wort. »Wo war das mit seiner Freundin passiert?«

»Natürlich!« Lukas und Natalie erheben sich gleichzeitig von den Stühlen.

»Die Kosterbrücke ist mit dem Rad nicht weit von der Königsallee entfernt«, sagt Nina.

»Im Wartezimmer meinte er, nie mehr in den Knast zu gehen«, ergänzt Natalie.

Kramer springt auf, nimmt sein Handy aus der Jackentasche. Die Zentrale meldet sich im gleichen Augenblick. Er nimmt das Gespräch an.

»An der Kosterbrücke ... er war auf das Geländer geklettert. Als die Beamten kamen, löste er sich von der Brücke. Keine Chance, ihn aufzuhalten.« Kramer sieht in bestürzte Augen. Sie hätten sich alle eine Festnahme gewünscht. Kramer bricht das Schweigen. »Vielleicht hat er den Sturz überlebt. Sie werden uns sofort informieren.«

»Wenn wir ihn nicht gestört hätten, wäre Frau Marler sein drittes Opfer geworden«, sagt Schulz. »Ich bin froh, dass es vorbei ist.«

Die anderen stimmen zu. Die Melodie von Kramers Smartphone. Gespannte Stille im Raum.

»Okay, verstanden. Sie informieren uns, wenn er vernehmungsfähig ist.« Kramer erklärt den anderen, dass Bolt den Sturz mit schweren Verletzungen überlebt hat und auf dem Weg zum Krankenhaus ist. Irgendeiner hat Sekt und Orangensaft auf den Tisch gestellt. Sie füllen die Gläser und stoßen auf die Zusammenarbeit an. Bevor

Kramer mit seinen Kollegen die Bewährungshilfe verlässt, erinnert er Nina an ihr geplantes Treffen im Café Konkret.

DANKE

Danke an die lieben Korrekturleser/innen, deren Hilfe ich hoffentlich bald wieder in Anspruch nehmen darf. Besonders an meinen Bruder Klaus Märkert, der mich immer zum Nachdenken gebracht hat, und die Kolleginnen Gaby Storchmann und Daniela Libuda für Lektorat und Korrektorat. Danke an den Brockmeyer-Verlag in Bochum für die erste Veröffentlichung.

Danke an die Autorenkollegin Mischa Bach für ihre Tutorien mit den vielen Anregungen.

Danke an den Krimistammtisch im Unperfekthaus.

Danke für die Unterstützung durch die Mitarbeiter des KK12 bei der Kripo Bochum, die immer ein offenes Ohr hatten und mir wertvolle Tipps gaben.

Danke an Aylin Reckermann für die Coverfotografie und Jen Maerkert für die Covergestaltung.

Gleich weiterlesen: Bd. II der Justizkrimis um Bewährungshelferin Marie Marler.

Das Glück trägt häufig den Mantel des Unglücks. Während des Abendessens erinnert er sich an das Sprichwort seines Vaters. Warum schenkt ihm Onkel Wolfgang das Handy zum zwölften Geburtstag? Hätte Vater nicht damit vorbeikommen können? Ein ganzes Jahr hat er ihn nicht gesehen. Er mag den Onkel nicht, der immer so nah an ihn heranrückt, dass ihm allein vom Mundgeruch übel wird. Mutter sieht ihn an, als ließe sich Dankbarkeit mit einem Blick befehlen: Los, nimm deinen Onkel in den Arm, mach schon! Ob er will oder nicht. Er kann sich nicht gegen sie wehren. Er stellt sich die neidischen Blicke der Mitschüler vor, wenn er ihnen das Handy zeigt, und überwindet sich. Eine schnelle Umarmung und zurück auf den Stuhl.

Der Onkel schüttet mit fleischigen Händen Bier und Schnaps in sich hinein. Glasige Augen starren ihn an, die Stimme schwärmt von seiner Figur und fragt, ob er sich für Mädchen interessiert. Er schämt sich, überlegt, auf sein Zimmer zu gehen, doch fürchtet die Reaktion seiner Mutter. Sie betont bei jeder Gelegenheit, wie wichtig es ist, sich mit dem Onkel gut zu stellen, weil der so großzügig ist.

Mit einem gekünstelten Lächeln lässt er sich auf das Gespräch ein, schwärmt von einer Mitschülerin, die mit den Jungen in der Klasse Fußball spielt und sich sogar für Ballerspiele interessiert. An den Stirnfalten seiner Mutter erkennt er, dass ihr die Geschichte nicht gefällt. Er kann es ihr nicht recht machen. Ganz gleich, was er sagt. Schon schimpft sie, dass er auf Vater herauskommt, der nur an seine Interessen gedacht hat, nicht an die Kinder, nicht einmal an ihren Geburtstagen. Immer die gleiche Aufregung, wenn sie zu viel Wein getrunken hat. Sie könne die große Wohnung nicht halten, ihm kein Taschengeld geben. Vaters Unterhalt reiche vorne und hinten nicht, obwohl er in Afghanistan ein Vermögen verdiene. Soll er ihn verteidigen oder sich auf sein Zimmer zurückziehen? Er sagt kein Wort und hofft, dass ihr Anfall vorübergeht. Schon wegen des kleinen Bruders, der ihn mit panischem Blick vom anderen Ende des Tisches ansieht.

Die fleischigen Hände kramen im Portemonnaie, fingern Geldstücke heraus. Wieder muss er sich bedanken, den Onkel umarmen, der ihn drückt, als wolle er ihn nicht mehr loslassen. Er ekelt sich vor dem Geruch nach Alkohol und Schweiß, will weg, nur weg. Mutter lacht über seinen gequälten Gesichtsausdruck. Er reißt sich los, sieht, wie sein kleiner Bruder aufsteht, um ihm zu folgen, doch von Mutter zurückgehalten wird.

Für den Geburtstag hat er sein Zimmer aufgeräumt, seine Sachen im Schrank verstaut. Hätte ja sein können, dass Vater auftaucht. Ob er noch daran denkt, wie sie auf dem Spielplatz tobten? Auf der Schaukel, am Drehkreuz. Welchen Spaß sie auf der Rutsche im Freizeitpark Lago hatten. Er denkt immer daran und würde so gerne die Zeit zurückdrehen. Mutter sagt, er müsse sich mit der Situation abfinden, dabei hat er den Eindruck, dass sie sich selbst damit nicht abgefunden hat.

Er hört, wie sie den kleinen Bruder ins Bett bringt. Erst gehen sie ins Bad, dann ins Kinderzimmer. Sie wird ihm vorlesen, bis er eingeschlafen ist, um zu verhindern, dass er zu ihm kommt. Nach zwanzig Minuten hört er, wie sie vorsichtig die Tür schließt. Soll er nachsehen, ob sein Bruder schläft? Er lauscht in den Flur hinein. Aufgeregte Stimmen dringen aus dem Wohnzimmer. Onkel Wolfgang verteidigt ihn vor seiner Mutter. Er will das nicht, der soll sich nicht für ihn einsetzen. Er holt das Handy aus der Verpackung, dreht es in den Händen und überlegt, es wortlos zurückzugeben, doch kann sich nicht überwinden. Stattdessen zieht er die Folie vom Bildschirm, schließt es an das Ladegerät an. Dann legt er sich aufs Bett und schaltet den kleinen Fernseher ein, den Vater ihm schenkte, als die Welt noch in Ordnung war.

In der Nacht sieht er sich an der Haustür, während sein Vater zu der fremden Frau in den Jeep steigt, der Wagen sich in Bewegung setzt, immer kleiner wird und im Nichts verschwindet. Er wartet auf die Rückkehr, spürt gleichzeitig, dass es sinnlos ist. Er wacht schweißgebadet auf.

Onkel Wolfgang kommt ins Zimmer, legt sich wie selbstverständlich zu ihm aufs Bett. Er dreht sich zur Wand, der Onkel rückt näher an ihn heran, er spürt den Bauch an seinem Rücken. Das ist noch nie passiert. Er ist völlig panisch. Warum ist der Onkel nicht auf der Couch im Wohnzimmer geblieben, die Mutter immer für ihn bezieht? Er stellt sich schlafend und hofft, dass der Onkel den Irrtum bemerkt und schnell verschwindet. Oder soll er ihn schlafen lassen und selbst ins Wohnzimmer ausweichen? Hände berühren seinen Rücken, streichen über die Haut, tasten sich nach vorne, berühren die Brustwarzen. Hätte er sich bloß ein T-Shirt angezogen. Die Hände gleiten abwärts. Über den Bauch unter seine Shorts. Er kann nicht glauben, was da passiert, fühlt sich lebendig begraben, zwei Meter unter der Erde. Mit Onkel Wolfgang. Kein Mensch kann ihn hören, kein Laut dringt nach außen. Sein Herz rast, er wünschte zu sterben. Er hört den Onkel stöhnen, spürt die Feuchtigkeit zwischen seinen Beinen. Er liegt mit dem Gesicht zur Wand, die Augen geschlossen, wie tot.

Der Onkel versucht, ihm einzureden, dass er ihn dazu verleitet hat durch sein ständiges In-den-Arm-nehmen. Ist das wahr? Ist es wirklich wahr? Nein! Mutter wollte es, er nicht. Warum hat er das Handy nicht zurückgegeben? Warum ist er nicht aufgesprungen, als der Onkel in sein Bett kam? Warum hat er es sich gefallen lassen? Die Fragen kreisen in seinem Kopf, nachdem Onkel Wolfgang das Zimmer längst verlassen hat. Bis zum Morgen liegt er wach, unfähig, sich zu bewegen. Der Onkel hat ihm verboten, darüber zu reden. Es ginge nur sie beiden etwas an, sei ihr Geheimnis. Andere würden es nicht verstehen. Er entdeckt fünfzig Euro auf dem Schreibtisch. Meint der Onkel, ihn bezahlen zu können? Er möchte den Geldschein vernichten, das Handy, den Geburtstag, alles, was ihn an die Nacht erinnert. Er springt aus dem Bett, wundert sich, dass es so einfach ist, als wäre nichts passiert. Dabei würde er sich am liebsten auf den Boden werfen und schreien. Er zieht sich an, um es seiner Mutter zu sagen, läuft in die Küche. Der Blick verrät ihm ihre schlechte Laune. Sie wird ihm die Schuld geben oder die ganze Sache ins Lächerliche ziehen. Nein, soweit darf er es nicht kommen lassen. Er schämt sich zu Tode, schenkt ihr den Fünfziger, um ihre Stimmung zu heben. »Von Onkel Wolfgang«, sagt er und verschwindet ins Bad, um Nachfragen zu entgehen.

Band III der Justizkrimis um Marie Marler.

Wo Janina auftritt, steht sie im Mittelpunkt. Dann ist sie tot, ermordet in den Ruhrwiesen. Verdächtigt werden ihr Freund und ihre beste Freundin. Mit beiden unterhielt sie ein intimes Verhältnis. Beide wollte sie in den Ruhrwiesen treffen. Die Ermittlungen um die junge Abiturientin reißen Kramer und Marler in eine Krise.

Band IV der Justizkrimis um Marie Marler.

»Nichts geschieht ohne Grund. Weißt du? Es ist immer nur ein Kreis, der sich schließt«. Christina stirbt nach einer Wohnungseinweihung an einer Überdosis K.-o.-Tropfen. In der Wohnung ihres Freundes findet Kramer das verräterische Fläschchen. Der Fall scheint gelöst. Wäre da nicht Marie Marler und ihre Freundin Lena.

Band V der Justizkrimis um Marie Marler.

Der angebliche Missbrauch eine Intrige? Der Mord ein Racheakt? Marie Marler zweifelt an der Schuld des Physiotherapeuten, der nach Verbüßung seiner Freiheitsstrafe unter ihrer Führungsaufsicht steht. Christian Kramer, der beim KK12 für die Überwachung von Sexualstraftätern zuständig ist, fehlt jegliches Verständnis für seine Freundin.

Bd. VI der Justizkrimis um Marie Marler

»Lieber allein - als in der Hölle mit anderen.«

Natalie Neumann

Ihr Vater ist tot, sein älterer Freund nutzt die Situation der vierzehnjährigen Natalie für sich aus. Mit zwei Freundinnen beschließt sie, ihn zu berauben. Es eskaliert. Bei der Flucht über den Balkon verlieren die Jugendlichen ein Smartphone. Vor der Festnahme packt Natalie einen Koffer mit wichtigen Sachen, den sie ihrer Mutter zur Aufbewahrung hinterlässt. Was befindet sich in dem verschlossenen Koffer? Diese Frage stellt sich Bewährungshelferin Marie Marler nach dem Besuch ihrer neuen Klientin in der JVA Köln.